LES ANNÉES D'APPRENTISSAGE

Du même auteur
aux Éditions J'ai lu

Le royaume de Tobin :
1. Les jumeaux, *J'ai lu* n° 7876
2. Les années d'apprentissage, *J'ai lu* n° 8089
3. L'éveil du sang, *J'ai lu* n° 8224
4. La révélation, *J'ai lu* n° 8410

LYNN FLEWELLING

LES ANNÉES D'APPRENTISSAGE

LE ROYAUME DE TOBIN - 2

TRADUIT DE L'AMÉRICAIN
PAR JEAN SOLA

J'AI LU

Titre original :
THE BONE DOLL'S TWIN
(deuxième partie)

Pour les bouts de chou
perchés en haut de l'escalier magique
il y a une éternité

L'ANNÉE SKALIENNE

I. SOLSTICE D'HIVER – Nuit du Deuil et Fête de Sakor ; observance de la nuit la plus longue et célébration du rallongement des jours ultérieurs.

1. Sarisin : mise bas.

2. Dostin : entretien des haies et des fossés. Semailles des fèves et des pois destinés à nourrir le bétail.

3. Klesin : semailles de l'avoine, du froment, de l'orge (destinée au maltage), du seigle. Début de la saison de pêche. Reprise de la navigation en pleine mer.

II. ÉQUINOXE DE PRINTEMPS – Fête des Fleurs à Mycena. Préparatifs en vue des plantations, célébration de la fertilité.

4. Lithion : fabrication du beurre et du fromage (de préférence au lait de brebis). Semailles du chanvre et du lin.

5. Nythin : labourage des terres en jachère.

6. Gorathin : désherbage du maïs. Toilettage et tonte des moutons.

III. SOLSTICE D'ÉTÉ

7. Shemin : au début du mois, fauchage des foins ; à la fin, puis le mois suivant, pleine période des moissons.

8. Lenthin : moissons.

9. Rhythin : engrangement des récoltes. Labourage des champs et semailles du blé d'hiver ou du seigle.

IV. PLEINS GRENIERS – Fin des récoltes, temps des gratitudes.

10. Erasin : on expédie les cochons dans les bois se gorger de glands et de faines.

11. Kemmin : nouveaux labourages en vue du printemps. Abattage des bœufs et autres bêtes de boucherie, préparation des viandes. Fin de la saison de pêche. Les tempêtes rendent dangereuse la navigation hauturière.

12. Cinrin : travaux d'intérieur, battage inclus.

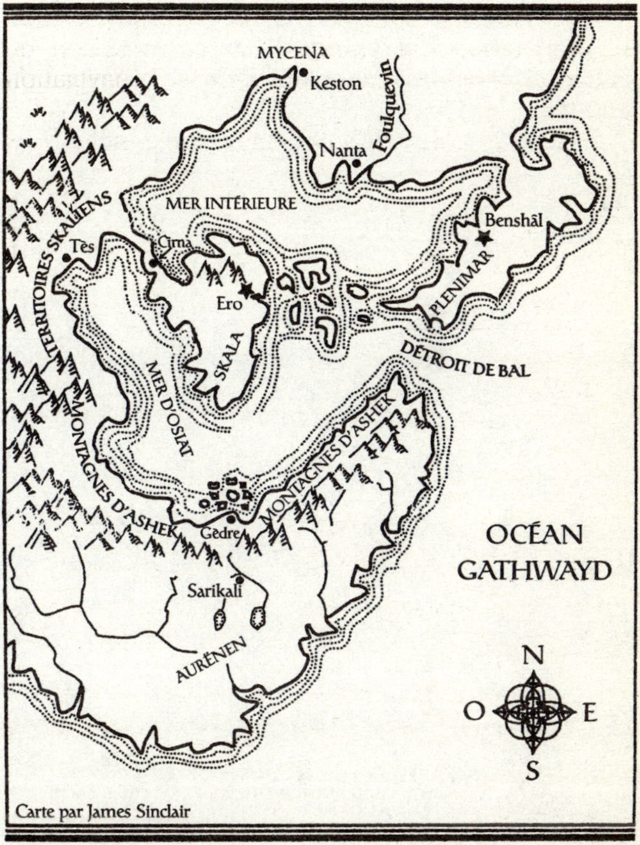
MYCENA
Keston
Foulquevin
Nanta
MER INTÉRIEURE
Benshâl
TERRITOIRES SKALIENS
Tès
Cirna
Ero
PLENIMAR
SKALA
DÉTROIT DE BAL
MER D'OSIAT
MONTAGNES D'ASHEK
MONTAGNES D'ASHEK
Gedre
OCÉAN
GATHWAYD
Sarikali
AURËNEN
N
O
E
S
Carte par James Sinclair

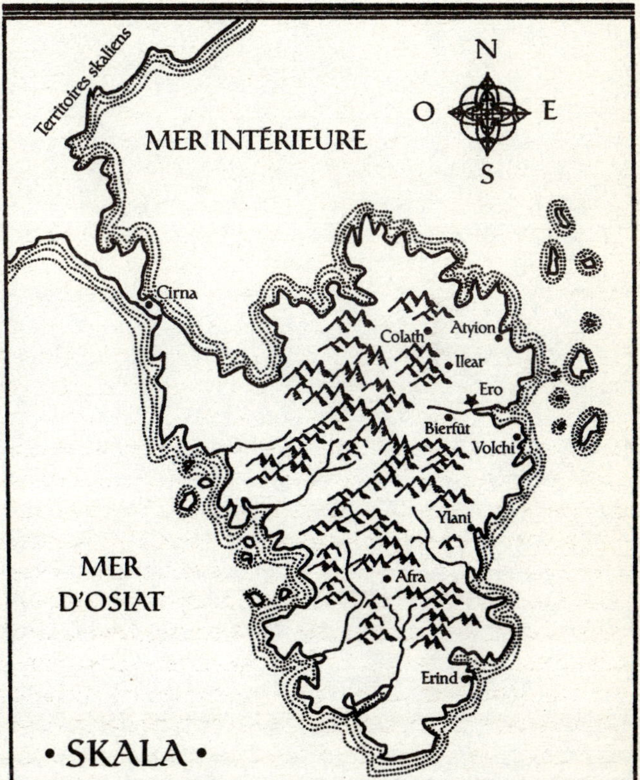
Territoires skaliens
MER INTÉRIEURE
N
O
E
S
Cirna
Colath
Atyion
Ilear
Ero
Bierfût
Volchi
Ylani
Afra
Erind
MER
D'OSIAT
• SKALA •
Carte par James Sinclair

1

Les semaines consécutives à l'arrivée de Ki furent des semaines heureuses. Sans rien savoir des propos qu'Iya avait bien pu tenir lors de sa visite à Atyion, Arkoniel eut la bonne surprise de voir Rhius survenir au fort peu de temps après et celle, meilleure encore, de le retrouver presque tel qu'il l'avait connu de par le passé. Non content de promettre qu'il prolongerait son séjour jusqu'en Erasin, pour la fête anniversaire de Tobin, le duc vanta les améliorations apportées à la demeure et, chaque soir, il conviait le jeune magicien à s'associer aux parties qu'il disputait avec son vieil ami Tharin. Car du différend qui l'avait opposé à ce dernier ne subsistait plus non plus la moindre trace, et tous deux se montraient plus que jamais proches l'un de l'autre.

Rhius apprécia également Ki, dont le service à table valut autant d'éloges à Tharin, comme entraîneur, que la bonne tenue de Tobin au maniement de l'arc et de l'épée. Et lorsque ce dernier, le jour de son dixième anniversaire, s'agenouilla dans la grande salle pour demander que son compagnon soit fait son écuyer, le duc exauça d'emblée la requête et permit aux deux gamins de jurer leur foi à Sakor le soir même devant l'autel domestique ; en symbole de ces nouveaux liens, Tobin offrit à Ki comme pendentif à porter au cou le plus délicat de ses chevaux-amulettes sculptés.

Toutes ces marques de bienveillance n'empêchaient cependant pas Rhius de maintenir quelque distance à l'endroit de Ki, ce qui n'allait pas sans mettre un peu mal à l'aise les deux garçons.

Le jour de la fête de Tobin, il avait ainsi fait présent à Ki d'un costume neuf et d'un beau rouan nommé Dragon. Mais il coupa court aux tentatives de remerciements du gosse en déclarant tout sec : « Mon fils doit être accompagné comme il sied. »

Or, si Ki, totalement envoûté déjà par Tharin, ne demandait manifestement qu'à se laisser envoûter de même par le père de Tobin, la froideur du duc ne servit qu'à l'intimider davantage et à le paralyser.

Tobin s'en aperçut lui-même et en fut blessé pour son ami.

Seuls à comprendre ce qui motivait le comportement de Rhius, Arkoniel et Nari n'étaient ni l'un ni l'autre en mesure de leur offrir le réconfort de la vérité. Il leur était impossible d'évoquer, même entre eux, le fil d'araignée auquel était attachée l'épée suspendue sur la tête du jeune Ki.

Quelques semaines s'étaient écoulées quand, par un bel après-midi froid, Arkoniel se trouva regarder en compagnie du duc, du haut du parapet, les enfants qui s'amusaient dans la prairie en contrebas.

Tobin s'échinait à retrouver Ki, planqué pour lors dans un creux cerné d'herbes folles et de vagues taillis enneigés. Tout en réussissant l'exploit d'empêcher son haleine fumante de s'élever, Ki finit tout de même par se trahir en heurtant du pied une souche morte de dompte-venin. Encore chargée de ses gousses sèches, la plante éparpilla sous le choc une nuée soyeuse de graines blanches aussi éclatante que des enseignes de bataille.

Rhius se mit à glousser. « Hm, le voilà fait maintenant ! »

À cette vue, Tobin fusa effectivement sur son copain, et l'empoignade qui s'ensuivit souleva de nouvelles nuées d'aigrettes floconneuses.

« Lumière divine..., ce Ki est une vraie bénédiction !

— Je le crois moi-même, convint Arkoniel. C'est ahurissant de voir comme ils se sont plu l'un l'autre. »

À première vue, il était impossible en effet d'être plus différent que les deux garçons. Autant Tobin se montrait taciturne et sérieux par nature, autant Ki paraissait incapable de tenir en place ou de garder le silence plus de trois minutes d'affilée : jacasser semblait aussi vital pour lui que respirer ; il parlait encore comme un rustre et pouvait déployer des crudités de charretier qui lui auraient déjà valu dix fois le fouet de Nari si Tobin ne s'était fait l'apôtre de l'indulgence ; mais quant au fond de ses propos, l'intelligence, quoique en friche, y brillait la plupart du temps, tandis que ses éventuels manquements à la bienséance verbale s'accompagnaient d'une invariable drôlerie.

Et Arkoniel ne s'y méprenait pas : pour n'avoir pas encore essayé de s'en faire l'émule, Tobin ne s'en glorifiait pas moins du caractère turbulent de Ki. Il rayonnait comme une pleine lune en présence de son jeune aîné, et il se délectait à l'écouter conter les histoires de son innombrable tribu bigarrée. Il n'était pas le seul, d'ailleurs, à s'en montrer friand. Lorsque la maisonnée se regroupait autour du feu, le soir, Ki lui servait plus qu'à son tour d'amuseur en titre, et ses auditeurs ne tardaient guère à se tenir les côtes grâce aux travers et aux mésaventures de ses divers frères et sœurs.

Il possédait aussi un répertoire aussi copieux qu'extravagant de fables et de légendes ingurgitées au foyer de son père ; il y était question de bêtes qui parlaient, de spectres et de royaumes fantastiques où les hommes avaient deux têtes et où les oiseaux perdaient en muant des plumes d'or acérées à point pour que les cupidités s'y tranchent infailliblement les doigts.

Tâchant de s'appuyer sur les conseils d'Iya, Arkoniel fit venir des éditions richement enluminées des contes les plus courants, dans l'espoir qu'elles rendraient plus attrayant pour les deux petits l'apprentissage de la lecture. Tobin n'en finissait pourtant pas de se débattre avec son alphabet, et les secours de Ki se révélaient d'autant plus piètres dans ce domaine qu'il y renâclait lui-même avec l'orgueilleuse imbécillité du gentillâtre provincial qui, n'ayant jamais vu son nom noir sur blanc, se souciait de l'écrire comme d'une guigne. Au lieu de les réprimander, le magicien laissa simplement traîner deux ou trois volumes ouverts sur des illustrations tout spécialement palpitantes, escomptant bien que la curiosité ferait la besogne à sa place. Et c'est seulement l'autre jour qu'il avait fini par surprendre un Ki tout pensif devant le *Bestiaire de Gramain*. Entre-temps, Tobin s'était d'ailleurs paisiblement mis au travail sur une biographie de sa célèbre ancêtre, Ghërilain Première, qu'il avait reçue en présent du duc.

Ki se révéla toutefois un meilleur allié lorsqu'il fut question de magie. Il éprouvait envers celle-ci toute la fascination d'un enfant normal, et son enthousiasme aplanit les voies d'Arkoniel pour entreprendre de soigner les affolements singuliers dont elle affligeait Tobin. Le magicien se contenta de débuter par de petites séances d'illusionnisme et quelques manipulations simplettes. Mais tandis qu'avec sa fougue habituelle Ki se jetait à corps perdu dans ce genre de passe-temps, Tobin persista à réagir de manière aussi peu prévisible. S'il eut l'air charmé par les pierres lumineuses et les copeaux de feu, il se mettait sur la défensive aussitôt qu'Arkoniel suggérait l'idée d'un nouveau voyage visionnaire.

Tharin se montrait lui aussi très content de Ki. Le gosse avait un sens inné de l'honneur, et il s'accommodait joyeusement de son entraînement d'écuyer. Il apprit les rudiments du service à table, en dépit de l'existence fort peu formaliste qu'on menait au fort, et il mit toute son ardeur à maîtriser les autres arts inhérents à son service, en dépit de Tobin, qui ne voulait à aucun prix se laisser servir, allant jusqu'à refuser toute aide pour se baigner comme pour s'habiller, et qui aimait cent fois mieux panser son cheval lui-même que s'en remettre à un palefrenier.

En fin de compte, c'est à l'épée que Ki prouva le mieux son utilité. Il n'avait jamais qu'une petite tête de plus que Tobin, et il s'était battu contre ses frères et sœurs depuis qu'il savait marcher. Cela faisait de lui un excellent partenaire d'entraînement, et également un redoutable adversaire. Il sortait à son avantage de la plupart des combats, alors que Tobin était pas mal tuméfié. Mais ce dernier avait la bonne grâce de n'en bouder que rarement et d'écouter de toutes ses oreilles quand Tharin ou Ki lui expliquaient ce qu'il venait de faire de travers. Ce qui lui facilitait la chose, peut-être, c'est qu'il tenait lui-même lieu de maître à Ki en matière de tir à l'arc et d'équitation. Jusqu'à son arrivée au fort, Ki n'avait jamais eu de véritable selle sous les fesses. Tout fils de chevalier qu'il pouvait bien être, il n'en avait pas moins reçu la rude éducation d'un simple paysan. C'était aussi peut-être pour cette raison qu'aucune tâche ne le rebutait jamais et qu'il accueillait la moindre faveur avec reconnaissance. Trop longtemps confiné pour sa part dans la société des femmes, Tobin, lui, considérait chaque nouvelle tâche comme un jeu, et il tenait souvent à donner coûte que coûte un coup de main pour des besognes auxquelles la plupart des rejetons nobles se seraient estimés offensés de songer. Du coup, il devint de jour en jour plus rougeaud et hâlé. Les hommes des baraquements en reportèrent le crédit sur Ki et firent leurs chouchous d'eux deux.

Et lorsque d'aventure Arkoniel ou Nari s'offusquaient de trouver Tobin occupé, aux côtés de Ki, à récurer les stalles ou à rapetasser une cloison, Tharin n'avait rien, lui, de plus pressé que de leur dire : « Ouste ! », en les réexpédiant dans la maison.

« Le démon s'est un peu calmé depuis que ce gosse est là, lâcha tout à coup Rhius dans un murmure, arrachant par là le jeune magicien à ses songeries.

— Vraiment ? s'enquit-il. Voilà trop peu de temps que je réside ici pour en être juge...

— Et il ne s'en prend plus jamais à Tobin, on dirait, depuis... depuis la disparition de sa malheureuse mère. Peut-être a-t-elle été une bonne chose, après tout.

— Vous ne pouvez pas le penser, messire ! »

Le regard de Rhius resta fixé sur la prairie.

« Tu as connu ma dame au temps où elle était heureuse et en bonne santé. Tu n'as pas vu ce qu'elle était devenue. Tu ne te trouvais pas ici pour le voir. »

Il n'y avait rien à répondre à cela.

Les deux gamins en étaient finalement venus à conclure une trêve. Allongés côte à côte dans l'herbe enneigée, ils se montraient du doigt les nuages qui dérivaient dans l'azur hivernal.

Arkoniel leva les yeux et se mit à sourire. Cela faisait bien des années qu'il ne s'était plus avisé de trouver des formes aux nuages. Et il soupçonna que Tobin s'y exerçait probablement pour la première fois.

« Vise un peu, dit Ki. Çui-là, c'est un poisson. Et çui qu'est là-bas, tiens, il t'a tout l'air d'une marmite d'où qu'un cochon sort. »

Sans se douter que le magicien était en train de le regarder, Tobin s'abandonnait à des pensées fugitives parallèles aux siennes. Il avait l'impression que toutes choses avaient changé de face depuis l'arrivée de Ki, et dans un sens heureux, pour une fois. Rien qu'à se trouver là, couché face au soleil, avec la froidure qui s'insinuait au travers de son manteau, voilà que ça lui devenait facile, d'oublier les mères et les démons et tout le tas d'ombres grouillant dans tous les coins de sa mémoire. Il parvenait même presque à ignorer Frère qui, accroupi à trois pas d'eux, dévorait Ki de ses prunelles noires.

Frère exécrait Ki. Il refusait de dire pourquoi, mais Tobin n'avait qu'à le voir regarder le garçon vivant pour savoir qu'il brûlait de le pincer, de le gifler, de lui faire mal. Et il avait beau, chaque fois qu'il le convoquait, lui enjoindre de s'en abstenir, eh bien, ça n'empêchait pas Frère d'abasourdir Ki en lui jouant des tours pendables, en lui arrachant des mains par exemple l'objet qu'il tenait ou en lui culbutant son hanap, à table. Ce qui faisait toujours d'abord un rien sursauter Ki, puis cracher des jurons entre ses dents, mais jamais détaler ni piailler. Tharin affirmait que c'était là le signe d'un véritable courage, que de tenir pied quand on crevait de peur. D'autant que, tout incapable qu'il était de voir Frère, Ki n'avait néanmoins pas tardé à prétendre qu'il lui arrivait d'en percevoir nettement la présence.

N'eût été que de lui, Tobin aurait congédié Frère et l'aurait laissé mourir de faim quelque temps ; seulement, il avait juré à Lhel de prendre soin de lui, et il lui était impossible de trahir sa parole. Aussi appelait-il Frère tous les jours, ce qui permettait au maudit esprit de hanter les abords de leurs moindres jeux comme un importun de roquet. Il tournicotait dans les ombres de la chambre aux joujoux, chaque chevauchée en forêt le voyait là, maintenant toujours la cadence – va savoir comme – sans même se donner la peine de jamais courir. Le souvenir de son rêve avait une fois incité Tobin à lui proposer de le prendre en croupe, mais l'esprit n'avait accueilli l'offre que par son éternel silence incompréhensif.

Ki désigna un nouveau nuage.

« Çui-là, il t'a tout l'air des petits gâteaux qui se vendent à la fête des Fleurs, chez moi. Puis y a un museau de limier, là, vise-moi si lui pend la langue... ! »

Tobin détacha de ses cheveux deux ou trois graines de bardane toutes hérissées qu'il expédia d'une pichenette vers les silhouettes nébuleuses.

« Moi, ce qui me plaît bien, c'est la façon qu'ils ont de changer de forme au fur et à mesure qu'ils se déplacent. Ton limier, maintenant, on dirait plutôt un dragon.

— Le grand dragon d'Illior, sauf qu'il est blanc, pas rouge, accorda Ki. Quand ton père nous emmènera à Ero, je te montrerai sa peinture, au dragon, dans le temple de la rue des Orfèvres. Il a cent pieds de long, des pierreries comme yeux, et toutes ses écailles soulignées en or. » Il lorgna de nouveau le ciel. « Et voilà que mon petit gâteau de tout à l'heure, ben, il ressemble à notre servante, Lilain, avec sa bedaine enflée par les huit lunes au bâtard d'Alon. »

Tobin jeta un coup d'œil oblique sur son copain, dont le sourire suffit à lui confirmer l'imminence d'une anecdote.

Et, de fait, Ki reprit : « On croyait, nous, que Khemeüs allait te les zigouiller tous les deux, vu qu'elle, il avait pas cessé d'y ahaner dessus depuis qu'elle arrive chez nous.

— "*Était arrivée* chez nous", rectifia Tobin, qu'Arkoniel avait expressément chargé d'aider Ki à apprendre à parler correctement.

— Était arrivée chez nous, donc ! concéda Ki en roulant les yeux. Mais ç'a juste fini par des coups de poing dans la cour avec l'autre gars. Il pleuvait comme vache qui pisse, ils sont tombés tous les deux sur le tas de fumier, puis les voilà partis se soûler la poire. Et quand le môme à Lilain a fini par naître, eh ben, comme il lui ressemblait quand même, à Khemeüs, alors c'était probablement le sien, en définitive, et ç'a fait qu'ils se sont recassé la gueule, lui et Alon. »

Tobin examina le nuage sous tous les angles, dans l'espoir qu'il lui révélerait en quoi consistait l'exploit.

« C'est quoi, un bâtard ?

— Tu sais bien, un gosse qui vient quand le type et la bonne femme ont pas fait le contrat ensemble.

— Oh. » Ça ne signifiait à la vérité strictement rien du tout pour lui. « Il s'y était fourré comment, dans le ventre de cette fille ? »

Ki se redressa sur un coude pour le dévisager d'un air incrédule. « Tu sais pas ça ? T'as jamais regardé les bêtes le faire ?

— Faire quoi ?

— Ben..., *foutre*, évidemment ! Comme quand un étalon grimpe sur le dos d'une jument ou bien quand un coq piétine une poule. Par les couilles à Bilairy, Tobin, t'as bien dû voir les clébards foutre, au moins ?

— Oh, ça ! » Il savait à présent de quoi voulait parler Ki, mais jamais il n'avait entendu personne employer ce terme pour le désigner. Soupçonnant qu'il devait s'agir là d'un des mots que réprouvaient Arkoniel et Nari, il se l'appropria avec délices. « Tu veux dire que les gens foutent aussi ?

— 'videmment ! »

Tobin se rassembla sur son séant et enveloppa ses genoux dans ses bras. Tout ça l'intriguait tout en le mettant mal à l'aise.

« Mais... comment ? Ils ne risqueraient pas de tomber ? »

Ki se renversa en hurlant de rire.

« Rien qu'un peu ! T'as jamais vu personne le faire, hein ?

— Et toi si ? » lança Tobin d'un ton de défi. Ki lui faisait peut-être une blague, après tout...

« Dans notre maison ? renifla Ki. Bons dieux, mais tout le temps ! Père arrête pas d'être perché sur quelqu'un, et les aînés le font aux filles et même aux hommes, y a des fois. C'est un miracle, qu'aucun de nous arrive à roupiller, la nuit ! Comme je t'ai déjà dit, dans la plupart des maisons, tout le monde dort dans la même pièce. 'tout cas dans celles où j'ai mis les pieds... »

Tobin demeurant ébahi devant la réalité de la chose, Ki se mit à fouiner en quête d'un couple de brindilles fourchues puis s'en servit pour illustrer plus en détail la suite de la leçon.

« Tu veux dire que *ça* grossit ? demanda Tobin en s'écarquillant. Et la fille, elle n'a pas mal ? »

Ki se planta l'une des brindilles au coin de la bouche et cligna de l'œil. « D'après le boucan qu'elles font, m'a tout l'air que non ! »

Il leva un œil vers la position du soleil. « J'ai froid. Viens, allons faire une balade à cheval avant que Nari décide que c'est trop tard. Peut-être qu'on va quand même finir par la dégotter, ta sorcière, aujourd'hui ! »

Tobin ne savait trop s'il avait eu tort ou non de parler de Lhel à Ki. Sans seulement parvenir au juste à se rappeler si elle le lui avait formellement interdit, il éprouvait le sentiment coupable qu'elle l'avait bel et bien fait.

C'étaient les histoires déballées par Ki, un soir, au lit, sur une prétendue sorcière de son village qui l'avaient poussé à lâcher qu'il en connaissait une, lui aussi. Bien sûr, Ki avait réclamé tout plein de détails, car son propre récit n'était que la contrefaçon de celui d'un barde, et Tobin en était venu, de fil en aiguille, à parler des rêves. Il avait également raconté comment, après s'être égaré, il s'était retrouvé dans le chêne creux que Lhel habitait, mais sans se risquer jusqu'à faire la moindre allusion à la poupée.

Depuis lors, ils s'étaient secrètement lancés de conserve dans une quête qui permettrait de dénicher Lhel afin que Ki la rencontre à son tour.

Mais ils avaient beau sortir à cheval presque tous les jours, ils n'avaient pas jusqu'ici relevé la plus petite trace d'elle. Tobin rentrait toujours de ces vaines recherches avec des sentiments mêlés. Malgré l'immense envie qui le possédait de la revoir et de découvrir en quoi consistait ce qu'elle entendait lui apprendre, il ne pouvait se défendre d'être soulagé, tant il craignait qu'elle ne soit fâchée contre lui de la confidence faite à Ki.

Malgré toutes ces semaines de sorties sans fruit, la foi de Ki n'en demeurait pas moins inébranlable, et c'était pour lui un véritable ravissement que de partager le secret de Tobin.

Celui-là compensait presque à lui seul tous ceux que Tobin se révélait totalement incapable de partager.

Tout en éperonnant leurs montures pour leur faire remonter la route, les garçons gardaient un œil sur la course du soleil. Les jours étaient désormais courts, et promptes les tempêtes à fondre du haut des montagnes.

Frère se maintenait juste en avant d'eux, malgré cette espèce de démarche insolite et raide qu'il avait toujours et dont l'excessive lenteur aurait dû le laisser loin derrière, sans que ce soit jamais le cas. Tu pouvais bien piquer tous les triples galops du monde, peine perdue, lui te précédait quand même.

Tout autres étaient les préoccupations de Ki.

« Comment qu'elle va s'y prendre, ta sorcière, pour vivre dans un arbre tout l'hiver ?

— Elle avait un feu, rappela Tobin.

— Tant que tu voudras, mais la neige va lui obstruer sa porte, non ? Va lui falloir creuser comme un lapin pour se faire une issue. Et puis elle va manger quoi ? »

Tout perplexes sur ces questions, ils attachèrent leurs chevaux au bord de la route avant de les abandonner pour aller explorer à pied une sente à gibier que Tobin avait repérée voilà quelques jours et où ils ne s'étaient pas encore aventurés. Le temps de la suivre et d'aboutir à une impasse suffit à épuiser leur marge de jour. Le soleil n'était pas loin de frôler les sommets quand, décidant finalement de renoncer, ils se mirent à rebrousser chemin ; encore allaient-ils devoir couvrir d'écume leurs montures pour être rentrés avant que Nari ne commence à être aux cent coups.

Ki venait à peine de monter en selle, et Tobin n'en était encore qu'à mettre le pied à l'étrier quand leurs chevaux bronchèrent tout à coup. En se cabrant, Gosi fit perdre l'équilibre à Tobin avant de dévaler la route à toutes jambes. Après que la brutalité de l'atterrissage sur son derrière lui eut dérobé un grognement de stupeur, le petit ne releva les yeux que pour entrevoir Ki tirant sur les rênes afin de maîtriser Dragon qui n'aspirait qu'à s'élancer aux trousses de son congénère, puis les deux chevaux disparurent au premier tournant, de même que le cavalier.

« Enfer et damnation ! » éructa-t-il. À peine avait-il entrepris de se relever qu'un grondement tonitruant le pétrifia et le remit à croupetons. Tournant bien lentement la tête vers sa droite, il se vit quasiment nez à nez avec un couguar aplati sur l'orée des bois, de l'autre côté du chemin.

Or, s'il trouva que le poil fauve du matou se fondait à merveille dans les tonalités du couvert hivernal, il découvrit aussi que ses prunelles jaunes étaient non seulement aussi vastes qu'un couvercle de baril à clous mais attachées sur lui. La bête le dévisageait, le ventre au ras du sol et la queue fouettant convulsivement les feuilles mortes et la neige. Et puis, comme en un cauchemar, elle esquissa un pas glissé vers lui, puis un deuxième, épaules creusées et nouées par le mouvement des muscles.

Il lui tenait lieu de gibier.

Rien ne servirait de s'enfuir. Et il était beaucoup trop terrifié pour seulement fermer les yeux.

Le couguar fit encore un pas puis s'immobilisa, les oreilles à plat sur son crâne massif, lorsque Frère apparut entre sa proie et lui.

Il le voyait, manifestement. L'échine encore plus creusée, il se mit à gronder, découvrant des crocs incurvés, féroces, et aussi longs que les pouces de l'enfant qui, désormais bien au-delà de la terreur, ne pouvait strictement plus ébaucher un geste.

Avec un feulement, le couguar décocha sa patte au fantôme. Les énormes griffes éraflèrent le vide à moins d'un pas de la poitrine de Tobin, assez près toutefois pour qu'il en perçoive le courant d'air et les voie clairement fouailler le ventre de Frère. Lequel ne bougea point. Avec un nouveau grondement, le fauve se ramassa sur lui-même afin de s'élancer.

Tobin entendit alors quelqu'un qui accourait de leur côté. Ki, c'était Ki, revenant au pas de charge, à pied, ses longs cheveux lui flottant autour de la tête, et qui, poussant un beuglement farouche, fonça droit sur le couguar, sans rien brandir d'autre qu'un mince bâton noueux.

« Non ! » couina Tobin, mais il était déjà trop tard. Le chat venait de bondir, de heurter Ki en pleine poitrine, ils s'étaient ensemble aplatis en travers du chemin puis finirent, le couguar dessus, par s'immobiliser tout à fait.

L'espace de quelques secondes épouvantables, Tobin sentit le temps s'arrêter comme il s'était arrêté le jour où Mère s'éloignait de lui en dégringolant tout le long du flanc de la tour. Écrabouillé par le couguar, Ki gisait sur le dos, et tout ce que Tobin discernait dans lc tas, c'étaient des jambes écartelées d'enfant, plus la patte arrière du fauve qui, arc-boutée sur le ventre de son copain, s'apprêtait à l'étriper comme un écureuil.

Seulement, ni Ki ni le chat ne bougeaient, et Frère, à présent, les toisait de son haut. Tobin ne prit vaguement conscience qu'il avait dû se mettre à courir qu'au moment où il se précipita sur le dos du fauve et se colleta avec la formidable tête afin d'essayer de dégager la gorge de Ki. La bête était toute flasque, rien d'autre que du poids mort entre ses mains.

« Ki ! Ki, tu es mort, Ki ? cria-t-il tout en s'efforçant de faire basculer la monstrueuse masse effondrée par-dessus son ami.

— Pas trop, à ce qui me paraît », lui répondit un souffle lointain.

Et, de fait, Ki se mit à remuer, tant et si bien qu'en joignant leurs forces ils finirent par arriver à repousser le couguar de côté. Ki se sortait de ce mauvais pas blême et tremblant mais indiscutablement en vie. Le devant de sa tunique était passablement lacéré, du sang maculait ses guipures en lui dégoulinant d'une longue balafre qu'il avait au cou. Tobin se laissa tomber à genoux pour mieux le contempler. Ce qui venait tout juste de se passer lui paraissait encore presque invraisemblable. Sans échanger un mot, tous deux se tournèrent pour considérer la gigantesque femelle couguar affalée juste à côté d'eux. Les prunelles jaunes fixaient aveuglément le fossé. Des coulées de sang sombre noircissaient la neige sous le large déploiement des griffes.

Ki fut le premier à recouvrer la voix.

« Par le velu des bourses à Bilairy ! croassa-t-il une octave au-dessus de son timbre ordinaire. Qu'est-ce qu'est arrivé ?

— Je crois bien que c'est Frère qui l'a tuée ! » Tobin appesantit un regard perplexe sur le fantôme maintenant accroupi sur la chatte morte. « Il s'était mis entre elle et moi pour bloquer l'attaque. Mais toi, tu es arrivé là-dessus en courant avec... Tu te *figurais* faire quoi, dis, quand tu as foncé sur elle avec... avec un *bâton* ! ? »

Ki exhiba le cheval sculpté qu'il portait au col en guise d'amulette. « Je suis ton écuyer. Et comme j'avais pas été foutu de trouver autre chose... » Il s'arrêta pile, bouche bée, l'œil écarquillé sur va savoir quoi par-dessus l'épaule de Tobin.

Celui-ci sentit les petits cheveux de sa nuque se hérisser. Les couguars chassaient-ils en couple ? En meute ? Il pivota si vivement sur lui-même qu'il perdit l'équilibre et tomba comme un plomb sur son arrière-train.

Lhel se dressait à trois pas de lui, aussi crasseuse et déguenillée que dans ses souvenirs, mais pas du tout surprise, apparemment, de les trouver là, tous les deux, en compagnie d'un couguar mort.

« Toi être cherchant moi, *keesa* ?

— Eh bien..., oui. Je... j'espère que cela ne vous ennuie pas. J'ai dit à mon ami... Il n'avait jamais rencontré de sorcière. Et puis... puis vous aviez dit que vous alliez m'enseigner des choses », acheva-t-il, d'autant plus piteux que le déclin croissant du jour l'empêchait de savoir si elle lui en voulait ou pas.

« Et à la place toi trouvé par grosse *maskar*. » Entortillé dans des haillons, son pied taquina la dépouille du fauve.

« Elle allait m'attraper quand Frère l'a stoppée, puis Ki est arrivé, l'a détournée de moi, et Frère l'a tuée, fina...

— Je tuer. Frère pas faire mort. »

Les deux garçons prirent le même air ahuri.

« Vous ? Mais... mais comment ? » demanda Tobin.

Elle renifla. « Je sorcière. » Elle s'agenouilla pour cueillir le visage de Tobin au creux de ses rudes paumes.

« Tu blessé, *keesa* ?

— Non.

— Toi ? » Elle avança la main, frôla le cou de Ki.

Il secoua la tête.

« Bien. » Elle leur fit un grand sourire qui révéla qu'il lui manquait pas mal de dents. « Toi bon, brave ami de Tobin. Avoir une voix, ou pas ? »

Ki s'empourpra.

« Je ne sais pas quoi dire à une sorcière.

— Dire peut-être : “Salut, sorcière” ? »

Ki rassembla ses genoux pour lui faire une révérence comme s'il s'adressait à une *dame*.

« Salut, maîtresse Lhel. Et merci ! je suis votre débiteur. »

Elle lui posa une main sur la tête. Un instant, Tobin crut surprendre dans ses yeux comme une tristesse fugitive, et cela lui fit tournoyer dans les tripes un vilain frisson froid, mais elle n'avait plus cet air quand elle se tourna vers lui pour l'attirer contre elle et le serrer dans ses bras. Ce n'est pas sans un rien de roideur qu'il se laissa faire ; elle ne sentait toujours pas bien bon...

Elle l'étreignit un moment avant de chuchoter :

« Bon *keesa*, ça. Toi être bon pour lui ? Protéger le ?

— Le protéger ? De qui ?

— Tu savoir, venue l'heure. » Elle lui tapota la poitrine d'un doigt. « Tu avoir ça là, pas aller oublier.

— Je ne l'oublierai pas. »

Il se dégagea. Frère se tenait assez près maintenant pour qu'il puisse le toucher, ce qu'il essaya de faire afin de le remercier. Mais comme toujours, en dépit des apparences tellement tangibles, ses doigts, loin d'y trouver prise, ne rencontrèrent rien de mieux qu'un pan d'air plus froid.

« Comment vous avez su qu'on était ici ? demanda Ki.

— Je voir vous plein et plein de fois pour savoir quelle sorte de bon ami mon Tobin avoir. Être fins guerriers tous les deux. » Elle se toucha le front. « Je voir ça là. » Elle reporta son regard sur Tobin puis pointa l'index vers le fort. « Tu nouveau professeur. Plaît toi ?

— Non. Il fait de la magie, mais pas comme la vôtre. Surtout, il nous apprend à lire et à compter.

— Il a essayé de nous apprendre aussi à danser, mais faut le voir, lui, comme un grand héron sur la glace... ! ajouta Ki. Voulez-vous venir à la maison avec nous, Maîtresse ? Il ne m'appartient pas de vous offrir l'hospitalité, mais vous m'avez sauvé la vie. Il fait froid, ce soir, et... et puis Cuistote est en train de faire une tourte à la galantine. »

Elle lui tapota l'épaule.

« Non. Eux pas avoir à me connaître. Pas les dire, hein ?

— Jamais de la vie ! » promit Ki, tout en décochant à Tobin un sourire de conspirateur. Si le secret fait autour de cette histoire de sorcière l'avait enchanté, cette merveille de sorcière en chair et en os passait toutes ses espérances.

« Il nous faut rentrer. » Tobin jeta un nouveau regard inquiet vers le ciel assombri sur la pourpre et l'or duquel les pics se découpaient en noir. « Maintenant que nous vous avons trouvée, pouvons-nous revenir vous rendre visite ? Vous avez dit aussi que vous seriez mon professeur...

— Quand venue l'heure. Pas encore. » Elle se mit deux doigts dans la bouche et produisit un sifflement strident. Les chevaux enfuis remontèrent la route au trot, traînant leurs rênes lâches dans la neige. « Venir visite des fois quand même.

— Où ça ? Comment est-ce que nous vous trouverons ?

— Vous chercher. Vous trouver. » Et, sur ce, elle s'éloigna d'un pas léger et s'évapora dans l'obscurité grandissante.

« Par la Flamme ! » Ki se mit à faire des sauts et gambades enthousiastes et à donner des bourrades au bras de Tobin. « Par la Flamme, elle est juste comme tu disais ! Une véritable sorcière ! Elle a tué le couguar sans même y toucher. Et puis elle nous a prédit notre avenir, tu as entendu ? “Fins guerriers” ! » En faisant mine de porter une formidable estocade à quelque ennemi futur, il eut le souffle brusquement coupé par la douleur de ses égratignures, mais son caquet ne s'en trouva guère affecté plus d'une seconde. « Tous les deux, toi et moi ! Le prince et l'écuyer ! »

Tobin leva la main, et Ki la serra. « Tous les deux. Mais sans en rien dire à quiconque », lui rappela-t-il, trop habitué qu'il était au penchant de cet étourneau de Ki à lâcher tout ce qui lui traversait la cervelle.

« Sur mon honneur, prince Tobin, j'obéirai. La torture ne m'en arracherait pas l'aveu. Et c'est elle qui nous guette à notre arrivée au fort ! Car voilà le soleil bel et bien couché... » Il jeta un regard navré sur sa tunique lacérée. « Comment qu'on va faire pour expliquer ça ? Si Nari découvre la vérité, elle ne nous laissera jamais plus mettre le nez dehors ! »

Sachant trop bien fondée la prévision, Tobin se mâchouilla la lèvre inférieure un bon moment. Arkoniel avait beau les soutenir, Nari n'en persistait pas moins à les couver et à s'affoler dès qu'elle les perdait de vue trop longtemps. Mais la seule idée de se voir priver d'un seul jour de leur liberté toute neuve était insupportable. « Nous n'aurons qu'à lui dire que Dragon s'est emballé avec toi dessus. Ce n'est même pas un mensonge. »

2

Le mois n'était pas terminé que, se déchargeant une fois de plus de la responsabilité des garçons sur le capitaine et sur le magicien, Rhius repartait pour Ero.

Maintenant qu'il avait défini ses devoirs de tuteur à sa propre satisfaction comme à celle de ses pupilles, Arkoniel était enchanté des nombreuses heures de liberté dont il disposait désormais pour s'occuper de ses études personnelles. Alors qu'Iya s'était trouvée contente de vagabonder tout en collectant des idées et en pratiquant son art en faveur de ceux qui en avaient besoin et qui pouvaient payer, lui n'avait jamais eu qu'un désir, étudier et créer ; et voilà qu'Illior lui offrait simultanément, semblait-il, et les moyens et l'occasion de le faire.

Vers la fin de Kemmin, la rénovation des appartements du second étage étant tout de même achevée, il prit possession de deux pièces : l'une, petite mais confortable, en guise de chambre à coucher, l'autre, contiguë, vaste et haute de plafond, dont il comptait faire son cabinet d'études. En contrepartie de ses fonctions de gardien de Tobin, le duc lui avait en effet ouvert un compte presque illimité pour lui permettre de consacrer ce que celles-ci lui laisseraient de loisirs à la poursuite de ses propres recherches.

Ainsi donc, pour la première fois de son existence passablement errante, Arkoniel se trouvait posséder tout à la fois les rentes et la profusion de temps nécessaires à des investigations plus complexes en fait de magie. Bien avant que l'on n'ait appliqué la couche finale de plâtre à tous les murs du second étage, il s'était mis à équiper ce qu'il considérait déjà mentalement comme son atelier. Aussi cela faisait-il plusieurs mois qu'il arrivait presque chaque jour des caisses bourrées de livres et d'instruments repérés au cours des voyages en compagnie d'Iya. Des fours et fonderies d'Ylani provenaient les mortiers, les creusets, les alambics indispensables aux expériences d'alchimie comme à la composition d'objets magiques. Bierfût fournit quant à elle suffisamment d'outils, de tables et de braseros pour bonder une autre partie de la pièce. Les mines situées dans les Territoires du nord procurèrent pour leur part des cristaux d'une limpidité parfaite, et, sollicités par courrier, des collègues magiciens expédièrent des minerais, des herbes et toutes sortes de substances rares ou introuvables sur place. Tant et si bien qu'Arkoniel en vint à se demander s'il aurait le front de se faire adjuger une pièce supplémentaire. En tout cas, ces largesses inouïes l'incitèrent à témoigner sa gratitude en se mettant à confectionner pour la maisonnée toutes les médications à base de simples dont il connaissait la recette.

Depuis qu'il se risquait à donner noir sur blanc de menues nouvelles de Tobin, il farcissait ses longues missives à Iya de ses propres progrès et espérances. Et les réponses qu'il recevait d'elle de loin en loin approuvaient toutes sa démarche et l'encourageaient.

Telle pourrait bien être une Troisième Orëska, écrivait-elle par exemple à mots soigneusement choisis. *Non pas un magicien travaillant isolé, mais un grand nombre, et qui partageraient leur savoir avec des générations d'étudiants, pour le bénéfice de tous. Je compte bien que tu auras du neuf à me montrer, lors de notre prochaine rencontre.*

Il entendait de tout son cœur remplir cette attente, et grâce à une innovation autrement plus impressionnante que l'invention d'un nouveau charme à feu.

Les premières chutes de neige importantes de l'année survinrent durant la cinquième nuit de Cinrin. Au matin, le monde était une étourdissante féerie de noirs et de blancs sous un ciel ébloui d'azur. Impatiemment attendus par le paysage qui les guettait à la fenêtre, les garçons se révélèrent absolument incapables de tenir en place pour leurs leçons. Non sans branler quelque peu du chef, Arkoniel les laissa filer et se retira dans son atelier pour renouer avec sa passion du moment. Des éclats de rire lui parvinrent bientôt du dehors. Gagnant la fenêtre, il vit que Tharin et les gamins s'étaient attelés à la construction d'une forteresse de neige dans la prairie. Autour d'eux, le versant tout entier, comme saupoudré de sel fin, étincelait d'une blancheur immaculée, sauf dans la partie qu'ils avaient piétinée pour dresser leur château. Dans les traces laissées par leurs pas et par le roulage des moellons de neige, les ombres avaient des tons bleus. La route et le pont avaient disparu sous la neige. Seule intacte d'aspect, la rivière déroulait ses flots comme un gros serpent noir entre les amoncellements blancs de ses berges.

Nouveaux éclats de rire, et mugissement de Tharin. À l'évidence, Tobin avait appris de Ki l'art de façonner les boules de neige et de s'en servir. Tout travail avait désormais cessé sur le chantier du fort miniature, et la bataille y faisait rage. Arkoniel fut un moment tenté de descendre se joindre à eux, mais la chaleur et la quiétude de l'atelier eurent raison de sa velléité.

En matière de création magique, lui avait enseigné Iya, le tout premier pas consistait à se représenter le résultat souhaité. Ainsi, tramer un charme habituel débutait comme suit : si vous envisagiez de faire du feu, c'est une flamme que vous deviez vous figurer, avant de vous concentrer sur la forme afin que se matérialise votre intention.

La création d'un nouveau charme ne réclamait rien de plus compliqué que la découverte des étapes intermédiaires permettant le passage du désir à la réalité.

Au début, chamboulé qu'il était tout autant par l'obligation de s'adapter à son nouveau rôle et à la demeure que par la fièvre d'aménager ses appartements personnels, il s'était contenté de faire joujou avec l'alchimie et telle ou telle autre science connue, et de perfectionner les talents qu'il possédait déjà. Mais, une fois mise en place une existence régulière et l'hiver en passe de s'installer, il s'était surpris à ruminer sa rencontre avec Lhel.

L'époustouflante puissance érotique qui émanait d'elle s'insinuait de plus en plus fréquemment dans les rêves du jeune homme, il la sentait toute brûlante contre lui, il percevait son odeur sauvage et musquée.

Il s'en réveillait chaque fois terrifié, trempé de sueur et le cœur battant la chamade. À la lumière du jour, il lui était facile d'imputer de pareils émois à la furieuse émeute de son corps, aussi juvénile qu'indiscipliné. Mais la seule idée qu'il pourrait véritablement la toucher comme il le faisait au cours de ses rêves le rendait malade d'angoisse.

Or, ce qui l'amenait aujourd'hui à s'en ressouvenir, ce n'était pas le côté charnel de leur rencontre, c'étaient tout à la fois la pensée de ce qu'il croyait avoir vu Lhel faire ce jour-là, dans la forêt, et celle d'un songe qui le taraudait.

Projeter l'image de quelqu'un ressortissait à la magie connue ; et, pour n'être pas d'une maîtrise aisée, ce tour-là n'avait rien d'exceptionnel non plus. Iya savait le réaliser, et Arkoniel lui-même s'y était taillé quelques succès mineurs, mais l'image qui s'obtenait grâce à la magie d'Orëska se réduisait à la seule forme du magicien lui-même, aussi claire, ordinairement, que peu naturelle, telle celle d'un spectre surpris au grand jour. Or, près de la route, ce jour-là, Lhel lui était apparue comme encadrée dans une fenêtre ovale ; la lumière qui la nimbait était bel et bien celle du jour, et lui-même avait été capable de distinguer le marécage environnant dès avant même que de savoir qu'il en existait un dans les parages. La révélation de ce genre de détails, il n'avait pas pu la devoir à son propre esprit ; c'était bien Lhel qui lui avait montré où elle se trouvait, et d'une manière aussi nette que si elle l'y avait conduit grâce à un trou creusé dans l'air.

Un trou creusé dans l'air.

L'image lui en était venue au moment même où il se réveillait, ce matin. Jusque-là, il avait tout misé sur les charmes de disparition, s'efforçant de les ployer jusqu'à ce qu'ils combinent la forme et la mobilité. Ce sans parvenir à ne serait-ce qu'un semblant d'amorce de fonctionnement.

Mais voilà que ce matin il avait une nouvelle idée, une inspiration demeurée dans le sillage de ce fameux songe. Au cours de celui-ci, il avait revu Lhel flotter dans cette lumière verdâtre qui ne coïncidait pas avec celle du soleil où elle se tenait. Nue comme un ver, elle lui faisait signe comme pour l'inviter à pénétrer dans l'ovale lumineux et à la rejoindre sans prendre la peine de gravir la colline. Durant ce songe, il se rendait compte que les reliait une sorte de tunnel ou de tube empli d'une lumière verte et mouvante. Le songe lui avait fait comprendre qu'il était sur le point de mettre la main sur le secret qu'il convoitait, mais l'image de la sorcière nue avait refait sur ces entrefaites une irruption intempestive, et il s'était réveillé, l'aine au supplice et la vessie pleine.

Comme il se trouvait là, à remâcher les choses, lui revint un autre souvenir, oublié depuis longtemps et apparemment sans rapport avec tout ça. En compagnie d'Iya, il avait un jour exploré des galeries retentissantes au pied d'un sommet très ancien, dans les Territoires du nord. Ces galeries vous faisaient l'effet de taupinières colossales, mais les parois en étaient lisses comme du verre et ne révélaient aucune trace de creusement. Non contente de lui assurer que la montagne les avait elle-même créées d'une manière ou d'une autre, Iya lui avait fait voir des morceaux d'obsidienne percés de réseaux minuscules qui, semblables à des miniatures des galeries, avaient, eux, toute la finesse d'une fourmilière dans ce somptueux matériau.

Son membre s'émut derechef lorsque, s'installant sur un tabouret près de sa table de travail, il essaya de se remémorer de façon plus précise chacun des détails du songe. Il imposa davantage de réserve à sa chair puis se concentra sur l'image : un trou creusé dans l'air... non, un tunnel ! Oh, c'était facile à se figurer, mais comment s'y prendre pour créer l'équivalent, alors qu'il ne comprenait même pas comment la montagne était arrivée à le faire ? Jamais, en dépit de tous leurs voyages, ni Iya ni lui n'avaient découvert de charme susceptible de réaliser rien de semblable au spectacle qu'il se repassait en imagination. Et voilà qu'ici même, au sein de sa solitude toute nouvelle, il s'échinait à inventer par ses seules forces un mécanisme mental capable de recomposer sa vision.

Ainsi qu'il l'avait fait tant de fois au cours des dernières semaines, Arkoniel plongea la main dans une jatte voisine et en retira un haricot sec. Gros comme la moitié de l'ongle de son pouce et d'un rouge sombre tout moucheté d'imperceptibles points blancs, celui-ci appartenait à la variété que le cuisinier de Père appelait jadis « coco pourpre ». Il le frotta entre son index et son pouce jusqu'à ce que sa mémoire en enregistre le poids exact et le contact lisse.

Maintenant fermement ancrée dans son esprit l'image du haricot, il le déposa devant lui sur la table de chêne, à côté d'une boîte à sel équipée d'un couvercle dont Cuistote s'était résignée à se dessaisir fort à contrecœur. Tout en se concentrant, il déplaça le haricot d'avant en arrière à plusieurs reprises avec les doigts puis, retirant sa main, le fit décoller avec son esprit jusqu'à ce qu'il flotte un bon pied au-dessus de la table. Après quoi, il amena toute sa puissance de concentration à peser sur lui, tout en se représentant le tunnel dont il avait rêvé, afin de contraindre le haricot à s'en frayer un analogue pour pénétrer dans la boîte hermétiquement close.

Pour bouger, ça, le haricot bougea bel et bien, mais uniquement selon sa manière prosaïque accoutumée. Comme propulsé par une fronde, il vola sus à la boîte et en heurta si violemment le couvercle qu'il s'y partagea. Les deux moitiés ricochèrent en sens opposé, et le magicien les entendit rebondir sur le dallage de pierre nue, où ils ne manquèrent assurément pas de retrouver certains de leurs prédécesseurs déjà éparpillés tout autour de la pièce.

« Par les couilles à Bilairy ! » grommela-t-il en s'étayant la figure à deux mains. En quelques semaines, il avait utilisé suffisamment de haricots pour en faire une potée de soupe, et pour des résultats toujours aussi décourageants.

Il passa une heure supplémentaire à s'éreinter les méninges sur la construction d'une ouverture au milieu de l'air, mais tout ce qu'il y gagna finalement, ce fut une épouvantable migraine.

Abandonnant la partie, il consacra le reste de l'après-midi à des tours de magie moins aventureux. Agitant un creuset pour en faire tomber un copeau de feu fabriqué de frais, il plaça ce dernier sur une assiette et murmura : « Brûle. » D'un brun rougeâtre, le copeau se mit à luire au commandement puis produisit une menue langue de feu jaune pâle qui ne s'éteindrait à son tour que sur ordre.

Dessus, il mit à bouillir un creuset empli d'eau de pluie que supportait un trépied de fer puis alla puiser dans son cabinet d'herbes les divers simples indispensables à la concoction d'une potion soporifique pour Mynir.

La mixture initiale puait à vous renverser, mais Arkoniel n'en avait cure. Un sentiment de satisfaction l'envahit peu à peu tandis que les premiers bouillons se mettaient à frémir sous ses yeux. Il avait en personne recueilli chacun des ingrédients dans la forêt et dans la prairie puis tramé les charmes par cœur. Un mélange pareil de composantes matérielles et de magie, cela lui calmait les nerfs ; c'était un plaisir que de se retrouver, les incantations achevées, en possession d'un produit parfait et utile. Le copeau de feu était lui aussi son ouvrage. Les vestiges de la toute dernière briquette façonnée par lui gisaient encore sur une planche toute proche, ainsi que le marteau de pierre dont il s'était servi pour la réduire en fragments utilisables. Et il en avait assez livré, cette fois, pour approvisionner la maisonnée jusqu'au printemps.

L'odeur des herbes en train de mitonner le refit penser à Lhel, mais cette fois à la façon dont celle-ci s'était comportée durant leur voyage à Ero. Elle mettait alors à profit chaque halte ou moment de repos pour essayer de dénicher des trucs utiles dans la terre ou parmi la jonchée des feuilles d'automne. En se rappelant comment il avait repoussé ses avances, à l'époque, sans même se douter des pouvoirs qu'elle détenait, il sentit à nouveau le rouge lui cuire le front.

Du coup l'assaillirent insidieusement des souvenirs plus récents de tatouages et de peau musquée, de chuchotements prometteurs, et il en eut le cœur tout bondissant d'ivresse.

Avait-elle deviné ce qu'il espérait en secret ? Était-ce à seule fin de l'appâter qu'elle lui avait laissé entrevoir ce truc inouï ? Tout au long de la route qui les emmenait à Ero, il l'avait tant de fois surprise en train de lui peloter l'esprit... S'y était-elle souvent faufilée à son insu ?

Il se laissa glisser à bas du tabouret pour retourner à la fenêtre. Les ombres de l'après-midi finissant s'étiraient comme de longs chats bleus au bas de la maison, tandis que se levait une lune pleine aux trois quarts. Tharin et les gosses avaient disparu. Dressé tel un minuscule avant-poste, leur fort était cerné par une multitude d'empreintes enchevêtrées qui défonçaient la neige. En dessous, les pas n'avaient tracé qu'une seule sente qui coupait en biais le flanc moelleux de la colline toute blanche et descendait vers le virage de la rivière.

Dans la forêt, les troncs et les branches dénudés qui hérissaient de noir la couche de neige fraîche faisaient l'effet des poils sur un bras de meunier. Les véritables tempêtes qui n'allaient pas tarder à s'abattre bloqueraient routes et chemins jusqu'au printemps. Si le manoir se trouvait disposer de solides réserves en vivres et en combustible, comment un menu brin de femme aux pieds nus réussirait-il à survivre, lui ? Et comment, toute sorcière qu'elle était, Lhel avait-elle d'ailleurs réussi à survivre si longtemps déjà ?

Puis où était-elle au juste, en ce moment même ?

Il s'étira les bras par-dessus la tête en tâchant d'ignorer le frisson frisquet de nostalgie vaguement coupable qui le parcourait à cette pensée.

Puis, au lieu de s'appesantir sur ses joues brusquement en feu, il se pencha par la fenêtre jusqu'à mi-corps pour laisser le froid régler la question.

Tandis que des cuisines montait jusqu'à lui le ferraillement des marmites, il perçut aussi le staccato sourd de sabots martelant la chaussée derrière le fort. Se couvrant les yeux d'une main, le magicien dépêcha un charme investigateur pour remonter la route des montagnes. Il maniait désormais ce genre de charmes avec presque autant d'habileté qu'Iya, ce qui lui permettait d'y voir sur plusieurs milles de distance pendant un bon petit moment.

Du haut du ciel, tel un faucon, il finit par repérer Tobin et Ki galopant à bride abattue, manteau voltigeant dans leur dos. Ils se trouvaient encore assez loin, et ils forçaient l'allure pour être de retour avant le coucher du soleil. Ils étaient rentrés en retard voilà quelques semaines et s'étaient morfondus comme des ours en cage quand Nari les avait claquemurés au fort pendant deux journées entières en guise de punition.

Arkoniel se mit à sourire tout seul en les regardant. Comme toujours, Ki caquetait, Tobin riait. Or, tout à coup, ils tirèrent tous deux sur les rênes si brutalement que leurs chevaux se cabrèrent et firent demi-tour sur place, soulevant par là de blancs tourbillons de neige. Puis une troisième personne surgit dans le champ visuel d'Arkoniel, qui ne put réprimer une exclamation de stupeur.

Lhel, c'était Lhel.

Lhel, emmitouflée dans une longue robe de fourrure, et les cheveux flottant librement sur les épaules. Les deux garçons mirent pied à terre pour l'aborder puis la saluèrent en lui serrant chaleureusement les mains. Les pouvoirs d'Arkoniel ne lui permettaient pas d'entendre d'aussi loin ce qui se disait, mais il discernait assez nettement les visages. Ce n'était pas là une rencontre entre inconnus.

La sorcière sourit affectueusement quand elle et Ki se serrèrent la main. Tobin lui dit quelque chose, et elle lui toucha sa joue rougie par le froid.

Le magicien ne put s'empêcher de frémir en se rappelant ces doigts-là, les mêmes, en train de tailler, de coudre et d'entre-tisser des âmes.

Après avoir échangé quelques mots à peine avec elle, les deux gamins regrimpèrent en selle et se remirent en route vers la maison. Arkoniel maintint la vision axée sur la sorcière, tout conscient qu'il était que les pouvoirs du charme s'estompaient déjà. Il exagéra la pression des doigts sur ses paupières dans l'espoir de réussir à ne pas perdre Lhel de vue, malgré sa capacité de focalisation qui peu à peu s'amenuisait.

Elle demeurait sur la route, à regarder les gamins s'éloigner. Quant à lui, il allait se voir contraint de rompre bientôt le contact, mais il espérait désespérément découvrir où elle irait ensuite. Il était juste sur le point d'abandonner quand elle leva légèrement la tête, peut-être tout simplement pour guigner la lune qui se levait, mais il n'en eut pas moins, durant une seconde, l'impression que c'était lui-même qu'elle regardait droit dans les yeux.

Pour avoir au-delà de toute mesure, et sciemment, prolongé la vision, Arkoniel se retrouva soudain agenouillé sous la fenêtre, avec un mal au crâne lancinant et des farandoles vertigineuses d'étincelles multicolores devant les yeux. Une fois passé le pire de cette crise, il se remit debout tant bien que mal et descendit en toute hâte aux écuries chercher son cheval. Sans seulement prendre la peine de le seller, il enfourcha l'alezan puis le lança au galop vers la montagne.

Pendant qu'il allait de la sorte, il eut tout loisir de s'interroger sur l'affolement de son cœur et le furieux sentiment d'urgence qui le poussait là. Il savait sans l'ombre d'un doute que Lhel ne ferait aucun mal aux enfants. Qui pis est, d'ailleurs, il les avait vus la quitter. Et pourtant, voilà qu'il n'en éperonnait que plus vivement sa monture, avec la hantise de ne pas réussir à les retrouver...

La retrouver.

Et puis après ? se demanda-t-il. Elle détenait des secrets magiques dont lui-même ne faisait que rêver. Il fallait qu'elle les lui enseigne, Iya le voulait, et comment parviendrait-il à les apprendre, hein, s'il se refusait à tout face-à-face ?

Et pourquoi voudrais-tu qu'elle soit encore là, debout dans le froid, sur la route, avec la nuit qui tombe ?

Comme, déboulant d'un tournant, Tobin et Ki freinaient pile pour le saluer, il fit lui-même volter si brutalement sa bête qu'il dut lui agripper la crinière pour récupérer son assiette.

« Vous avez croisé une femme, tout à l'heure. Qu'est-ce qu'elle vous a dit ? » La virulence avec laquelle ces quelques mots venaient de lui échapper le laissa pantois. Ki, gêné, se dandinait en selle en évitant de le regarder. Tobin, lui, le fixa carrément dans les yeux puis haussa les épaules.

« Lhel dit qu'elle commence à en avoir assez de vous attendre », riposta-t-il, redevenant pendant un instant l'étrange enfant sombre dont Arkoniel avait fait la connaissance un certain jour d'été. Mieux encore, à la faveur du jour déclinant, ses yeux assombris jusqu'à presque paraître noirs le faisaient singulièrement ressembler à son démoniaque jumeau. Ce que voyant, Arkoniel en eut froid dans le dos. L'index de Tobin indiqua la montée, derrière. « Elle vous fait dire de vous dépêcher. Elle n'a pas l'intention d'attendre beaucoup plus longtemps. »

Lhel. Elle. Tobin en parlait bel et bien comme d'une personne de sa connaissance, et non comme d'une inconnue croisée par hasard sur la route.

Et Lhel l'attendait..., Lhel qui n'avait pas l'intention d'attendre beaucoup plus longtemps... !

« Vous feriez mieux de rentrer à la maison », leur lança-t-il tout en repartant lui-même au grand galop. Il avait beau s'efforcer de chercher des paroles aimables en guise d'entrée en matière, il ne lui venait que des interrogations. Où elle avait été pendant tous ces mois. Ce qu'elle avait dit au petit. Mais, par-dessus tout, de quel sortilège elle s'était servie pour l'aborder la première fois, lui, dans la forêt.

Il s'accabla de malédictions pour n'avoir pas seulement noté le moindre repère durant sa vision, mais cette négligence se révéla finalement dénuée d'importance. Au bout d'un mille environ, Lhel fut là, toujours sur la route, exactement campée comme il l'avait vue, son ombre bleue raturant la neige. Adoucissant ses traits, le déclin du jour lui donnait l'air d'une jouvencelle égarée dans les bois.

Toutes les questions qu'il avait en tête s'évanouirent à cette vue. Il immobilisa le hongre et se laissa glisser à terre pour affronter Lhel. Il émanait d'elle, en dépit du froid, une odeur brûlante qui lui fit perdre la voix et le transperça d'une convoitise aussi brutale que douloureuse. Elle étendit la main pour lui toucher la joue, tout à fait comme avec Tobin, et cette caresse suffit à déchaîner en lui un désir si féroce que respirer lui faisait mal. Et il ne trouva rien de mieux à faire dans sa cervelle que d'ouvrir les bras, d'attirer Lhel à lui et de l'étreindre, toute chaude, à l'étouffer. Elle se pressa contre le jeune homme avec un doux gémissement, tandis que sa cuisse nerveuse montait frottoyer la réponse de l'entrejambe déjà durci.

Évaporée dès lors toute pensée, ne subsistèrent plus qu'instinct et sensations. Lhel avait dû le manipuler tout du long, se rendit-il compte ultérieurement, mais son impression du moment fut qu'il se mouvait en un rêve foisonnant de mains et de lèvres chaudes parcourant sa peau. Il voulut résister, il voulut convoquer pour ce faire la rectitude qui avait jusqu'alors présidé à chacun des actes de son existence, mais la seule idée qu'il se trouvait à présent capable d'avoir était celle de l'assentiment oblique d'Iya à ce qu'il fasse précisément *ça* – accorder à Lhel ce qu'elle souhaitait, mais donnant, donnant contre la promesse de quelque savoir.

La sorcière ne gaspilla pas de temps en finasseries. Tout en culbutant Arkoniel par-dessus sa robe de fourrure, elle retroussa ses jupes jusqu'à la ceinture, tandis que lui se débarrassait de sa tunique à tâtons fébriles, et puis il s'abattit sur elle, en elle, et elle l'attira plus à fond, tellement profond qu'à peine eut-il le loisir de saisir qu'elle l'enveloppait dans sa chair brûlante que quelque chose de semblable à un éclair le foudroya, arrachant à sa gorge un cri déchirant de stupéfaction. Elle le renversa d'une saccade sur le dos, et il sentit la neige molle se creuser sous lui tandis qu'elle entreprenait de le chevaucher sous les premières étoiles du soir. La tête rejetée en arrière, elle se mit à geindre sauvagement, lui étreignant le membre de tout ce que les femmes pouvaient bien posséder de muscles invraisemblables dans cet endroit-là. L'éclair fulgura de nouveau, plus violent encore et plus incendiaire que précédemment, si bien qu'il en perdit totalement la vue, assourdi par ses propres cris comme par ceux qu'elle poussait et que la forêt répercutait en écho comme un chant de loups.

Après quoi il se retrouva lampant l'air convulsivement, trop abasourdi pour bouger. Elle s'inclina sur lui et lui bécota les joues, les paupières et les lèvres. Il avait la gorge en feu, se sentait tout frigorifié, et leurs fluides respectifs entremêlés lui chatouillaient les couilles en leur dégoulinant dessus tel un ruisselet glacé. Un régiment de cavalerie eût-il dévalé la route droit sur eux dans un fracas tonitruant qu'il se serait trouvé fort en peine de remuer pied ni patte. À deux pas de là, son canasson hennissait tout bas, comme s'il trouvait cela bien marrant.

Lhel se rassit sur son séant puis lui saisit la main. Tout en la pressant contre l'un de ses seins rebondis au travers de sa robe rêche, elle le dévisagea, tout sourires. « Faire un charme pour moi, Orëska. »

Il écarquilla les yeux d'un air ahuri. « Quoi ? »

Elle lui pétrit les doigts pour leur conférer la fermeté flexible de sa propre chair, et son sourire s'élargit. « Faire un tour de magie pour moi. »

L'œil à nouveau captivé par le ciel constellé d'astres, Arkoniel chuchota un charme en leur honneur. Un point lumineux d'une étincelante blancheur jaillit au monde tout là-haut, qui rayonnait tout autant qu'une étoile. Devant sa pure splendeur, il se mit à rire avant de le faire tournoyer, prendre l'aspect d'une sphère plus grande et ensuite de l'éparpiller en une myriade de scintillantes étincelles qu'il finit par disposer dans les cheveux de sa compagne comme un diadème de givre et de diamants. Baignée dans leur lumière éthérée, Lhel avait toute la sauvagerie d'un esprit nocturne en déguisement de haillons. Alors, comme si elle déchiffrait sur sa figure ce qu'il pensait, elle empoigna le col de sa propre chemise et la déchira du haut en bas, révélant une nouvelle fois les marques de pouvoir qui lui tapissaient le corps. Arkoniel les toucha, plein de déférence, selon le tracé de leurs spirales, de leurs volutes, de leurs croissants, puis, d'un doigt timide, effleura l'endroit par où, chair contre chair, eux-mêmes demeuraient joints.

« Tu avais raison. Iya prétendait me convaincre..., s'arracha- t-il finalement, écartelé entre sa traîtrise et l'émerveillement. C'était un mensonge de bout en bout, que *ça* dépouille un magicien de sa puissance. » Il leva la main pour désigner la couronne lumineuse qui scintillait dans les cheveux de Lhel. « Je n'ai jamais rien fait d'aussi beau. »

Elle lui ressaisit la main pour la presser contre son cœur. « Pas mensonges pour tout, Orëska. Certains pouvoir vraiment pas servir la Déesse. Mais toi ? Ce que tu sentir ici... » De sa main libre, elle lui tapota la poitrine. « C'est ce que tu faire ici. » Elle se toucha le front. « Iya penser ça. Elle voulu te dire.

— Tu nous as entendus parler, ce jour-là ?

— Je entendre des tas. Voir des tas. Je regarder toi dormir tout plein d'envies dans ton *raluk*. » Elle exerça sur lui un spasme intérieur et lui fit un clin d'œil enjoué. « Je tenter parler toi dans tes rêves, mais tu, bougre têtu ! Pourquoi faire moi t'envoyer des enfants, quand avoir tout ce chaud dans toi ? »

Attachant ses regards au ciel, Arkoniel tâcha de rappeler à son secours la peur qui l'avait tenaillé moins d'une heure avant. Comment diable en était-il venu à se retrouver là, comblé, rieur, sans conserver le moindre souvenir d'une quelconque décision, d'un quelconque consentement ? « C'est toi qui m'as fait... ? »

Elle haussa les épaules.

« Pas pouvoir faire si désir pas être en toi. Pas y été, première fois, dans l'endroit la boue. Maintenant y être. Je qu'à appeler.

— Mais tu aurais pu m'avoir sans difficulté dans le... dans "l'endroit la boue" ! »

Or, à l'instant même où il disait ça, il comprit que quelque chose d'important s'était modifié en lui depuis l'épreuve du marais.

« Je pas prendre, répliqua-t-elle doucement. Toi donner.

— Mais je n'avais pas la moindre intention de... de... » Il esquissa un geste vague. « De rien faire de *tout ça* jusqu'à ce que je me retrouve ici !

— Si fait. Dedans là. » Du bout du doigt, elle cueillit dans ses cheveux l'un des points lumineux puis le lui déposa sur la poitrine. « Cœur pas toujours dire tête. Mais corps savoir. Tu apprendre ça.

— Oui, j'apprends ça », convint-il, vaincu par sa logique.

Lhel roula sur le flanc pour se détacher de lui et se releva. Elle avait les pieds entortillés dans des lambeaux d'écorce et des chiffons, mais elle semblait totalement indifférente au froid. Resserrant sur elle sa chemise en loques et sa robe de fourrure, elle déclara : « Beaucoup trop dans leur crâne, vous autres, Orëskas. Ça pourquoi vous besoin de moi remettre à l'endroit le *shaïmari* de ces *keesas*.

— Tu m'apprendras ? »

Elle le toisa de son haut et haussa un sourcil. « Tu continuer payer ? »

Arkoniel se mit debout et rajusta ses propres vêtements. « Par les Quatre, je le ferai, si c'est ça, ton prix. Mais il ne t'est pas possible de venir au fort ? »

Elle secoua la tête. « Non. Iya raison pour ça. Je vu ton roi, lu son cœur. Personne savoir, mieux valoir. »

Un soupçon soudain s'insinua, gluant comme une sangsue, dans l'allégresse d'Arkoniel.

« Je t'ai vue bavarder sur la route avec Tobin et Ki. Ils te connaissent.

— *Keesas* savoir faut pas dire.

— Tu mets Ki en danger, tu sais, si tu révèles trop de choses. »

Elle haussa les épaules. « Toi pas inquiéter de Ki. Déesse envoyer lui aussi. »

Sa façon de raisonner semblait entièrement fondée sur ça. « C'est une dame bien occupée, ta déesse... »

Lhel se croisa les bras et le dévisagea si fixement qu'il finit par se sentir assez mal à l'aise, puis elle lui tourna brusquement le dos en faisant signe de la suivre.

« Où allons-nous ? »

Il n'obtint d'abord pour toute réponse qu'un gloussement léger tandis qu'elle s'évanouissait dans l'ombre des bois. « Tu vouloir prendre toutes leçons sur la route, Orëska ? »

Non sans un soupir résigné, Arkoniel attrapa son cheval par la bride et la suivit à pied.

Si les magiciens y voyaient, dans le noir, tel était aussi le cas des sorcières, apparemment. Malgré l'absence de sentier pour la guider à travers la forêt, Lhel marchait à grands pas assurés. Tout en fredonnant pour son propre compte, elle avait presque l'air de danser, là devant, caressant de ses mains les arbres et les pierres sur son passage. Faute d'étoiles pour se repérer, Arkoniel ne tarda pas à se sentir complètement désorienté et à devoir presser l'allure pour ne pas perdre le contact.

Lhel finit tout de même par s'arrêter au pied d'un chêne colossal.

« *Cama !* » fit-elle d'une voix forte, et une lueur sourde filtra d'une brèche dans le flanc du tronc.

Arkoniel pénétra derrière elle et se retrouva dans un abri douillet. Une lumière similaire à celle qu'il avait conjurée brillait doucement à quelque vingt pieds de haut, là où se refermait la fente de l'arbre.

Au cours de leurs pérégrinations, Iya et lui s'étaient déjà logés dans des refuges de ce genre ; les chênes séculaires se fendaient souvent de la sorte sans en crever. Lhel s'était fait de celui-ci un plaisant séjour. Une paillasse couverte de fourrure s'étendait contre la paroi du fond, près d'un amoncellement confus de ce qui devait être des vêtements ; des paniers et des pots traînaient de-ci de-là, et le foyer creusé dans le sol était, tout comme la partie supérieure de l'antre, noirci à souhait par la fumée. Arkoniel n'en avait pas moins le plus grand mal à imaginer que sa compagne ait pu tant d'années durant vivre là-dedans.

Après avoir tiré une peau de daim sur l'entrée, Lhel s'accroupit devant le foyer pour faire jaillir une flamme de l'amadou qu'elle y avait par avance empilé.

« Tiens, un cadeau. » Arkoniel extirpa de sa tunique une pochette pleine de copeaux de feu puis lui montra comment les utiliser. Une fois que des flammèches se furent élevées de la fosse, la sorcière alimenta la menue flambée en puisant dans un tas tout proche de brindilles et de branches brisées.

Elle examina le contenu de la pochette et sourit.

« Pas mal.

— Comment as-tu pu réussir à survivre ici ? » questionna-t-il en s'accroupissant face à elle. L'éclat du feu lui permettait désormais de voir à quel point elle avait le visage et les mains gercées, et de mesurer l'ampleur des cals et des engelures qui affectaient ses pieds nus sous la crasse et leur empaquetage de chiffons.

Elle lui jeta un coup d'œil par-dessus le feu. Le tremblotement des flammes qui lui creusait de profonds sillons d'ombre autour de la bouche faisait luire des rougeoiements dans les fils d'argent de sa chevelure. Alors qu'au cours de leur accouplement sauvage sur la route, elle présentait un aspect tellement juvénile, voilà qu'elle paraissait maintenant d'un âge aussi vénérable qu'une déesse.

« Bon endroit, ici », dit-elle en rejetant ses fourrures d'un simple mouvement d'épaules et en laissant la chemise déchirée glisser mollement jusqu'à sa taille. Ses seins lourds que moirait le flamboiement du feu n'offraient plus trace des signes qu'il y avait vus auparavant. Elle farfouilla dans une corbeille puis offrit à Arkoniel une lichette de viande séchée. Il prit celle-ci sans détacher son regard du corps de Lhel tandis qu'elle se servait elle-même et commençait à manger. Elle était aussi crasseuse que jamais, et ses dents s'étaient un peu clairsemées au fil des années. Celles qui lui restaient se montraient ébréchées, brunâtres. Et, néanmoins, lorsqu'elle lui dédia un sourire oblique, il la trouva belle encore et singulièrement attrayante encore...

À l'étourdie, il se pencha pour lui baiser l'épaule, s'enivrant de son odeur et la désirant de nouveau. « Comment fais-tu pour que j'éprouve ce que j'éprouve ? souffla-t-il, sincèrement époustouflé.

— Combien d'années tu avoir ? » demanda-t-elle en s'enfournant toute une poignée de groseilles à maquereau flétries.

Arkoniel dut marquer une pause pour réfléchir. « Trente et une », fit-il enfin. Cela représentait presque la durée d'une existence entière pour certains humains ; mais pour un magicien comme lui, cela revenait à peine à sortir de l'adolescence.

Lhel haussa les sourcils d'un air de stupeur goguenard. « Trente et une années pas de femme, et maintenant pas savoir pourquoi toi bander ? » Avec un reniflement, elle glissa la main sous sa tunique pour lui peloter les roupettes. « Tu avoir *pouvoir* là ! » Elle retira sa main puis lui toucha le ventre, la poitrine, la gorge et le front. « Avoir pouvoir tous les endroits. Certains capables utiliser. Tu capable.

— Et tu m'apprendras ?

— Quelque. Pour le *keesa*. »

Arkoniel se déplaça pour se rapprocher jusqu'à ce que sa jambe soit pressée contre celle de Lhel. « L'autre jour, celui du marais, je t'ai vue faire quelque chose que je veux apprendre. Je me trouvais sur la route, et tu es apparue... »

Elle eut un sourire plein de malice et fit le geste de pincer entre index et pouce. « Je toi voir avec tes *krabols*. »

Il la dévisagea un bon moment puis sourit d'un air penaud quand il crut avoir deviné ce que signifiait la mimique.

« Avec les haricots, tu veux dire !

— Haricots. » Elle répéta le mot. « Haricots. Toi croire tu bouger les... » Nouveau geste, moins intelligible, mais qu'il eut l'impression de comprendre.

« Tu m'as vu essayer de les faire se déplacer. Mais toi, tu t'y prends comment ? »

Lhel brandit sa main gauche et décrivit un cercle avec le pouce et l'index. Débitant à toute vitesse un gargouillis qui ne semblait guère fait de mots, elle crispa les lèvres et souffla entre ses doigts. Après qu'elle eut retiré sa main, Arkoniel distingua dans l'air un petit trou noir, devant eux, pas plus gros qu'un œil de cheval.

« Regarde », proposa-t-elle.

Il se pencha pour lorgner au travers de cette espèce de judas et se retrouva à contempler Tobin et Ki. Ils étaient assis à même le sol près de la cité miniature, et Tobin essayait d'enseigner la sculpture à Ki. « Incroyable ! »

Lui enfonçant vivement son coude dans les côtes, Lhel referma le trou en balayant l'air de la main, mais Arkoniel avait eu le temps d'entr'apercevoir deux visages étonnés lever simultanément les yeux pour tenter de déterminer d'où pouvait bien provenir la voix qu'ils avaient sans doute perçue traverser la ténuité de l'air.

« J'avais oublié que je pouvais aussi t'entendre au travers ! s'exclama-t-il. Lumière divine, il s'agissait *bien* d'un tunnel dans l'air !

— Quoi, “tunnel” ? » interrogea Lhel.

Il tâcha d’expliquer de son mieux, mais elle secoua la tête. « Non, ça être... » Elle mima quelque chose qu’il finit par interpréter comme l’ouverture d’une fenêtre aveuglée de volets. « Comme ça, avec côté double... » Elle pressa fermement ses paumes l’une contre l’autre.

Arkoniel médita la chose avec une exaltation grandissante. Si une voix pouvait traverser si facilement, alors il ne faisait pas de doute qu’un objet, voire une personne, le pouvait également ! Mais lorsqu’il tâcha de s’en ouvrir à elle, Lhel exorbita les yeux, brusquement affolée.

« Non ! » le mit-elle en garde, tout en lui secouant le bras de façon péremptoire. Puis, lui couvrant le front de sa main libre, elle s’adressa directement à son esprit, comme elle l’avait déjà fait le jour du marais. *Aucun objet solide qui pénètre par une fenêtre de vision n’en ressort jamais, ni de l’autre côté ni nulle part ailleurs. Quoi qu’on y mette, elle l’engloutit.*

« Apprends-moi », répliqua-t-il à haute voix.

Lhel retira ses mains et secoua la tête. « Pas encore. Autres choses plus nécessaires. Tu pas savoir assez. »

Arkoniel se rassit sur ses talons pour ravaler vaille que vaille son désappointement. Ce n’était pas dans la magie qu’il avait placé ses espoirs, mais dans une magie qui lui permette de se retrouver plus près de son but qu’aucune de celles dont il connaissait l’existence. Il attendrait tout simplement son heure. « Qu’est-ce qu’il me faut savoir, alors ? »

Lhel exhiba une aiguille d’os tirée du fin fond de ses jupes et la lui brandit sous le nez pour qu’il la voie bien, puis s’en piqua le gras du pouce et le pressa pour y faire perler une gouttelette écarlate. « Tu d’abord apprendre le pouvoir de ça, et de la chair et de l’os et des morts.

— Nécromancie ? » S’était-il donc laissé aveugler par une seule copulation au point d’oublier dans quelles ténèbres sa magie à elle était enracinée ?

Les prunelles noires insondables de Lhel le scrutèrent un moment, puis elle reprit son aspect de puissance antique.

« Ce mot, je connaître. Ton peuple appeler nous ça quand chasser nous des terres qui être à nous. Vous tort.

— Mais c'est de la magie de sang...

— Oui, mais pas *mauvaise*. Nécromancie être... » Elle avait du mal à maîtriser la langue. « Pas plus pire saloperie.

— Une abomination, proposa-t-il.

— Oui, abomination. Mais pas ça. » Elle fit perler une nouvelle goutte au bout de son pouce et se l'étala sur la paume. « Toi avoir sang, chair. Moi avoir. Tous les gens. Pas mauvais. *Puissance*. Mal venir du cœur, pas du sang. »

Arkoniel contempla la paume parmi les sillons de laquelle séchait peu à peu la fine traînée de sang. Ce que Lhel venait de dire allait à l'encontre de tout ce qu'il s'était toujours vu enseigner, tant comme Skalien dans la demeure de son père que comme magicien. Et pourtant, là, assis en compagnie de cette femme, sensible à l'aura de puissance qui la nimbait, non, il ne percevait en elle rien de maléfique. Sa pensée lui représenta Tobin et le démon, ainsi que le lointain exil auquel s'était condamnée Lhel pour rétablir du mieux qu'elle pourrait le cours normal des choses. Non sans répugnance ni peur, il prêta l'oreille à son cœur et devina qu'elle disait la vérité.

Eût-il été doué du don de lire dans l'avenir qu'il n'aurait pas manqué de voir, en cet instant scabreux de prise de conscience, le cours de l'histoire de Skala et d'Orëska s'infléchir d'une manière infiniment subtile.

3

Cet hiver-là vit Arkoniel jouer simultanément les deux rôles de maître et d'élève, car s'il enseignait tous les matins à ses deux petits récalcitrants, il sortait ensuite à la recherche de Lhel afin d'en recevoir ses propres leçons.

Pour ce qui concernait la première tâche, il se découvrit un allié inconditionnel en la personne de Tharin, qui refusait formellement de commencer la moindre passe d'armes tant que les garçons ne s'étaient pas correctement pliés à leurs autres études. Ce système-là n'alla pas sans rencontrer d'abord quelque résistance, mais dès qu'il eut fini par maîtriser ses lettres et par savoir lire un peu, Tobin se mit à faire soudainement preuve d'une passion croissante pour s'instruire. Et il s'enthousiasma littéralement lorsque le magicien s'offrit à lui apprendre à dessiner. De tous les talents qu'il pouvait posséder, Arkoniel ne se flattait d'ailleurs de l'impressionner que par celui-là.

Quant à Ki, s'il n'arrêtait toujours pas de gigoter et de soupirer tant et plus, Arkoniel n'en décelait pas moins de cc côté-là aussi des progrès qu'il n'avait évidemment garde de s'attribuer. Aux yeux de Ki, le soleil ne se levait et ne se couchait que sur son copain, et c'était l'intérêt que celui-ci portait à telle ou telle de ses tâches qui déterminait à lui seul sa bonne volonté personnelle et ses propres efforts. À quelque domaine que le petit prince eût résolu de s'appliquer, Ki s'y consacrait de même en s'y jetant à corps perdu.

Il était du reste indiscutable qu'il avait également produit l'effet désiré sur Tobin. Ce dernier riait à présent plus volontiers, et les équipées quotidiennes sur les pentes de la montagne lui mettaient des couleurs aux joues tout en étoffant ses longs os de muscles déliés.

Il arrivait toutes les deux ou trois semaines des estafettes à cheval porteuses de lettres dans lesquelles Rhius s'appesantissait sur l'autre rive de la mer où l'agitation ne cessait de croître.

Les chantiers navals de Plenimar s'activent beaucoup trop pour notre quiétude, écrivit-il une fois, *et les espions du roi nous informent que des multitudes de Plenimariens sont en train de se masser le long de la frontière orientale de Mycena. Je crains qu'ils ne s'en tiennent pas à des raids côtiers, le printemps venu. Puissent Illior et Sakor nous accorder cette fois la grâce de combattre sur d'autres rivages.*

Comme Arkoniel n'avait pour sa part aucune expérience de la guerre, il se prit à observer les réactions de Tharin pendant que se poursuivait à haute voix la lecture de ces lettres dans la grande salle.

Après avoir écouté de la manière la plus attentive, le front plissé par la perplexité, Tharin se mit à poser des questions minutieuses à l'émissaire. Dans quel état les garnisons d'Atyion et de Cirna se trouvaient-elles ? Combien y avait-il de navires ancrés dans le port d'Ero ? Le roi avait-il procédé à de nouvelles levées de troupes, à des réquisitions de vivres dans les campagnes ?

« À vous écouter, je me fais l'effet du dernier des bleus », lui avoua Arkoniel un soir où une partie de bakshi les avait tous deux retenus jusqu'à une heure avancée. « En dépit de tous mes voyages, j'ai mené une existence extrêmement protégée, comparé à vous.

— Les magiciens se battaient pour Skala, jadis, répondit Tharin d'un air rêveur, tout en continuant à fixer les pions de pierre disposés entre eux. Or, on dirait qu'actuellement le roi n'aspire qu'à une chose, vous dresser les uns contre les autres.

— J'espère bien voir cela changer un jour. »

Dans des moments pareils, le sentiment du secret qui les séparait devenait particulièrement pénible au magicien. Plus il le connaissait intimement, et plus il déplorait que son vis-à-vis ne soit pas au courant de la vérité.

« Je ne serais pas fâché quant à moi de t'avoir à ma suite », poursuivit Tharin en raflant les pierres avant de les relancer. La lueur du feu qui miroitait sur les calcédoines polies les faisait flamboyer entre ses doigts avec des reflets sanglants. « J'ai beau être incompétent en matière de magiciens, les hommes, ça me connaît. Tu as de l'acier dans chacune de tes vertèbres. Et je suis bien tranquille, la vieille Iya n'aurait jamais jeté son dévolu sur toi si telle n'était également son opinion. Et elle ne t'aurait pas davantage confié la garde de son fameux sac... »

Il leva les yeux avant qu'Arkoniel n'ait eu le temps de dissimuler son étonnement. « Oh, je ne pose pas de questions. Simplement, je ne suis pas aveugle pour autant. Qu'elle ait confiance en toi devrait être une caution suffisante pour n'importe qui. »

Ni l'un ni l'autre n'ajouta un mot sur ce chapitre, mais le respect que Tharin lui manifestait combla de gratitude le magicien.

Lequel aurait bien voulu être aussi certain du jugement que Lhel portait sur lui. Il brûlait pour elle. Il rêvait de son corps et se réveillait en plcine nuit dans un tel état qu'il ne lui restait rien d'autre à faire pour calmer ses ardeurs que de recourir à ses cinq doigts, mais cet expédient le satisfaisait infiniment moins que ce qui s'était passé naguère.

Seulement, elle demeurait intraitable ; pour la retrouver, il était à l'entière merci de son seul caprice. Aucun charme investigateur ne permettait de la localiser, et il se voyait dans l'incapacité totale de découvrir tout seul le chemin du chêne. Lorsque l'empoignait le désir, il allait à cheval parcourir la forêt, mais Lhel ne consentait à se montrer qu'à condition d'en avoir elle-même envie. Et quand elle se gardait de le faire, il finissait par regagner le fort aussi frustré que fou de rage.

D'autres fois, elle se trouvait déjà avec les garçons quand il arrivait à lui mettre la main dessus. Alors, ils se mettaient tous les quatre à patauger dans la neige et à explorer la forêt comme une quelconque famille de paysans. Cela ne manquait pas d'agrément, et le spectacle qu'ils donnaient là le faisait sourire, car le plein jour révélait bien l'âge de Lhel, et il se sentait plus assorti à Tobin et à Ki qu'à elle.

Mais qu'elle et lui réussissent à se rencontrer tête à tête et, du coup, c'était une tout autre paire de manches. Sans pour autant faire ni l'un ni l'autre intervenir dans leurs ébats la notion de « prix », ils s'empressaient de forniquer chaque fois, et chaque fois d'une manière aussi frénétique que la première. Elle ne réclamait aucune tendresse de lui, elle ne lui en donnait aucune non plus, elle exigeait uniquement de la passion. Derrière les paupières closes d'Arkoniel se déroulaient des visions de tourbillons, de tornades et de tremblements de terre. Quand il ouvrait les yeux, ce qu'il voyait flamboyer dans ceux de Lhel, ainsi que dans les volutes noires qui tapissaient sa peau et qu'elle ne lui laissait voir qu'en ces moments-là, c'était la puissance de sa fameuse déesse.

Après quoi, tandis qu'ils reposaient nus côte à côte sur sa paillasse, elle lui apprenait au gré de son inspiration toutes sortes de charmes envoûtants. Nombre d'entre eux se révélèrent de nature à vaincre l'aversion viscérale qu'il éprouvait pour la sang-magie.

Elle commença par lui enseigner ce qu'elle nommait la « lecture du sang ». Elle lui présentait pour ce faire un lambeau d'étoffe ou d'écorce maculé de sang, et il n'eut bientôt plus qu'à en palper un avec ses doigts et avec son esprit pour identifier la créature qui l'avait ensanglanté. Au fur et à mesure que se développait son apprentissage, Arkoniel apprit à pénétrer dans l'esprit de ladite créature, si celle-ci était toujours en vie, et à voir avec ses yeux à elle. En tant que renard, il foulait l'herbe brune et givrée d'une prairie puis se mettait à creuser pour dénicher dans leurs terriers des musaraignes en hibernation. En tant qu'aigle, il traçait des cercles tout autour du fort en quête de poules égarées. La plus incongrue de ces investigations lui fit endosser la peau d'une truite qui nageait sous la glace de la rivière dans un demi-jour brunâtre et apercevoir une bague de femme dont les pierreries scintillaient parmi la chevelure ondulante et soyeuse des algues déployées sur le fond rocheux.

En guise de test final, Lhel lui soumit un peu de son propre sang, et c'est dans sa peau à elle qu'il se retrouva. La simplicité mentale des bêtes ne lui avait rien offert de plus qu'un modeste nombre d'images visuelles traitées en grisaille. En s'installant en Lhel, en revanche, il se sentit aussi nettement enveloppé par la densité de sa chair intime que s'il venait de l'endosser comme un vêtement par-dessus la sienne. Il percevait le ballottement de ses seins sous sa robe dépenaillée, la souffrance qui lui tenaillait la cheville gauche, le voluptueux engourdissement qui lui restait entre les cuisses de leur étreinte. Pas mal déboussolé, il lui fallut un bon moment pour comprendre que ce qu'il était en train de regarder avec ses yeux à elle, c'était lui-même. Ce corps-là qui gisait auprès du feu sur la paillasse, aussi inerte qu'un cadavre sous la robe de fourrure, c'était bel et bien le sien. Avec un sentiment mêlé de peine et d'ironie, il détailla sa longue carcasse osseuse, la saillie de ses côtes sous la peau blême, la toison noire qui lui couvrait la poitrine et le dos, les bras et les jambes. Et sur ses traits flottait la mine extatique d'une sibylle de sanctuaire en proie à son dieu.

Et pourtant, malgré tout cela, les pensées de Lhel lui restaient inaudibles. Ça, elle refusait de le partager.

Voyant qu'il commençait à moins redouter sa magie, elle entreprit de lui inculquer quelques rudiments sur les fantômes et les esprits.

« Comment t'y es-tu prise pour opérer la métamorphose de Tobin ? » demanda-t-il un jour tandis que le vent se lamentait à l'entour du chêne.

« Tu voir.

— Je t'ai vue procéder à un échange de peau entre les enfants. C'est grâce à lui que la magie perdure ?

— Ça faire deux peaux peau seule, répondit-elle en cherchant les termes adéquats. Quand Tobin avoir être de nouveau fille, falloir cette peau tomber. »

Ses relations avec elle n'étaient pas toujours celles d'un étudiant. Il lui enseignait aussi sa propre langue et lui montrait tous les moyens qu'il connaissait de faire du feu. En comparant leurs magies respectives, ils découvrirent qu'ils étaient tous les deux capables d'évoquer le vent et de se faufiler au travers de n'importe quel obstacle sans laisser de traces.

Tandis qu'il lui apprenait la méthode orëskienne de vision magique, elle s'efforçait en échange de l'initier à la sorcellerie de son propre « tunnel dans l'air ». Mais ce dernier se révéla plus difficile à pratiquer qu'Arkoniel ne l'avait escompté. Non pas en raison des incantations chuchotées ni même des motifs à tracer avec la main qu'exigeait sa réalisation, mais parce qu'il y fallait une certaine tournure d'esprit qu'il ne réussissait pas plus à saisir que Lhel à expliquer, vu les lacunes de son charabia.

« Ça venir à toi, lui affirmait-elle constamment. Ça venir un jour. »

Ce qui consternait Arkoniel, c'est que l'unique habitant du fort avec lequel ses rapports s'amélioraient le moins se trouvait être Tobin lui-même. L'enfant avait beau se montrer poli et bien résolu, semblait-il, à maîtriser les matières que le jeune homme essayait de lui enseigner, il n'en persistait pas moins à maintenir entre eux deux des distances qui paraissaient irréductibles.

Le moins stupéfiant n'étant pas que la seule confidence à laquelle il condescendit fut celle de la formule qu'il utilisait pour convoquer Frère. Le magicien la mit à l'épreuve, mais en pure perte. Frère ne répondait qu'à l'appel de Tobin.

Interrogée là-dessus par la suite, Lhel haussa les épaules avant de répondre : « Eux joints par chair. Ça, tu pas pouvoir apprendre par magie. »

Arkoniel en éprouva d'autant plus de dépit que l'esprit faisait de fréquentes intrusions dans son atelier. Il ne l'avait pas revu de ses propres yeux depuis le fameux jour où celui-ci s'était payé sa tête avant d'affoler son cheval, mais il en percevait indiscutablement la présence hostile et glacée. Frère semblait se complaire à le tourmenter, et c'est trop souvent qu'il s'approchait assez pour lui hérisser les cheveux de la nuque. Il ne l'agressait pas physiquement, mais il le poussait tant qu'il pouvait à dévaler les escaliers à la recherche de Tobin.

Le printemps s'annonça hâtif par de petites averses de pluie. Comme on s'y attendait, le roi Erius fit alliance avec Mycena et y déclencha une campagne contre l'envahisseur plenimarien, tout en déléguant à son ministre de confiance, le lord Chancelier Hylus, le soin d'administrer sa cour durant son absence. Dans l'une de ses rares lettres, Iya spécifia, mais comme en passant, que le magicien de Sa Majesté, Lord Nyrin, s'était également abstenu de suivre l'expédition.

Comme les devoirs de Rhius l'amenaient à accompagner le roi, bien évidemment, Tharin se verrait forcément pris sous peu dans le même engrenage.

Au début de Lithion, le duc vint faire ses adieux, non sans amener pour les égayer une troupe de ménestrels et d'acrobates. Son séjour dura moins d'une semaine, mais il fit chaque jour des balades à cheval avec les garçons, et il prolongea les soirées jusqu'à une heure avancée dans la grande salle en disputant force parties avec Tharin et Arkoniel et en écoutant chanter les ménestrels. Si le magicien se montrait ravi de le revoir tellement égal à ce qu'il avait été, Tobin était au comble de l'extase, lui.

Le seul événement qui gâta ces brèves journées fut le brusque décès du vieil intendant, Mynir. Un matin, il ne descendit pas déjeuner, et Nari le découvrit mort dans son lit. Après avoir vidé le corps puis fait sa toilette, les femmes l'enrobèrent d'épices et le cousirent dans un linceul pour qu'on le remporte à Ero, où vivaient les siens.

Le vieillard s'étant fait adorer de la maisonnée tout entière, ce fut un concert de pleurs unanime autour de sa dépouille, exposée devant l'autel domestique – un concert auquel ne manquèrent que ceux de Tobin. Alors que même Ki versait quelques larmes en l'honneur du pauvre bonhomme, les yeux de Tobin demeurèrent secs tandis qu'il accomplissait solennellement le rite des offrandes à Astellus. Personne ne parut s'en apercevoir, sauf Arkoniel, que cela glaça.

L'heure de se séparer survint beaucoup trop vite, et la maisonnée se massa dans la cour pour assister au départ de Rhius et de Tharin. Arkoniel et le capitaine s'étaient dit au revoir la veille au soir autour d'une coupe de vin, mais cela n'empêcha pas le magicien d'avoir le cœur étreint par une douleur sourde en regardant ce grand gaillard de guerrier seller sa monture.

Tobin et Ki secondaient sans entrain les préparatifs, et avec des mines plus abattues qu'Arkoniel ne leur en avait jamais vu.

Quand tout fut terminé et que Rhius et Tharin eurent enfourché leurs chevaux, Tobin, planté près de l'étrier de son père, leva les yeux. « Ki et moi, nous nous entraînerons chaque jour, promit-il. Quand nous sera-t-il permis de nous joindre à vous ? »

Le duc se pencha pour lui serrer la main avec un sourire plein d'orgueil. « Quand mon armure t'ira, mon enfant, et ce jour-là viendra plus tôt que tu ne le penses. Et alors... » Brusquement, sa voix s'étrangla dans sa gorge. « Alors, les Quatre m'en soient témoins, aucun général ne sera plus fier que moi d'avoir à ses côtés un pareil guerrier. » Cela dit, il se tourna vers Ki. « As-tu un message à me confier pour ton père, au cas où il m'arriverait de le rencontrer ? »

Le gamin haussa les épaules. « Si mon service ici vous a contenté, messire, je vous prierais de lui en faire part. Je ne vois rien d'autre à lui mander dont il se soucie.

— Eh bien, je lui manderai qu'aucun prince ne possède d'écuyer plus loyal. Quant à moi, sache que je t'en remercie personnellement, Kirothius, fils de Larenth. »

Là-dessus, tandis qu'ils regardaient le duc prendre le large et disparaître, Arkoniel aurait été fort en peine de dire qui, de Tobin ou de Ki, avait les yeux qui brillaient le plus.

4

Durant des semaines et des semaines après le départ de son père, Tobin vécut les yeux fixés sur la route de Bierfût, dans l'espoir qu'y apparaissent des messagers, mais il n'en vint aucun.

Arkoniel le surprit un jour campé devant sa fenêtre et devina ses pensées. « Mycena se trouve très très loin d'ici, tu sais. Il se peut même fort qu'ils n'y soient pas encore arrivés... »

Tout en sachant qu'il disait vrai, l'enfant ne put quand même s'empêcher de continuer à scruter la route.

Mais lorsque, un mois plus tard environ, surgit finalement un cavalier, par une chaude journée de printemps, ce n'était pas pour apporter des nouvelles de Rhius.

Tobin et Ki se trouvaient en train de pêcher dans le coude de la rivière quand le martèlement de sabots sur la route frappa leurs oreilles. Escaladant la berge à quatre pattes, ils se mirent à guigner par-dessus le bord. Le cavalier se révéla être un individu d'aspect pour le moins rustre accoutré de cuir et sur les épaules duquel flottait une crinière hirsute de cheveux bruns.

Les règles applicables en cas d'irruption d'étrangers n'avaient pas changé depuis l'arrivée de Ki : « Gardez vos distances et regagnez tout de suite le fort. » Ki les connaissait aussi bien que Tobin mais, au lieu de s'y plier en l'occurrence, il poussa un grand coup de gueule enthousiaste et ne fit qu'un bond pour courir à la rencontre de l'inconnu.

« Ki ! non ! » s'écria Tobin en lui attrapant la cheville.

Mais Ki s'esclaffa.

« T'inquiète, c'est qu'Ahra !

— Ahra ? Ta sœur ? » Il suivit, mais timidement, sans trop s'avancer. La plupart des histoires de Ki présentaient Ahra sous un jour plutôt terrifiant.

En les apercevant, le cavalier tira violemment sur les rênes. « C'est toi, Ki ? »

C'était bien une femme, tout compte fait, mais une femme qui n'avait rien à voir avec aucune de celles que Tobin avait jamais pu croiser. Elle portait pardessus sa maille le même genre de cuirasse que les hommes de son père et, accrochés dans le dos, un arc et une impressionnante rapière. Ses cheveux étaient du même châtain sombre que ceux de Ki, mais tressés devant, et derrière en bataille. À ce détail près, ils se ressemblaient assez peu. Elle n'était à vrai dire qu'une demi-sœur.

Elle ne fit qu'un saut de sa selle à terre et empoigna si bien Ki pour l'embrasser qu'elle le souleva du sol. « C'est bien toi, mouflet ! Toujours autant maigrichon, mais t'as quand même poussé de deux bons empans !

— Qu'est-ce que tu fabriques ici ? » questionna-t-il après qu'elle l'eut laissé retomber.

« Venue voir comment tu te portes. » Elle parlait avec le même accent rustique et plat que Ki dans les premiers temps de son séjour au fort. « J'ai rencontré ton espèce de magicienne sur la route y a quelques semaines de ça, et elle m'a demandé d'amener une lettre à un autre magicien d'ici qu'est un pote à elle. Et m'a dit aussi que tu t'en tires plutôt bien, quoi. » Elle sourit à Tobin. « Qui c'est, çui-là, qu'a de la boue plein les orteils ? Iya m'a rien parlé d'un autre mioche expédié pour servir le prince.

— Gaffe à ton bec, l'avertit Ki. C'est *lui*, le prince ! »

Comme Tobin s'avançait pour la saluer, elle mit un genou en terre devant lui, l'échine ployée.

« Pardonnez-moi, Votre Altesse. Je vous avais pas reconnu !

— Comment l'auriez-vous fait ? De grâce, levez-vous ! » la pressa-t-il, toujours confus de voir quiconque à ses pieds.

Ahra se releva non sans décocher à Ki un regard noir.

« 'rais pu me prév'nir !

— M'as pas laissé l'occasion, si ?

— Je suis heureux de faire votre connaissance », intervint Tobin en lui serrant la main. Le premier moment de stupeur passé, il était maintenant très curieux d'en savoir un peu plus sur elle et enchanté de rencontrer finalement l'un des membres de cette fameuse tribu. « Mon père n'est pas ici, mais vous êtes la bienvenue à notre foyer. Acceptez notre hospitalité.

— Me ferait trop d'honneur, Altesse, mais mon capitaine m'a donné que jusqu'à la tombée du jour. Les autres de la compagnie sont restés derrière, à Bierfût, pour acheter du ravitaillement. On part à Ylani repousser les razzias d'été.

— Et moi qui me figurais que tu étais partie pour Mycena avec Jorvaï et Père et tout le bataclan ! » fit Ki.

Elle émit un reniflement qui donna à Tobin un premier aperçu de son satané caractère. « *Eux* y sont allés, les garçons, tous, même l'Amin à ta maman, qu'a pourtant jamais qu'un an de plus que toi. Il est parti comme estafette. Seulement, le roi, Sakor l'emporte ! y veut toujours pas de femmes dans les troupes avec lui. Et nous, y nous a laissées, pour qu'on fasse les garde-côtes avec les bancroches et les vioqueries ! »

Tandis qu'ils remontaient tous les trois vers le fort, elle donna des nouvelles à Ki de chez eux. Leur quatrième mère, qui n'avait qu'un an de moins qu'elle, avait accouché de jumeaux peu après son départ à lui, et se trouvait de nouveau enceinte. Les fièvres avaient attaqué cinq des benjamins, mais il n'en était mort que deux. Il y avait moins de chambard, à la maison, depuis le départ des sept aînés ; la guerre avait éclaté juste à temps pour sauver Alon que traquait un chevalier du voisinage à cause de chevaux volés. C'était déjà de l'histoire ancienne, mais Ki n'en protesta pas moins vigoureusement de l'innocence de son frère en cette affaire, tant l'outrageait l'accusation.

Tobin se gorgeait de toutes ces anecdotes avec une délectation qui ne cessait de croître ; il en connaissait chacun des protagonistes grâce aux récits de Ki, et voici qu'il en avait un en chair et en os sous les yeux. En plus, elle lui plaisait bien, Ahra. Ses vilains côtés, décida-t-il, Ki devait les avoir un tantinet exagérés. Elle avait la même franchise abrupte que son cadet, la même absence d'arrière-pensées dans ses prunelles sombres. Mais ça vous faisait quand même un drôle d'effet, de voir une femme armée d'une épée...

Nari leur tomba dessus comme ils franchissaient le pont, et son air renfrogné les immobilisa pile tous les trois.

« Prince Tobin, qui est cette créature, et qu'est-ce qu'elle vient faire ici ?

— La sœur de Ki, répondit-il. Tu sais bien, celle qui a voulu faire sauter l'enclos des porcs à son cheval et qui s'y est cassé la figure !

— Ahra, n'est-ce pas ? » Elle se radoucit sur-le-champ.

Ahra lorgna Ki. « T'as raconté des salades sur moi, hein ? »

Nari se mit à rire. « Oh, ça oui ! Il n'y a pas de cachotteries qui tiennent, avec Ki dans le coin ! Entre donc, ma fille, et mange un morceau avec nous. C'est Cuistote qui va être aux anges, de revoir une femme en tenue de soudard ! »

Ils étaient en train d'écouter Cuistote ressasser en faveur d'Ahra son passé belliqueux quand survint

Arkoniel avec cet air faraud, satisfait qu'il arborait toujours lorsqu'il venait d'avoir un tête-à-tête avec Lhel.

La seule vue de la visiteuse le fit changer d'expression. Il prit une mine encore plus revêche que Nari et qui persista jusqu'à ce qu'Ahra lui tende la lettre d'Iya.

« Bon, bon, si c'est elle qui vous envoie..., marmonna-t-il. Je suppose que j'aurais déjà dû enjoindre à Ki d'écrire à sa mère.

— 'rait servi à rien, même qu'il l'aurait fait, riposta Ahra d'un air de dignité offensée. *Nous*, on sait pas lire. Aucun. »

Ki s'empourpra comme s'il venait de se faire prendre en train de commettre une ignominie.

« Vous pouvez nous mettre au courant de la guerre ? demanda Tobin.

— Les dernières nouvelles que j'ai reçues sont vieilles d'un bon mois. Le roi s'est rencontré à Nanta avec les Anciens de Mycena, et une flotte longeait la côte pour engager le combat avec les Plenimariens sur la frontière. On m'a dit tout plein de bien de votre père, prince Tobin. Paraît qu'il est en première ligne à chaque bataille, à la droite du roi.

— Vous vous êtes rendue récemment dans la capitale ? » s'enquit Arkoniel.

Elle acquiesça d'un hochement.

« On est passés par là y a une semaine. Deux navires ont été brûlés quand le capitaine du port a eu découvert de la peste à bord. Et comme il s'est trouvé qu'y avait des marins qu'étaient déjà descendus à terre et entrés dans une taverne, les oiseaux de mort sont venus la clouer bien vite avec eux dedans et les ont brûlés comme pestifères.

— C'est quoi, des oiseaux de mort ? demanda Tobin.

— C'est quelque chose comme des espèces de guérisseurs, se hâta de répondre Arkoniel, mais sa mine écœurée démentait cette explication. Ils parcourent le pays pour essayer d'empêcher la peste d'y pénétrer par les ports. Ils portent de longs masques pointus qui ressemblent à des becs et dont la pointe est bourrée d'herbes aromatiques afin de repousser le mal. C'est pour ça que les gens les nomment oiseaux de mort.

— Et puis y a plein de Busards qui traînent à chercher des noises, en plus », l'informa-t-elle. Et, une fois de plus, Tobin ne comprit pas ce qu'elle voulait dire avec ses Busards, à ce détail près qu'elle ne les portait pas dans son cœur.

« Il y a eu de nouvelles exécutions, là-bas ? »

Elle hocha la tête.

« Trois de plus, dont celle d'un prêtre. Les gens, ça leur plaît pas beaucoup, mais y a personne qu'ose parler contre, depuis les arrestations d'y a quelques mois.

— Assez là-dessus, fit Cuistote. Je crois que nos p'tits gars, ils aimeraient bien voir comment ça se bat, une femme, pas vrai, vous deux ? T'es la première que le prince Tobin, il a jamais vue revêtue 'core d'une armure. »

La visite se termina par quelques passes d'armes dans la cour des casernements. Ahra luttait dur avec des coups en traître, et elle montra aux gamins quelques nouveaux trucs pour faire un croc-en-jambe à l'adversaire et puis le prendre à contre-pied.

« C'est pas des manières à apprendre au neveu du roi ! s'insurgea Nari, qui s'était mise assez loin pour tout voir sans risque.

— Bah, laisse courir ! répliqua Cuistote. Y a personne qui s'en occupe, en pleine bataille, des titres, des privilèges et de tous ces machins. Un jeune guerrier, ça peut qu'y servir, d'avoir plus d'un tour dans son sac. »

Arkoniel était resté dans la cuisine, à engranger dans sa mémoire chacun des termes du billet d'Iya, de manière à pouvoir ensuite le brûler. N'importe qui d'autre n'aurait vu rien de plus là-dedans que la relation décousue des diverses rencontres qu'elle avait faites au cours de ses récentes pérégrinations. Seulement, il suffisait au jeune magicien de marmonner dessus la bonne formule pour que s'en argentent par-ci par-là quelques lettres qui révélaient la véritable teneur du message. Cela demeurait encore énigmatique, mais lui le trouvait suffisamment clair pour en avoir froid dans le dos.

Trois amis supplémentaires se sont envolés en fumée. Les limiers sont toujours en chasse, mais ils n'ont rien subodoré. Survienne Blanc ou Gris, fuis. Je garde mes distances. Puisse Illior veiller sur toi.

Des blancs ou des gris... En se figurant semblable colonne de cavaliers remontant la prairie, Arkoniel frissonna. Il jeta la lettre dans les flammes et ne la lâcha pas des yeux qu'elle ne se soit totalement consumée.

« Puisse Illior veiller sur vous aussi », chuchota-t-il, tout en éparpillant les cendres avec le tisonnier.

5

C'est au début de Gorathin que commencèrent à survenir les tout premiers messagers en provenance de Mycena. Dès lors et durant tout l'été et le long hiver qui suivit, les gamins ne vécurent plus que de dépêche en dépêche. Le duc n'écrivait pas très fréquemment ; chacune de ses lettres était lue et relue jusqu'à ce que le parchemin en soit tout flasque et tout écorné. Le roi rentra bien passer l'hiver à Ero, mais il laissa le gros de ses forces sur la frontière. Et comme il était l'un de ses officiers les plus appréciés, Rhius demeura là-bas, campé avec ses troupes sur la rive occidentale de l'Anguille. Les Plenimariens firent pareil de l'autre côté de la rivière, et, dès le printemps, les combats reprirent.

L'été suivant fut plus torride qu'aucun de ceux que Cuistote elle-même pouvait se remémorer. Arkoniel maintenait de son mieux ses élèves à l'étude, en dépit de leur crainte obsédante que la guerre ne soit en train de leur passer sous le nez.

Ki entra dans sa quatorzième année le quatre de Shemin. Maintenant, sa voix se mettait à grincer sans préavis de manière affreuse, et il exhibait fièrement une ombre de duvet noir sur sa lèvre supérieure.

Tobin aurait bientôt douze ans, et si sa lèvre et ses joues à lui demeuraient parfaitement glabres, il rivalisait déjà pour la taille avec son copain. Tous deux étaient encore grêles d'allure comme des poulains, mais les journées consacrées sans relâche à la chevauchée, aux corvées domestiques et à l'exercice des armes les avaient dotés d'une vigueur nerveuse à laquelle aucun gosse élevé en ville n'aurait été capable de damer le pion.

Arkoniel s'émerveillait toujours autant de leur connivence. Deux frères n'auraient pu être plus attachés l'un à l'autre qu'eux. À la vérité, leur entente lui semblait plus parfaite que celle de la plupart des frères. En dépit du fait qu'ils ne se quittaient pour ainsi dire pas d'une semelle dans la journée et qu'ils partageaient le même lit la nuit, c'était à peine s'il leur échappait de-ci de-là un mot de dispute. Au contraire, ils rivalisaient de bonne humeur dans tous leurs passe-temps et se soutenaient mutuellement sans vergogne quand ils se faisaient attraper à commettre une farce dans la maison. Arkoniel suspectait bien Ki d'être l'instigateur de la plupart des coups fourrés, mais aucun des deux n'aurait rien avoué que sous la torture ou sous l'influence de la magie.

Deux années de tutelle attentive avaient poli Ki comme une pierre fine. Il s'exprimait avec autant de distinction que n'importe quel nobliau de province et réussissait à ne plus jurer à tout bout de champ. Il avait encore les traits indécis d'un petit garçon, mais il promettait de devenir un beau gaillard, et ce n'était toujours pas l'esprit, se disait Arkoniel, qui lui manquerait pour faire une grande carrière à la cour, s'il lui en prenait fantaisie.

Une carrière aussi grande du moins qu'un cadet de chevalier sans terre en était susceptible, dûment patronné. Le titre de son père étant un titre creux, c'était sur Rhius ou Tobin que Ki devrait compter pour son élévation, élévation qui même alors ne se ferait pas sans difficulté, à moins que le duc ne se résolût – perspective des plus improbables – à l'adopter.

Dans une maisonnée normale, la différence de position des deux enfants se serait sans doute déjà fait sentir, mais on ne se trouvait à aucun égard dans une maisonnée normale. Grâce à son ignorance totale de la vie de cour, Tobin traitait chacun comme son égal. Nari s'en alarmait fort, mais Arkoniel lui enjoignait de laisser leurs pupilles en paix. À juger Ki d'après ses seuls mérites personnels, il ne se pouvait rêver meilleur compagnon pour un jeune prince, et Tobin était enfin heureux – globalement, du moins...

Ses curieux accès de prescience avaient apparemment cessé, et les conseils de Lhel lui avaient permis de conclure une espèce d'accord avec Frère. Le spectre se tenait désormais si tranquille que Nari prétendait en manière de plaisanterie : « J'en finis que je me languis de ses facéties. » Était-il possible qu'il en vienne en définitive à s'apaiser ? s'interrogeait pour sa part le magicien. Consultée sur cette éventualité, la sorcière secoua la tête. « Non, répondit-elle, et pas peine toi compter dessus. »

S'il arrivait à Tobin de repenser si peu que ce soit à la mort de sa mère, il n'en pipait mot. L'unique indice qu'il en demeurait obsédé, c'était l'aversion qu'il manifestait pour la tour.

Deux choses en revanche assombrissaient visiblement son âme de garçonnet : l'absence de Père et l'interdiction d'aller le rejoindre à Mycena.

Depuis la visite d'Ahra, l'été précédent, lui et Ki souffraient de savoir que des gamins plus jeunes qu'eux étaient partis faire la guerre. Arkoniel avait beau lui dire, lui redire et lui garantir qu'aucun de ses pairs, jusques et y compris le prince royal en personne, n'avait l'autorisation de se battre, cette assurance-là ne tranquillisait guère sa fierté blessée.

Au moins une fois par mois depuis lors, les deux gamins endossaient l'armure laissée par Rhius et juraient qu'elle leur allait presque, malgré les manches du haubert qui continuaient de les démentir en leur pendouillant bien au-delà du bout des doigts. Ils n'en poursuivirent leur entraînement qu'avec plus d'âpreté, plus d'acharnement, et cela leur fit abîmer assez d'épées factices pour approvisionner Cuistote en petit bois durant tout l'hiver.

Tobin tira finalement parti de sa maîtrise cher payée de l'écriture en constituant un gros paquet de lettres que les courriers de Père n'avaient que la peine de remporter. Rhius répondait de loin en loin, mais jamais il ne mentionnait les prières de le rejoindre. Il expédia néanmoins au fort un forgeur d'épées. L'artisan prit les mesures nécessaires avec ses aunes, ses compas d'épaisseur, et il ne s'écoula pas un mois que les deux garçons se trouvaient munis de bonnes rapières pour s'exercer.

À cela près, l'existence continua selon son train-train coutumier jusqu'à ce jour d'été où Arkoniel les surprit en train de supputer la distance qui les séparait d'Ero et de débattre de l'identité qu'ils s'attribueraient au cours du voyage en cas de rencontre avec des étrangers. Aussi, dès la nuit suivante, mit-il à profit leur sommeil pour les affubler mine de rien d'un petit charme de sa façon, pour le cas où il se verrait tôt ou tard dans l'obligation de les suivre à la piste.

Or, si Tobin et Ki ne commirent pas de fugue, ils n'arrêtèrent pas, tout au long de cet interminable été torride, de ronchonner, de se tracasser, de parler de la capitale et des hostilités en cours.

Ki ne s'était certes rendu à Ero qu'une maigre poignée de fois, mais il ressuscitait le moindre souvenir de ces rares visites à l'intention de son copain. Installé, la nuit, près de la cité miniature, il désignait tel ou tel endroit pour le décrire en termes pittoresques et alimenter par là l'imagination de Tobin en lui faisant parcourir des quantités de nouveaux coins.

« C'est ici, tiens, que se trouve la rue des Orfèvres, enfin plus ou moins dans ces parages, annonçait-il. Et le temple aussi. Tu te souviens de ce que je t'ai dit du dragon qui est peint sur ses murs ? »

Tobin le harcelait de questions sur les bêtes et sur les marchands aurënfaïes qu'il avait pu voir à la foire aux chevaux, et il ne se lassait pas de lui faire rabâcher tous les détails qu'il se rappelait sur les bateaux mouillés dans le port, la couleur de leurs voiles et de leurs oriflammes.

Il prenait d'ailleurs sa revanche en ce qui concernait le Cercle Palatin, car, n'ayant jamais mis les pieds dans l'enceinte, Ki ne savait strictement rien de ce qu'elle recelait. Certes, ses propres connaissances, il ne les devait lui-même qu'aux récits de Père et de Tharin, mais il avait bien retenu toutes leurs leçons. Il l'initiait également à la généalogie royale en sortant de leur boîte une à une les figurines des souverains et des souveraines et en les alignant sur la corniche du palais.

Leurs journées, ils les passaient à vadrouiller dans les bois ou sur la prairie, les reins tout juste ceints de pagnes en lin. Il faisait trop chaud la plupart du temps pour rien porter de plus. Même Arkoniel avait adopté leur costume, et il paraissait se soucier comme d'une guigne des rires étouffés que déchaînait la vision de son anatomie blanchâtre et velue.

La chaleur incita Lhel aussi à se dénuder. Tobin en resta médusé, la première fois où il la vit émerger du fourré pour se porter au-devant d'eux simplement vêtue d'un simulacre de jupe. Nari avait bien assez souvent changé de chemise ou pris son bain devant lui pour ne pas lui laisser ignorer grand-chose de ses appas, mais jamais aucune autre femme ne s'était exhibée sous son nez dans cet appareil. Et puis Nari avait des petits seins, tout doux, tout blancs. Alors qu'avec Lhel, là, tout ça n'avait rien à voir. Elle était brune de partout, et elle avait le corps presque aussi musclé que celui d'un homme, quoique ni plat ni anguleux. Ses seins pendaient comme d'énormes prunes mûres et ballottaient au rythme de ses pas. Elle avait les jambes et les flancs fermes, les hanches larges et girondes, et la taille fine. Elle avait les pieds et les mains plus crasseux que jamais, mais le restant de sa personne semblait aussi propre que si elle venait tout juste de s'être baignée. Tobin aurait volontiers tendu la main pour lui toucher l'épaule, histoire de se rendre compte un peu de l'effet que cela faisait, mais il lui suffit d'y penser pour piquer un fard.

Il s'aperçut que Ki lui-même en piquait un, cette première fois-là, mis à part que Ki n'avait pas du tout l'air embarrassé, lui. Cela dit, ils s'habituèrent bientôt tous les deux à voir Lhel en cet équipage, même s'il arrivait encore à Tobin de se demander ce qu'elle pouvait bien cacher sous sa jupe. À en croire Ki, les parties basses des femmes ne ressemblaient en rien à celles des hommes. De temps à autre, il surprenait Lhel qui le scrutait comme si elle connaissait ses pensées, et il regardait ailleurs, alors, d'un air distrait, mais plus pourpre et cuisant que jamais.

6

« Tu crois, toi, que le prince Korin doit lui aussi se taper de remplir le cuvier de la lessive, au palais ? » râla Ki, pendant que Tobin et lui trimbalaient cahin-caha leurs baquets d'eau dans la cour des cuisines. Le petit cheval de bois qu'il portait en sautoir se colla contre sa poitrine en sueur lorsqu'il hissa son fardeau jusqu'au bord du cuvier fumant. En ce jour de Lenthin, il n'était encore même pas midi, mais on suffoquait déjà.

Lorsque Tobin vida son propre baquet, la sueur lui ruisselait le long du nez. Tout en s'inclinant par-dessus le cuvier, il souffla sur la vapeur pour la disperser et lâcha un grognement d'exaspération. « Par les couilles à Bilairy ! Pas même encore à moitié plein qu'il est... On fait deux voyages supplémentaires, et puis on va se piquer une tête dans la rivière. M'en fous, si Cuistote s'enroue à nous gueuler après.

— Votre humble serviteur, mon prince », gloussa Ki en lui emboîtant le pas pour franchir la poterne une nouvelle fois.

Les tout derniers assauts de la sécheresse avaient sacrément creusé les berges en faisant baisser le niveau de la rivière. Avant d'atteindre le bord de l'eau, il fallait se frayer son chemin parmi des chaos de pierres encroûtées d'algues mortes. Ils y étaient presque parvenus quand Ki s'esquinta méchamment un orteil. Un grondement étranglé lui permit de ravaler l'un de ces gros mots qu'interdisait Nari et par la faute desquels il s'était déjà fait une fois tirer les oreilles aujourd'hui. « Crebleu ! » cracha-t-il à titre de compensation, tout en agrippant son orteil en sang.

Tobin laissa choir son baquet pour l'aider à descendre à cloche-pied jusqu'au ras du courant. « Fais-le tremper. Finira bien par se calmer un peu. »

Ki s'assit commodément puis laissa pendre ses deux jambes au fil de l'eau. Il en avait jusqu'aux genoux. Tobin fit de même avant de se renverser en arrière, appuyé sur ses coudes. Il était encore plus brun que Ki, cet été-ci, remarqua-t-il non sans se rengorger, malgré les déclarations de Nari que ça lui donnait la vulgaire dégaine d'un péquenot.

La vue plongeante dont il jouissait actuellement lui permettait d'admirer l'or des poils follets qui dévalaient au creux de l'échine musculeuse de son cher Ki et sa peau lustrée sous laquelle saillaient les omoplates. Tout en lui rappelant la souplesse fauve du couguar qu'ils avaient affronté de conserve dans les montagnes, cela fit courir dans toute sa chair un doux frisson tiède dont il se trouva qu'aucun mot n'était capable de rendre compte.

« Et mon chaudron ? Y va pas se remplir tout seul ! » leur cria Cuistote, là-bas derrière, de la poterne.

Tobin renversa sa tête en arrière pour toiser l'impatiente de bas en haut.

« Ki s'est fait mal au pied.

— Et ça t'a cassé *tes* jambes à toi ?

— M'ont tout l'air d'aller », fit Ki en éclaboussant d'une poignée d'eau froide le ventre de Tobin.

Celui-ci se rassit en piaulant. « Traître ! Vas voir si je t'aide... »

Debout sur la berge opposée, Frère ne le lâchait pas du regard. Tobin l'avait convoqué pendant la matinée puis complètement oublié.

S'il avait poussé tout autant que lui, le fantôme n'en demeurait pas moins étique et blême comme un ventre de poisson. En quelque lieu qu'il apparût, la lumière ne le frappait jamais comme un être vivant. De loin, comme ça, ses yeux bizarres lui faisaient comme des trous noirs qui lui dévoraient la figure. Sa voix était devenue de moins en moins distincte, en plus. En fait, il y avait des mois que Tobin ne l'avait pas entendu proférer le moindre mot.

Il dévisagea Tobin encore un bon moment puis se détourna pour scruter la route.

« Quelqu'un vient », murmura Tobin.

Ki jeta un coup d'œil vers le bas de la prairie puis reporta son regard sur lui. « J'entends rien du tout... »

Au bout d'un instant, tous deux finirent néanmoins par percevoir un vague et lointain cliquetis de harnais.

« Ah ! Frère ? »

Tobin acquiesça d'un hochement.

À présent se distinguait assez nettement l'approche des cavaliers pour qu'on puisse en déduire qu'ils devaient être une vingtaine. Tobin se leva d'un bond. « Tu crois que ça peut être Père ? »

Ki répondit par un grand sourire. « Qui d'autre pourrait bien venir ici avec tant de monde ? »

Tobin remonta la berge rocheuse à quatre pattes et courut se jucher sur le pont pour bénéficier d'un meilleur point de vue.

Les madriers chauffés à blanc lui brûlaient les pieds. Après avoir impatiemment sautillé de l'un sur l'autre une bonne minute, il s'élança sur l'herbe du bas-côté pour se porter à la rencontre de la cavalcade.

« Tobin ! Reviens ! Tu sais qu'on ne doit pas faire ça !

— Juste quelques pas ! » Un coup d'œil par-dessus l'épaule lui montra Ki boitillant sur le pont puis, désignant son orteil amoché, haussant les épaules.

Le cœur de Tobin se mit à battre la chamade quand il aperçut au travers des arbres un fugitif scintillement d'acier. Mais pourquoi diable les survenants marchaient-ils à cette allure d'escargot ? Père accomplissait toujours le dernier mille au galop, dans un nuage de poussière qui se voyait par-dessus la cime des arbres bien avant que ne se discernent les cavaliers eux-mêmes.

Tobin s'immobilisa pour mettre sa main en visière. Il n'y avait aucun nuage de poussière aujourd'hui. Saisi d'inquiétude, il resta là, tout prêt à prendre ses jambes à son cou si c'était en définitive des étrangers qui survenaient.

Or, quand se montra finalement la tête de la colonne au bas de la prairie, il reconnut d'emblée Tharin sur son rouan, puis le vieux Laris et les autres qui le talonnaient. Les escortaient également deux nobles seigneurs qu'il identifia comme Nyanis, grâce à son éclatante chevelure, et comme Solari, grâce à sa barbe noire en broussaille et à son manteau vert et or.

Les combats doivent avoir pris fin. Il a ramené des hôtes pour fêter ça ! Tobin poussa un hourra et agita les deux bras en signe d'accueil, tout en cherchant toujours son père parmi les rangs serrés de la cavalcade. Tharin lui rendit son salut d'un geste mais sans éperonner pour autant sa monture. Tandis qu'ils gravissaient tous la colline, Tobin s'avisa que le capitaine menait au bout d'une longe un cheval..., le palefroi noir de Père. Sellé mais sans cavalier. Et c'est seulement alors qu'il remarqua qu'on avait tondu ras la crinière de tous les chevaux. Il savait ce que cela voulait dire. Les hommes lui avaient raconté bien assez d'histoires à ce propos dans la cour des casernes...

L'air s'assombrit soudain aux côtés de Tobin. Frère venait de paraître. Sa voix s'entendait à peine pardessus la rumeur incessante de la rivière, mais Tobin ne l'entendit que trop nettement.

Voilà notre père de retour chez lui.

« Non. » Tobin s'avança malgré tout à la rencontre des cavaliers. Les battements de son cœur lui martyrisaient les tympans. Il ne sentait seulement pas la route sous ses pieds.

Tharin et les autres firent halte au moment où il les abordait. Lui se refusa à les regarder en face. Il n'avait d'yeux que pour le cheval de Père et pour les effets jetés en travers de la selle : l'arc, le heaume et le haubert. Et pour la longue urne de grès qu'y tenaient suspendue les mailles d'un filet.

« Où est-il ? » demanda Tobin, maintenant obsédé par l'usure d'un étrier vide. Sa voix venait de sonner à ses propres oreilles presque aussi faiblement que celle de Frère.

Il entendit Tharin mettre pied à terre, il se sentit empoigner aux épaules par ses grosses mains, mais il n'en garda que plus obstinément les yeux fixés sur l'étrier.

Tharin le fit pivoter tendrement, lui cueillit le menton pour l'obliger à le regarder. Ses yeux d'un bleu délavé étaient tout lisérés de rouge et débordants de chagrin.

« Où est Père ? »

Tharin tira quelque chose de son aumônière, quelque chose de noir et or qui miroita dans la lumière du soleil. C'était le sceau de Père, à l'effigie du rouvre, enfilé sur sa chaîne. D'une main tremblante, Tharin le lui passa au col.

« Votre père est tombé au combat, mon prince, le cinquième jour de Shemin. Il est mort en brave, Tobin. Je t'ai rapporté ses cendres. »

Les yeux de l'enfant se reportèrent sur l'urne entourée d'un filet, et il comprit. *Le cinquième jour de Shemin ? C'était le lendemain de l'anniversaire de Ki. Nous sommes allés nous baigner. J'ai tué deux grouses. Nous avons vu Lhel.*

Nous ne savions pas.

Frère se tenait auprès du cheval, maintenant, une main posée sur l'urne poudreuse. Cela faisait près d'un mois que leur père était mort.

Tu m'as prévenu de l'agonie d'un renard, songea-t-il en dévisageant Frère d'un air incrédule. *Et de l'arrivée d'Iya. Mais de la mort de notre père, non ?*

« Je me trouvais là moi aussi, Tobin. Ce que te dit Tharin est la vérité pure. » C'est le jeune Lord Solari qui venait de parler. Il démonta pour venir se placer près de lui. Tobin avait toujours eu de la sympathie pour lui, mais il n'avait pas la force de le regarder en face non plus, maintenant. Lorsque celui-ci reprit la parole, ce fut comme s'il se trouvait à cent lieues de là, et pourtant Tobin avait ses bottes sous les yeux, juste à côté de lui, là, sur la route. « Il a poussé son cri de guerre jusqu'à la fin, et toutes ses blessures étaient par-devant. Je lui ai vu tuer quatre adversaires au moins avant de succomber. Aucun guerrier ne saurait souhaiter plus glorieuse mort. »

Tobin se sentait aussi léger que si son corps risquait à tout moment d'être éparpillé par la brise comme des graines de dompte-venin. *Peut-être que je verrai le fantôme de Père.* Il loucha du côté de l'urne dans l'espoir que l'ombre de son père allait lui apparaître. Mais il n'y avait là que Frère qui s'estompait peu à peu, les traits dévorés par les trous noirs où luisaient ses sombres prunelles, et qui finit par s'évaporer.

« Tobin ? »

Les mains de Tharin l'étreignaient fermement aux épaules et l'empêchaient de se disperser dans le vent. Mais il n'avait aucune envie de le regarder, aucune envie de voir les larmes qui traçaient lentement un double sillon sur ses joues poussiéreuses. Il n'avait aucune envie non plus que les deux seigneurs et les soldats voient Tharin pleurer.

Aussi préféra-t-il laisser ses yeux se perdre par-delà. Ki, remarqua-t-il, descendait la route en courant. « Son pied doit aller mieux. »

Le visage de Tharin se rapprocha du sien. Il se lisait dans son regard une expression des plus singulières. De-ci de-là s'entendaient à présent des gémissements étouffés qui stupéfiaient l'enfant comme quelque chose d'inouï. Ça ne pleurait pas, des soldats...

« Ki, crut-il bon d'expliquer, tout en laissant à nouveau dériver son regard vers le cheval de Père. Il s'est blessé l'orteil, mais voici qu'il arrive. »

Tharin se défit d'un fourreau qui lui barrait le dos pour le déposer entre les mains de Tobin. C'était l'épée gainée du duc. « Elle est à toi, maintenant, elle aussi. »

Tobin étreignit l'arme. Elle était terriblement lourde. Tellement plus lourde que la sienne... *Trop grande pour moi. Tout comme l'armure.* Une chose de plus à garder pour plus tard. Trop tard.

Il entendit bien que Tharin parlait, mais il avait l'impression que son crâne était bourré de graines floconneuses de dompte-venin ; il avait du mal à comprendre quoi que ce soit. « Qu'est-ce que nous en faisons, des cendres ? »

Tharin l'attira plus près de lui.

« Quand tu seras prêt, nous les emporterons à Ero pour les déposer aux côtés de ta mère dans la tombe royale. Ils seront enfin de nouveau réunis.

— À Ero ? »

Père avait toujours promis qu'il l'emmènerait à Ero.

Et, au lieu de ça, c'était à lui, paraît-il, d'y emmener Père.

Il se sentait les yeux en feu, et la poitrine lui brûlait comme s'il avait couru d'une seule traite de la ville à ici, mais les larmes se refusaient à lui. Il avait l'impression d'être aussi sec intérieurement que le sol qu'il foulait.

Tharin se remit en selle, et quelqu'un jucha Tobin, toujours cramponné à l'épée de Père, derrière lui.

Ki les rejoignit à mi-chemin, hors d'haleine et plus ou moins à cloche-pied. Il avait l'air de savoir déjà ce qui s'était passé et fondit en pleurs silencieux à la vue des armes attachées à la selle vide. Allant vers Tobin, il lui étreignit la jambe à deux mains et plaqua son front contre son genou. Puis Koni survint, qui lui tendit la main pour l'aider à monter en croupe.

Pendant que le cortège achevait de gravir la colline, Tobin ne fut sensible qu'à une chose, aux pesants battements sur son cœur du sceau d'or de Père que provoquait chacun des martèlements des sabots du cheval.

Nari et les autres les accueillirent à la grande porte et se lancèrent dans un épouvantable concert de lamentations sans même attendre que Tharin leur ait annoncé la nouvelle. Même Arkoniel pleurait à chaudes larmes.

Nari embrassa Tobin à l'étouffer dès qu'il eut mis pied à terre.

« Oh, mon pauvre amour ! sanglota-t-elle. Qu'est-ce que nous allons bien pouvoir faire ?

— Aller à Ero », s'efforça-t-il de lui répondre, mais sans être bien sûr qu'elle l'entendait.

On emporta les armes et les cendres dans la grande salle pour les déposer devant l'autel domestique. Tharin aida Tobin à raser la crinière de Gosi puis à la brûler, mêlée à l'une de ses propres mèches, dans la cour des casernes, en l'honneur de Père.

Cela fait, on chanta devant l'autel des chants lugubres que tout le monde avait l'air de connaître, excepté Tobin, et Tharin lui posa les mains sur les épaules pendant qu'il priait Astellus et Dalna de prendre soin de l'esprit de son père puis conjurait Illior et Sakor de protéger la maisonnée.

Tout cela se réduisit pour Tobin à un vague bredouillis de mots. Et lorsque Frère apparut pour placer sur la tablette de l'autel l'une de ses sales racines d'arbre toutes tordues, sa fatigue était telle qu'il ne fit pas un geste pour la déblayer. Il fut d'ailleurs le seul de l'assistance à la remarquer.

Une fois achevés les prières et les chants, Tharin le prit à part et, s'agenouillant devant lui, l'attira de nouveau tout près. « Je me trouvais avec ton père quand il est mort, lui souffla-t-il, et ses yeux avaient de nouveau l'expression singulière de tout à l'heure. Nous avons parlé de toi. Il t'aimait plus que rien d'autre au monde, et il était si triste de t'abandonner... » Il s'essuya les yeux, s'éclaircit la gorge. « Il m'a chargé d'être ton protecteur, et c'est à quoi je m'emploierai tout le reste de mon existence. Tu peux compter sur moi en toute circonstance. »

Il dégaina son épée puis, l'ayant dressée pointe en bas devant lui, prit la main de Tobin et la lui plaça sur la garde tout usée avant d'appliquer la sienne par-dessus. « Je jure par les Quatre et par mon honneur de demeurer à tes côtés et de te servir jusqu'à mon dernier souffle. J'ai fait le même serment à ton père. Tu comprends, Tobin ? »

L'enfant hocha la tête. « Merci. »

Tharin rengaina puis le tint longuement embrassé. Après s'être écarté pour se relever, il secoua la tête. « Les Quatre m'en soient témoins, ce sont mes cendres et non les siennes que je voudrais voir dans cette urne. Je donnerais n'importe quoi pour ça. »

Le jour déclinait quand tout fut fini. L'heure du repas survint et passa, mais personne ne prépara de feu ni ne fit de cuisine, et tout le monde resta pour la nuit dans la grande salle. Une veillée, Tharin appelait ça. Comme la nuit tombait, il alluma une seule lampe devant l'autel, les autres pièces de la maison demeurant dans le noir.

Certains des serviteurs s'allongèrent à terre pour dormir, mais les guerriers s'agenouillèrent en demi-cercle face à l'autel, leurs épées au clair devant eux. Nari eut beau installer pour lui une paillasse au coin de la cheminée, Tobin ne parvint pas à rester couché. Il se joignit quelque temps aux hommes, mais leur silence lui fit l'effet de l'exclure et de l'isoler. Si bien qu'il finit par aller en catimini se réfugier tout au fond de la salle et par se laisser choir dans la jonchée près de l'escalier.

C'est là que Ki le découvrit puis s'assit à son tour. « Tu n'avais jamais rien vu de pareil, n'est-ce pas ? » chuchota-t-il.

Tobin secoua la tête.

« On a pourtant bien dû faire quelque chose, quand ta mère est morte, non ?

— Je ne sais pas. » Repenser à cette époque-là le faisait toujours grelotter de la tête aux pieds. Ki dut s'en apercevoir, car il se rapprocha pour l'enlacer avec un de ses bras, exactement comme l'avait fait Tharin. Tobin se laissa aller contre lui et posa la tête sur son épaule, éperdument reconnaissant d'un réconfort si simple et si solide. « Je ne me souviens pas. Je l'ai vue gisant sur la glace, et puis c'est tout, elle était partie. »

Il n'avait jamais demandé ce qu'il était advenu d'elle. Nari avait bien essayé d'en parler une fois ou deux peu de temps après, mais il n'avait pas eu envie de l'apprendre, à ce moment-là. Il s'était bouché les oreilles et enfoui sous les couvertures jusqu'à ce qu'elle s'en aille. Et si, depuis lors, plus personne n'avait évoqué ce sujet dans la maison, lui non plus n'avait jamais posé de question. C'était bien assez horrible, déjà, de savoir que l'esprit de sa mère arpentait encore la tour ; alors, où son corps pouvait se trouver, ça lui était bien égal, ça.

Mais maintenant, là, dans le noir, voilà qu'il repensait à ce qu'avait dit Tharin. Mère était à Ero.

Si peu qu'il se rappelât de ce jour tragique, il savait que le roi était déjà parti quand lui-même avait eu la permission de quitter son lit. Et déjà partie Mère, aussi.

À l'instar de l'un de ces minuscules noyaux qu'Arkoniel laissait tomber dans ses solutions alchimiques, ce simple constat fit se cristalliser des années de souvenirs à demi conscients en une conviction, unique et suraiguë, celle que le roi avait emmené

Mère. Son esprit embrumé de chagrin s'y agaça comme on s'agace d'une dent gâtée trop douloureuse pour que l'on arrête de la tâter, de la tripoter.

Non, chuchota Frère dans le noir.

« Ma maman à moi est morte quand j'avais six ans, fit Ki tout bas, ramenant par là Tobin au moment présent.

— De quoi ? »

En dépit de tous leurs bavardages, ils n'avaient jamais abordé ce chapitre avant.

« Elle s'est entaillé le pied sur une faux, et la blessure n'a jamais guéri. » Il venait de lui échapper une pointe de son vieil accent campagnard. « Sa jambe est devenue toute noire, elle avait la bouche comme verrouillée, et puis elle est morte. Comme la terre était complètement gelée, Père l'a déposée tout empaquetée dans le grenier de l'étable et l'y a laissée jusqu'au retour du printemps. Moi, je grimpais m'asseoir près d'elle, quand je me sentais seul. Il m'est même arrivé, des fois, de soulever la couverture, rien que pour revoir un peu sa figure. On l'a enterrée au printemps, quand il n'y avait pas encore de feuilles. Père avait déjà ramené Sekora chez nous, et elle avait déjà le gros ventre. Je n'arrêtais pas de loucher dessus, je me rappelle, pendant qu'on chantait les chants sur la tombe de ma maman. » Sa voix venait de détonner vers l'aigu.

« Toi, tu as eu une nouvelle mère », murmura Tobin, qui se sentit soudain très lourd et fatigué au-delà de toute expression. « Moi, maintenant, je n'ai plus ni père ni mère du tout. »

Le bras de Ki se resserra autour de lui. « Je suppose qu'on ne te laisserait pas venir avec moi chez nous, hein ? Nous, on s'apercevrait à peine qu'on en a un de plus dans les pattes. »

L'œil toujours aussi sec malgré le chagrin qui le ravageait au-dedans, Tobin partit à la dérive dans un rêve où Ki et lui dormaient au sein d'un énorme tas de mioches à cheveux bruns... – tous enchevêtrés bien au chaud comme une portée de chiots –, tandis que dehors, dans la grange, gisaient leurs deux mères, mortes et gelées.

7

Arkoniel se réveilla, la nuque raide, juste après l'aube. Il s'était jeté dans un coin proche de l'autel, bien décidé à assurer la veillée avec les autres, mais il n'avait pu s'empêcher de s'assoupir par intermittence.

Au moins n'ai-je pas été le seul à succomber au sommeil, se dit-il en laissant errer son regard tout autour de la salle.

La lampe de l'autel brûlait toujours, et sa lueur diffuse lui permettait de discerner des silhouettes sombres pelotonnées sur les bancs et dans les parages de l'âtre, à même la jonchée. Il eut quelque peine à repérer Tobin et Ki affaissés tous deux près de l'escalier, le dos contre le mur.

Seuls les guerriers n'avaient pas interrompu leur veille de toute la nuit, agenouillés qu'ils étaient constamment restés pour honorer la mémoire du chef qu'ils avaient suivi tant d'années durant.

Arkoniel examina leurs traits tirés. Nyanis et Solari étaient inconnus de lui ; d'après ce qu'il avait entendu dire à Cuistote et à Nari la veille, tous deux s'étaient révélé des vassaux d'une loyauté indéfectible ; ainsi la fille de Rhius trouverait-elle peut-être en eux des alliés à l'avenir.

Il reporta son regard sur Tobin ; la lumière chiche aurait pu le faire prendre, à le voir roupiller contre son mur, pour n'importe quel galopin poussé dans un taudis d'Ero. En se remémorant ce qu'Iya lui avait révélé de ses propres visions, le magicien ne put réprimer un soupir.

Trop chamboulé pour envisager de se rendormir, il sortit flâner sur le pont pour contempler le lever du soleil. Quelques daims broutaient à la lisière de la prairie, plusieurs autres s'étaient risqués sur les berges rocailleuses de la rivière pour atteindre le bord de l'eau. Un grand héron blanc arpentait les bas-fonds en quête de son déjeuner. En dépit de l'heure, la journée promettait déjà d'être torride.

Arkoniel s'assit au beau milieu du pont, les jambes ballant dans le vide. « Et désormais quoi, Illuminateur ? lâcha-t-il tout bas. Que nous faut-il faire, si les protecteurs de ce pauvre enfant continuent de disparaître l'un après l'autre ? »

Il attendit patiemment, guettant avec ferveur quelque signe en réponse. Mais il fut incapable de rien voir d'autre que, dardé fixement sur lui, l'implacable soleil de Sakor. Non sans un nouveau soupir, il entreprit mentalement de composer à destination d'Iya une lettre où il tâchait de la persuader de renoncer à ses interminables vagabondages afin de revenir le seconder. Cela faisait des mois, cependant, qu'il n'avait pas eu de nouvelles d'elle, et il n'était même pas sûr de l'adresse où son message aurait quelque chance de la toucher.

Il n'avait guère avancé dans sa rédaction quand il entendit la porte grincer dans son dos. Tharin vint à grands pas le rejoindre et, prenant place à ses côtés, se mit à considérer l'horizon par-dessus la prairie, les poings coincés entre ses genoux. Il était d'une pâleur extrême, et le chagrin creusait profondément ses traits. La lumière du petit matin achevait de délaver ses yeux.

« Vous n'en pouvez plus », dit Arkoniel. Tharin se contenta de hocher lentement la tête. « Selon vous, que va-t-il se passer maintenant ?

— C'est pour t'en parler que je suis sorti. Le roi m'a annoncé ses intentions devant le bûcher de Rhius. Il compte envoyer chercher Tobin. Il le veut à Ero avec le prince Korin et les Compagnons. »

La tournure que prenaient les événements n'avait rien de bien surprenant, mais Arkoniel en eut tout de même les tripes serrées.

« Quand ?

— Je l'ignore au juste. Bientôt. Je l'ai prié d'accorder un peu de répit au petit, mais il s'est gardé de réagir sur ce point. Je doute fort qu'il consente un très long délai, tant il brûle de l'avoir à portée de main.

— Que voulez-vous dire ? »

Tharin ne répondit pas tout de suite. Il avait l'air simplement fasciné par les daims. Il finit à la longue par soupirer puis dit : « Je t'ai connu tout gosse quand Iya et toi vous séjourniez à Atyion. Depuis que tu te trouves ici, j'ai pu constater quel homme tu étais devenu. J'ai toujours eu beaucoup de sympathie pour toi, et je crois pouvoir te faire confiance, notamment en ce qui concerne Tobin. C'est pour cette raison que je vais remettre mon existence entre tes mains. » Il tourna la tête pour regarder le jeune homme droit dans les yeux. « Mais s'il advenait jamais que tu m'aies dupé, les Quatre me sont témoins qu'alors tu devras me tuer pour me faire lâcher ta piste. Nous sommes bien d'accord là-dessus ? »

Arkoniel se garda de voir là des menaces en l'air. Et cependant, derrière la brutalité du propos, il perçut aussi de la peur, une peur non pas pour lui-même mais pour Tobin.

Il leva sa main droite tout en plaquant la gauche sur son cœur.

« Par mes mains, mon cœur et mes yeux, sieur Tharin, je vous jure que je suis prêt à sacrifier ma propre vie pour protéger l'enfant de Rhius et d'Ariani. Qu'avez-vous à me dire ?

— J'ai ta parole que tu n'en toucheras mot à qui que ce soit ?

— Iya et moi n'avons pas de secrets l'un pour l'autre, mais je puis vous répondre d'elle comme de moi-même.

— Très bien. Je n'ai de toute manière personne d'autre à qui m'adresser. D'abord et avant tout, je suis intimement convaincu que le roi voulait la mort de Rhius. Il se pourrait même qu'il ait trempé dans son assassinat. »

Si peu d'expérience qu'il eût de la vie de cour, le candide Arkoniel lui-même n'eut aucune peine à comprendre qu'en l'occurrence son vis-à-vis venait en effet de se mettre, et plutôt deux fois qu'une, entièrement à sa merci. La conscience qu'en avait forcément Tharin au même instant ne l'empêcha pas de poursuivre sans une seconde d'hésitation. « Depuis la mort de la princesse, Erius ne s'est jamais fait faute de pousser Rhius au plus fort de chaque bataille. Rhius s'en était aperçu, lui aussi, mais il avait un sens de l'honneur beaucoup trop aigu pour le dire. Toutefois, certains des ordres auxquels nous obtempérions n'étaient que pure témérité. Il y a des centaines de valeureux guerriers skaliens qui seraient toujours sur leurs jambes et qui respireraient à pleins poumons l'air d'Atyion et de Cirna si le roi s'était montré un rien moins écervelé dans le choix de ses lieux d'attaque.

» Le jour où Rhius fut tué, Erius nous commanda de pénétrer à cheval en plein marécage. Nous étions en train de nous efforcer d'émerger de l'autre côté lorsque nous tombâmes dans une embuscade.

— Qu'est-ce qui vous conduit à penser que le roi ne fut pas étranger à cette affaire ? »

Tharin lui adressa un sourire amer. « Tu n'es pas très calé en matière de cavalerie, hein, magicien ? Eh bien, tu n'expédies pas de cavaliers dans un tel terrain, l'été, sans un appui décent d'infanterie et sans aucune couverture. Surtout lorsqu'il y a de fortes chances pour que l'ennemi bénéficie de solides retranchements sur l'autre bord et soit là tout oreilles à guetter ton approche. Une flèche frappa Rhius à la cuisse avant que nos troupes ne soient nulle part à proximité de la terre ferme. Moi, j'en pris une dans l'épaule, et une autre abattit mon cheval sous moi. Je tombai, lui chargea... Et ce fut un satané massacre. En face, il devait y avoir deux ou trois centaines d'archers et de fantassins, et si ce n'était pas justement nous qu'ils attendaient, alors c'est que quelqu'un faisait un fameux gâchis de leurs forces. Malgré la flèche qu'il avait prise, Rhius se battait comme un loup, mais, d'après ce que m'a conté Laris, une pique lui tua son cheval, et ce fut la chute. Rhius était coincé sous la bête, et l'ennemi fut sur lui, haches au poing, avant... Avant que j'aie pu le rejoindre. »

Une larme roula, qui s'empêtra finalement dans les picots de chaume de sa joue. « La vie le fuyait à flots quand j'ai réussi à le retrouver. Nous eûmes beau l'évacuer, plus aucun soin n'était susceptible de le sauver. »

De nouvelles larmes avaient suivi la première, mais sans qu'il ait l'air de s'en apercevoir. Quelque chose avertit Arkoniel qu'il devait s'être habitué à pleurer de la sorte. « Rhius a pressenti que Bilairy ne tarderait plus à l'emmener. Il m'a attiré tout près de lui pour me parler de manière à n'être entendu que de moi. Ses toutes dernières paroles furent : “Consacre ta vie à protéger mon enfant coûte que coûte. Tobin doit gouverner Skala.” »

Arkoniel en perdit la respiration. « Il vous a dit cela ? »

Tharin le regarda droit dans les yeux et soutint son regard. « J'ai pensé alors que c'était la mort qui lui brouillait l'esprit. Mais à voir la tête que tu fais en ce moment même, je pense que je vais changer d'avis. Tu sais ce qu'il entendait par là ? »

« *Fie-toi à ton intuition* », lui avait recommandé Iya le jour de la séparation. Or, son intuition lui dictait depuis toujours de faire confiance à Tharin. Il n'en eut pas moins l'impression de se trouver dans la position d'un homme prêt à se jeter du haut d'une falaise sans rien discerner d'autre au-dessous qu'un brouillard à couper au couteau. Le secret mettait en danger quiconque en portait le faix.

« Oui. Iya et moi n'avons jamais œuvré que dans ce sens, et ce dès avant la naissance de Tobin. Mais répondez-moi en toute franchise, il le faut. Vous est-il possible de continuer à servir Tobin sans rien savoir de plus que ce que vous savez à cette heure ?

— Oui. Seulement... »

Arkoniel détailla les traits ravagés de son interlocuteur pendant que celui-ci cherchait comment formuler sa pensée et le devança : « Vous n'arrêtez pas de vous demander pourquoi Rhius ne vous en a pas confié davantage..., avant ? »

Tharin acquiesça d'un hochement, les lèvres douloureusement pincées.

« Il ne l'a pas fait parce qu'il ne le pouvait pas, dit Arkoniel avec douceur. Rhius n'a jamais suspecté votre loyauté, vous devez absolument le croire. Un jour, je serai à même de vous expliquer tout cela, et vous comprendrez. Mais ne doutez pas un instant de la foi que le duc avait en vous. Son dernier souffle vous l'a prouvée, Tharin. Il vous a confié la croyance la plus sacrée de toute son existence.

» Actuellement, c'est de protection qu'a besoin Tobin ; plus tard, il lui faudra des alliés. Quelle est l'importance des troupes que nous pourrions convoquer aujourd'hui, en cas de nécessité ? »

Tharin se passa la main dans la barbe. « Tobin n'a pas tout à fait douze ans, Arkoniel. C'est là un âge trop tendre pour commander, trop tendre même pour lui susciter beaucoup de partisans, s'il ne bénéficie de l'appui d'un seigneur puissant. » Il indiqua le fort, derrière. « Nyanis et Solari sont des gens de bien, mais Rhius était leur chef de guerre autant que leur suzerain. Si Tobin avait seize ou dix-sept ans, mettons..., voire même quinze, ce pourrait être une tout autre affaire, mais les choses étant ce qu'elles sont, le seul parent qu'il ait de quelque importance est le roi. Encore que...

— Oui ?

— De toi à moi, notre noblesse compte en son sein des hommes qui ne resteront pas les bras croisés à laisser malmener sous leurs yeux le moindre descendant de la lignée féminine skalienne, et il en est également d'autres qui ne manqueront pas de bonnes raisons pour se rappeler qui était le père de Tobin.

— Et ces nobles-là, vous les connaissez ? Vous savez en qui Tobin pourrait se fier ?

— Il y a peu de gens sur la foi desquels je mettrais ma tête à couper, vu ce qu'est la cour, de nos jours, mais j'ai passé toute ma vie aux côtés du duc, et j'étais dans ses petits papiers. Je possède un assez joli flair sur le sens du vent.

— Tobin aura bien besoin de vous pour le guider dans ce dédale. Il peut compter sur les soldats qui devaient fidélité à Rhius ?

— Les gens du commun sont attachés aux terres qu'ils travaillent. En principe, ils en servent le détenteur, quel qu'il soit. Jusqu'à ce que Tobin atteigne l'âge d'assumer ses droits, les domaines qui lui reviennent auront pour détenteurs, j'imagine, qui en décidera le bon plaisir du roi. » Il secoua la tête. « Des tas de choses peuvent changer d'ici là, j'ai peur. Erius va sûrement nommer ses propres régisseurs et intendants pour gérer les biens de l'orphelin.

— Ce dernier n'a déjà subi que trop de changements, murmura Arkoniel. En tout cas, c'est une fameuse chance pour lui que de posséder pour mentor un homme aussi loyal que vous. »

Tharin lui claqua l'épaule puis se releva.

« Il y en a qui servent pour la gloire ou par loyauté, d'autres pour la paye, fit-il d'un ton bourru. C'est par amour que j'ai servi Rhius et que je servirai Tobin à son tour.

— Par amour. » Arkoniel leva les yeux, frappé par un je-ne-sais-quoi d'incongru dans le ton. « Je n'ai jamais pensé à vous le demander. Vous possédez un domaine quelque part. Vous y avez une famille à vous ?

— Non. »

Le magicien n'eut pas le loisir de déchiffrer sa physionomie que le capitaine tournait les talons pour regagner le fort à grandes enjambées.

« Ça brave type, chuchota Lhel sans se montrer, sa voix se mêlant au tumulte des flots qu'il voyait là-dessous courir entre ses pieds ballants.

— Je sais, répliqua-t-il, réconforté par la présence désincarnée de la sorcière. Tu es au courant pour Lord Rhius ?

— Frère dire moi.

— Que vais-je faire, Lhel ? Le roi veut qu'il aille à Ero.

— Tenir Ki près lui. »

Arkoniel laissa fuser un petit rire amer. « Est-ce là tout ? Je suis bien aise de l'apprendre... Lhel ? »

Mais elle était déjà partie.

8

Au matin qui suivit la veillée funèbre, Tobin se réveilla plein d'un silence inouï. La tête pressée contre sa joue, Ki dormait toujours au creux de son épaule. Se gardant de bouger si peu que ce soit, Tobin essaya de comprendre la sensation bizarre de vide qu'il éprouvait en dessous des côtes. Elle n'avait rien à voir avec l'impression ressentie lors de la mort de Mère ; en tombant vaillamment au champ d'honneur, Père avait eu la fin d'un guerrier.

Ki se faisait pesant. Comme Tobin remuait pour se soulager un peu, il se réveilla en sursaut.

« Tu vas bien, Tobin ?

— Oui. »

Il pouvait quand même parler. Toujours ça. Mais le sentiment de silence inouï qui persistait en lui lui faisait l'effet d'un trou noir, ou de l'insondable source glacée qu'il y avait chez Lhel, à côté du chêne. Tout à fait comme s'il était en train d'en fixer l'abîme ténébreux dans l'attente de quelque chose. Mais de quoi, c'est justement ce qu'il ne savait pas.

Il se leva et se dirigea vers l'autel afin d'y prier pour son père. Tharin et les nobles s'étaient retirés, mais Koni et une poignée d'autres demeuraient agenouillés devant.

« J'aurais dû faire la veillée en votre compagnie, marmonna-t-il, tout mortifié d'avoir dormi.

— Personne n'attendait ça de toi, Tobin, répondit gentiment Koni. Nous, on avait versé le sang avec lui.

Mais tu pourrais toujours fabriquer les offrandes à l'autel. Cinquante et un chevaux de cire, un par année qu'il a vécue. »

Apercevant là-dessus la racine qu'avait déposée Frère, Koni esquissa le geste de la retirer, mais Tobin l'interrompit. « Laissez-la. » À côté de la racine se trouvait également un gland, maintenant.

Lui et Ki passèrent la matinée dans la pièce aux jouets, assis à même le sol parmi les pains de cire d'abeille. Jamais il n'avait dû façonner tant de figurines à la fois, et il en eut bientôt les mains tout endolories, mais il n'allait pas s'arrêter pour si peu. Quitte à laisser Ki pétrir la cire afin de la lui amollir, il exigea de modeler tous les chevaux lui-même. Tout en conférant aux chevaux la même silhouette que d'habitude, avec la menue tête en pointe et l'encolure arquée caractéristiques des aurënfaïes qu'ils montaient, Père et lui, il leur écourta la crinière en signe de deuil, n'évoquant celle-ci que par des traits brefs à peine incisés du bout de l'ongle de son pouce.

Il se trouvait encore en plein travail quand Nyanis et Solari se présentèrent à sa porte en manteaux de voyage.

« Je viens prendre congé de vous, prince Tobin, dit Nyanis en s'agenouillant auprès de lui. Lorsque vous viendrez à Ero, comptez-moi sans faute au nombre de vos amis. »

Tobin leva les yeux de sa cire et hocha la tête, non sans s'étonner que les cheveux de son vis-à-vis aient perdu tant de lustre et d'éclat depuis sa dernière visite. Les reflets flamboyants qu'y jetait le feu lorsqu'on jouait aux oies près de la cheminée l'avaient toujours fasciné, quand il était petit.

« Vous pourrez toujours également compter sur moi, mon prince, dit Solari en se plaquant le poing contre la poitrine. La mémoire de votre père m'oblige à me considérer pour jamais comme l'allié d'Atyion. »

Quel menteur ! siffla Frère, en suspens juste derrière lui. *Il vient de prédire au capitaine qui le seconde : « D'ici un an, c'est moi qui serai seigneur et maître d'Atyion. »*

Abasourdi, Tobin hoqueta :

« D'ici un an ?

— Dans un an et j'espère à jamais, mon prince », répondit Solari, mais Tobin n'eut qu'à le regarder dans les yeux pour savoir que Frère avait dit vrai.

Ainsi que l'aurait fait Père, il se leva pour adresser aux deux hommes un profond salut.

Leurs pas s'éloignaient vers le bas bout du corridor lorsque l'écho lui répercuta, bien assez audible, ce chuchotage de Solari : « Peu me chaut ce que dit Tharin ! Le gosse n'est... »

Tobin dévisagea Frère. Peut-être ne s'agissait-il que d'une illusion due à l'éclairage, mais il eut l'impression que le fantôme souriait.

S'étant mis en tête de couver Tobin, Nari alla jusqu'à proposer de partager de nouveau son lit comme à l'époque où il était petit, mais il ne put en supporter ne fût-ce que l'idée, et il rembarra la nourrice sans ménagement. Quant à Arkoniel et Tharin, tout en conservant leurs distances, ils avaient toujours l'air de se trouver tout près et d'observer en tapinois.

La seule compagnie qui ne hérissait pas Tobin était celle de Ki, et les quelques jours qui suivirent leur virent passer bien des heures ensemble en dehors du fort. Monter à cheval étant prohibé – au même titre que les repas chauds ou les feux après le coucher du soleil – pendant les quatre jours que durait le deuil officiel, ils faisaient à la place des balades à pied sur les sentiers ou le long des berges de la rivière.

Le sentiment de silence intérieur persistait ; Ki paraissait le percevoir et, contre son habitude, ne jacassait pas. Et jamais il ne fit mine de s'étonner que Tobin n'ait pas la moindre larme pour son propre père, alors que lui-même en versait d'assez abondantes.

En quoi il n'était pas le seul. Au cours de ces tout premiers jours, Tobin n'eut que trop d'occasions de surprendre Tharin et Nari en train de se tamponner les yeux, et il le vit également faire à bien des hommes dans les parages des baraquements. À l'évidence, c'était lui qui devait clocher... Il alla tout seul, la nuit, se camper devant l'autel et, les mains posées sur l'urne de cendres, s'épuisa à chercher les larmes, mais elles refusèrent de venir.

La troisième nuit après la veillée fut trop étouffante pour qu'il ferme l'œil. Il demeura des heures allongé sans dormir, à regarder les papillons voleter autour de la veilleuse et à écouter retentir dans la prairie, en bas, le chœur des grenouilles émaillé de grillons. Près de lui, Ki récupérait à poings fermés, bien à plat sur le dos et la bouche ouverte, sa peau nue moite de sueur. Il avait la main droite qui reposait à quelques pouces de la cuisse de son copain, et va savoir quel rêve en crispait les doigts par intermittence. Les yeux attachés sur lui, Tobin envia son aisance à dormir.

Plus il aspirait au sommeil, et plus le sommeil le fuyait. Il se sentait l'œil sec comme une braise refroidie, et les pulsations de son cœur lui faisaient l'effet de secouer le lit. Un rayon de lune effleura la cotte de mailles étalée sur son présentoir, dans l'angle, et désormais complétée par l'épée qu'on disait être à lui. Trop tôt pour l'épée, songea-t-il avec amertume, et trop tard pour l'armure.

Son cœur s'étant mis à battre plus violemment que jamais, il abandonna le lit, enfila une chemise toute froissée et, se glissant furtivement dans le corridor, réfléchit un moment. Dans la salle, il y aurait fatalement des serviteurs en train de dormir ; s'il montait à l'étage au-dessus, il y avait de fortes chances pour qu'Arkoniel fût encore éveillé, mais il ne se sentait pas d'humeur à causer avec lui. Aussi se décida-t-il finalement pour la pièce aux jouets.

Les vantaux ouverts laissaient entrer le clair de lune. Nimbée par lui, la cité paraissait presque douée de réalité. Pendant un moment, il s'imagina qu'il était une chouette et la survolait de nuit. Un pas de plus, et elle redevint un simple jouet, la pure merveille que Père avait créée tout exprès pour lui, et grâce à laquelle, au cours de tant et tant d'heures heureuses passées ensemble, il lui avait enseigné les rues et ruelles d'Ero.

Et les reines.

Il n'avait désormais plus besoin de grimper sur une chaise pour atteindre l'étagère où se trouvait la boîte aux figurines. S'emparant de celle-ci, il s'installa près de la ville miniature et aligna les rois et les reines sur la terrasse du Palais Vieux : le roi Thelátimos et sa fille, Ghërilain la Fondatrice, s'y dressaient côte à côte, comme de coutume, suivis par la pauvre Tamir, empoisonnée pour satisfaire aux folles ambitions d'un frère. Leur succédaient la première Agnalain, Klia et toutes les autres jusqu'à Grand-Maman Agnalain, qui s'était révélée aussi démente que sa propre fille. Les leçons d'histoire qu'il avait reçues d'Arkoniel comportaient infiniment plus de détails qu'aucune de celles jamais données par Père ou par Nari. S'il en savait un bout sur les cages à corbeaux et les gibets de sa grand-maman, il savait tout également de ses consorts raccourcis et empoisonnés... Comment s'étonner dès lors qu'à la mort de celle-ci le peuple eût laissé l'oncle Erius mettre au rancart la Prophétie pour s'adjuger le trône ?

Il retira finalement de la boîte la figurine en bois, la dernière, la malmenée, l'éclopée cent fois réparée : le Roi-ton-oncle. Qui n'était encore guère plus qu'un nom dans une histoire, une vague tête entrevue rien qu'une fois du haut d'une fenêtre.

Il a emporté Maman.

Tobin tourna et retourna dans ses mains la mince figurine, tout au souvenir des innombrables fois où Père avait dû sortir le pot de colle pour en rajuster les morceaux, suite aux agressions de Frère. Mais cela faisait des années que Frère ne s'était plus soucié de la démolir...

Un tout petit bruit le fit sourciller. Baissant les yeux, il découvrit qu'il avait cassé net la tête du roi. Il laissa tomber ces piteux débris dans les noires ombres de la citadelle et prêta l'oreille à leur brève dégringolade.

Père ne viendrait pas, armé du pot de colle, pour les réparer.

Ce souvenir en fit surgir d'autres, image après image, de Père en train de rire, d'enseigner, de jouer, de chevaucher. En dépit de quoi il ne parvint pas à pleurer.

Tout à coup, il entendit un pas feutré derrière lui et perçut une odeur de fumée de bois et de pousses vertes foulées. Les cheveux noirs de Lhel chatouillèrent sa joue quand elle lui saisit la tête et l'attira contre sa poitrine.

« Je dire toi quelque chose vrai, maintenant, *keesa*, chuchota-t-elle. Ton père faire cité-là pour toi et faire toi pour cité-là.

— Que voulez-vous dire ? »

Il se dégagea et se retrouva tout seul en plein clair de lune.

« Qu'est-ce que tu fabriques là-dedans ? » grommela Ki. Il n'y avait à dépasser de l'embrasure de la porte que sa bouille tout ensommeillée. N'obtenant aucune réponse, il vint prendre Tobin en traînant les pieds et le remmena vers leur lit. Le temps de s'affaler à ses côtés, de lui plaquer une main sur le cœur et de fermer les yeux, déjà il s'était rendormi.

Tobin aurait bien aimé débrouiller un peu le message hermétique délivré par Lhel, mais la rassurante pression de la main de Ki, les senteurs que la sorcière avait laissées dans son sillage le bercèrent tant et si bien qu'il sombra presque instantanément dans un sommeil affranchi de rêves.

9

Ainsi que redouté à trop juste titre, Erius ne fut pas long à se manifester. Deux semaines ne s'étaient pas écoulées depuis le retour de Tharin qu'en jetant un coup d'œil par la fenêtre de son atelier Arkoniel vit des nuées de poussière s'élever au-dessus de la route de Bierfût.

Et comme il fallait au moins un escadron de cavalerie pour en susciter d'aussi épaisses, le magicien n'eut pas le moindre doute sur l'identité de l'expéditeur.

Tout en se maudissant pour son défaut de vigilance, il s'apprêtait à lancer un charme investigateur à la recherche des garçons quand il les repéra tout au bas de la prairie. À demi-nus comme toujours en raison de la canicule, ils se tenaient tapis près de la berge dans un fourré touffu d'osier fleuri.

« Filez ! » cria-t-il, trop conscient qu'il leur était tout aussi impossible, de cet endroit-là, d'apercevoir le nuage menaçant que de distinguer, par-dessus le tumulte de la rivière, les rumeurs de la chevauchée. Lui non plus, d'ailleurs, ils ne pouvaient l'entendre, et cependant quelque chose leur donna tout à coup l'alarme. Ils se frayèrent vivement un passage au travers des grandes plantes en direction des bois qui bordaient la prairie à l'extrémité opposée.

« Bravo, mes petits ! chuchota-t-il.

— Des cavaliers ! » gueula Tharin dans la cour en contrebas.

Il avait entrepris avec ses subordonnés de restaurer la toiture des baraquements, et c'était là qu'il était justement campé, une main en visière contre le soleil et le nez levé vers le magicien. « C'est qui ? » l'interpella-t-il.

Arkoniel se couvrit les yeux pour lancer au plus vite un charme voyeur.

« Deux vingtaines environ d'hommes en armes et qui surviennent au galop. Ils ont à leur tête un héraut royal et un gentilhomme... inconnu de moi.

— Les couleurs ?

— Incertaines, à cause de la poussière », répondit Arkoniel. Celle des tuniques qu'il arrivait à discerner pouvait facilement passer pour du gris. Quand il se décida à rouvrir les yeux, Tharin avait déjà dévalé l'échelle et disparu.

Pendant qu'il verrouillait ses appartements personnels et se précipitait vers le rez-de-chaussée, le jeune homme sentait flageoler ses jambes. Que se passerait-il s'il se trouvait parmi les arrivants quelqu'un de ces magiciens busards ? Il n'avait pas la moindre idée des pouvoirs qu'il risquait d'avoir à affronter, et il ignorait totalement si ses propres moyens lui permettraient d'en triompher.

Il tomba sur Nari comme elle sortait de la chambre de Tobin.

« J'ai vu des cavaliers ! s'écria-t-elle en se tordant les mains. Oh, Arkoniel, que faire s'il s'est finalement produit quelque chose ? S'ils sont arrivés à savoir ?

— Calme-toi. À mon avis, ce n'est rien de plus qu'un héraut », fit-il, sans parvenir à la convaincre ni à se convaincre. D'un même mouvement, ils dégringolèrent l'escalier et découvrirent dans la salle Tharin et les autres déjà armés et prêts à toute éventualité.

« Ça fait quand même une bien grosse escorte pour un simple émissaire, tu ne trouves pas, toi ? lui fit observer le capitaine d'un air rechigné.

— Pas la peine alors qu'ils me voient ici, répliqua Arkoniel. Veuillez vous charger, vous, de les accueillir. Moi, je vais rejoindre les gosses et les maintenir hors de vue jusqu'à ce qu'on sache dans quel sens le vent souffle. Vous expédierez Koni nous chercher au bas de la prairie si vous considérez que nous ne courons aucun risque à nous montrer.

— Laisse-moi t'accompagner, au moins ! supplia Nari.

— Pas question. Tu restes là pour leur souhaiter la bienvenue. »

Là-dessus, il passa par la porte de devant pour se faufiler jusque dans les bois. Les cavaliers s'entendaient nettement, désormais. Ils ne manqueraient pas d'apparaître d'un moment à l'autre.

Il se trouvait à mi-chemin de la rivière quand la tête et les épaules de Lhel se dressèrent tel un mirage juste devant lui. « Par ici ! » lui enjoignit-elle en désignant un endroit qu'il venait tout juste de dépasser.

Il se jeta au travers des arbres et n'eut que le temps de pousser un cri, le sol venait de s'effondrer sous lui. Après une culbute brève mais plutôt abrupte, il atterrit, un pied en l'air et une main dans un filet d'eau fangeux, au fond d'une ravine engorgée de feuilles et qui débutait juste au-delà de la lisière. Une fois rectifiée la posture, il remonta le lit du ruisselet pour rejoindre Lhel et les garçons, tout en gardant un œil pardessus le bord de la crevasse. Avec leurs pagnes dégoûtants, leurs bras et leurs jambes englués de feuilles mortes et leurs poignards prêts à frapper, Tobin et Ki faisaient une jolie paire d'apprentis coupe-jarrets des bois.

« Qui est-ce qui vient là ? questionna Tobin, les yeux fixés sur le débouché de la route.

— Simplement un messager du roi, j'espère.

— Dans ce cas, pourquoi Frère aurait-il averti Tobin d'avoir à se cacher ? s'ébahit Ki.

— Eh bien, c'est qu'il ne manque vraiment pas de rai... Frère t'a dit ça, vraiment ? » Il décocha un coup d'œil à la sorcière. « Moi qui supposais...

— J'être train surveiller aussi, moi. » Elle indiqua la route d'un geste. « Frère dire y avoir magicien avec eux.

— Il s'agit de ces fameux Busards ? demanda Ki.

— Je l'ignore. » Arkoniel contrôla à tâtons, machinalement, que sa baguette de cristal se trouvait bien dans son aumônière et fit le vœu fervent que ses forces et celles de Lhel conjuguées suffisent à retenir assez longuement l'ennemi pour laisser à Tharin tout loisir d'emmener Tobin à l'abri. « Il faudra nous montrer extrêmement prudents tant que ce point-là n'aura pas été éclairci. »

Tobin hocha la tête sans manifester le moindre indice de peur. Ki ne s'éloigna de lui que le temps de dénicher un bâton solide puis se replanta à ses côtés, prêt à le défendre et à intimider une légion de magiciens.

Émergeant enfin de la forêt, les cavaliers gravirent la colline en direction du pont dans un tapage assourdissant. Arkoniel se glissa furtivement jusqu'à l'orée des bois pour mieux voir, et il constata qu'à la porte leur chef était en train de parlementer avec quelqu'un. Une douzaine des nouveaux venus finit par pénétrer dans le fort, le reste de leurs compagnons demeurant à l'extérieur pour mener se désaltérer les montures à la rivière.

Il n'y avait pour l'instant rien d'autre à faire que de patienter. La nuée de poussière planait toujours au-dessus de la route. Des cigales ressassaient leur scie sur la poursuite de la canicule. Une clique infernale de corbeaux s'invectivait à grands cris dans les environs, sourdement soutenue par l'appel funèbre des tourterelles. Peu après retentit contre toute attente le hululement d'une chouette – un seul... Non content de le saluer par un signe de chance empreint de respect, Arkoniel marmotta, muet : *Illuminateur, laisse ta main sur cet enfant !*

Le temps traînait en longueur. Tobin attrapa une bestiole d'un vert étincelant qu'il laissa vagabonder sur ses doigts, cependant que la vigilance de Ki, l'œil en alerte au moindre bruit, ne se relâchait pas une seconde.

Subitement, Tobin cessa d'observer sa bestiole et, le nez en l'air, chuchota :

« Leur magicien, c'est un type qui a des cheveux jaunes.

— Tu en es sûr ? » fit Arkoniel. C'était la première fois depuis des mois que le gamin révélait ce qui semblait être un nouvel accès de prescience.

« C'est en tout cas ce que prétend Frère », répliqua-t-il, tout en ayant l'air d'interroger le vide comme pour en obtenir une quelconque confirmation.

Ainsi donc, il ne s'agissait pas en définitive de prescience mais d'avertissements. Pour une fois, le fantôme avait quelque droit à la gratitude du magicien.

Koni finit tout de même par survenir en courant le long de l'orée. Arkoniel se tourna vers Lhel pour la mettre en garde, mais elle avait déjà disparu.

« Par ici ! » lança Ki pour héler le jeune soldat.

Koni s'immobilisa sur les chapeaux de roue puis rebondit pour les rejoindre.

« Le roi..., haleta-t-il, le roi a dépêché un lord porteur d'un message. Lord Orun.

— Orun ? » Arkoniel avait bien entendu, mais ce nom ne lui disait strictement rien.

Koni roula les yeux.

« Haut et puissant vieux lord. Il pratique la famille à Tobin depuis vachement longtemps. 'l est chancelier du Trésor, à c'te heure. Un grand boursouflé d'escogriffe... Enfin bon, z'avez pas à vous tracasser, quoi. Tharin dit qu'y vous faut monter, maintenant. On a qu'à faire le tour par l'arrière, si ça vous donne pas trop de tintouin. Nari t'aura aux cuisines de quoi t'habiller, Tobin. » Il se tourna vers Arkoniel. « Y a rien qu'indique qu'ils auraient des magiciens blancs avec eux, des autres non plus, paraît, mais Tharin dit que vous auriez quand même intérêt, peut-être, à pas trop la ram'ner, vous...

— Aucun magicien ? » Tobin avait affirmé clair et net le contraire... Mieux valait donc s'abstenir de prendre des risques. « N'aie crainte, Tobin, je ne me tiendrai pas bien loin. »

Assez peu touché par cette assurance, le gamin carra ses épaules nues et reprit le chemin du fort sans jeter un seul coup d'œil en arrière.

Des craintes, il n'en avait pas. Frère se trouvait encore avec lui et l'aurait averti, s'il était dangereux de rentrer. Et Ki lui aussi était là, plus fidèle qu'aucun écuyer de ballade. Tobin lança sur lui un regard en coin et sourit ; équipé d'un poignard et d'une trique toute tordue, son copain montrait la même intrépidité que le fameux jour où il avait chargé le couguar.

Ils atteignirent les cuisines sans avoir croisé aucun des étrangers. Cuistote et Nari les y attendaient.

« Dépêche-toi vite vite, mon chou. Lord Orun ne veut parler à personne d'autre qu'à toi, et il est abominablement pressé », fit la nourrice d'un air affolé, tout en fagotant les gamins dans leur tunique numéro un et en peignant leur tignasse emmêlée de feuilles. Elle se gardait bien d'en rien dire, mais Tobin ne s'y méprit pas, ce bougre d'Orun lui plaisait autant qu'à Koni. Elle avait beau le dissimuler de son mieux, elle était affreusement inquiète, et ça crevait les yeux. Tobin s'inclina vers elle pour embrasser sa douce joue. « N'aie pas peur, Nari... »

Elle le prit vivement dans ses bras, l'étreignit très fort. « Et de quoi j'aurais peur, mon chou ? »

Tobin se dégagea puis, tournant les talons, entreprit de gagner la salle, Ki et Koni flanquant sa marche comme s'il était le seigneur et maître du manoir.

La vue des rangées de soldats inconnus qui se tenaient au garde-à-vous dans la pièce le fit une seconde flageoler. Tharin et ses hommes étaient bien là, eux aussi, mais ils faisaient figure de rien-du-tout par comparaison. La plupart d'entre eux portaient leurs tenues de travail crasseuses au lieu de l'uniforme, et ils étaient loin d'avoir l'aspect magnifique de leurs homologues en tunique noire et qui arboraient sur le sein des insignes rouge et or. Tobin passa prestement ces derniers en revue : il y en avait des quantités de blonds, mais pas un seul en robe de magicien.

À peine l'idée lui eut-elle traversé l'esprit, toutefois, qu'il repéra Frère en train de le lorgner, de derrière l'un des soldats, un type aux cheveux clairs et aux joues rougies par le soleil. Loin de toucher ce dernier, pourtant, Frère se contenta de fixer son dos jusqu'à ce que l'autre en vienne à agiter les pieds puis décoche à la ronde un coup d'œil nerveux.

Deux individus plus richement vêtus se tenaient debout sur le front des soldats, parmi toute une volée d'écuyers et de serviteurs. Le botté en bleu poussiéreux portait le cor d'argent et le bâton blanc des hérauts royaux. Après s'être avancé d'un pas, il s'inclina fort bas devant Tobin. « Prince Tobin, veuillez me permettre de vous présenter l'émissaire de Sa Majesté votre oncle : Lord Orun, fils de Makiar, chancelier du Trésor et protecteur d'Atyion et de Cirna. »

Tobin se glaça. Atyion et Cirna étaient des terres appartenant à Père.

À son tour, Lord Orun s'avança, s'inclina. Il portait une robe courte en soie vermillon à manches d'une coupe extravagante, au bord frangé de perles d'or. Ses jupes avaient beau être brodées de scènes de bataille, il parut à Tobin pour le moins douteux que ce personnage ait jamais été un guerrier. Il était vieux et de très haute taille, mais aussi flasque et blafard qu'une bonne femme, et de profonds sillons mettaient comme entre parenthèses sa bouche moite et lippue. Il n'avait pas l'ombre d'un cheveu, et son vaste chapeau de soie bouffante faisait sur son crâne l'effet d'un coussin largué en équilibre sur un œuf dur. Ses grosses lèvres adressèrent à Tobin un sourire auquel les yeux ne prirent aucune part. « Ah, m'en suis-je langui, de faire enfin la connaissance du fils d'Ariani et de Rhius ! » s'exclama-t-il en s'approchant pour lui serrer la main. Ses pattes énormes avaient une viscosité froide et répugnante de champignons vénéneux.

« Bienvenue », s'extirpa Tobin, qui n'avait qu'une envie, rompre le contact et retourner dare-dare se réfugier au premier étage.

Les yeux d'Orun coulissèrent vers Ki du côté duquel il se pencha.

« Et ce petit bonhomme-là, c'est qui, mon prince ? Le valet de votre veneur ?

— Sachez donc, intervint sèchement Tharin, qu'il n'est autre que l'écuyer du prince Tobin, Kirothius, fils de sieur Larenth, chevalier au service de Lord Jorvaï. »

Le sourire d'Orun s'enlisa.

« Cependant, j'aurais cru... Je veux dire, en fait, le roi n'était pas au courant qu'on avait déjà fait choix d'un écuyer pour le prince.

— Cela fait un bon bout de temps que la bénédiction du duc Rhius avait consacré ce lien. »

Malgré le ton respectueux observé par Tharin au cours de cet échange, Tobin perçut sans conteste une animosité latente dans les propos.

Après avoir encore un moment dévisagé Ki, Lord Orun adressa un signe au héraut.

Celui-ci déposa son bâton aux pieds de Tobin et, sur une nouvelle révérence, exhiba un rouleau de parchemin surchargé de rubans et de sceaux. « Prince Tobin, je suis porteur d'un mot de votre oncle, le roi Erius. »

Il brisa les sceaux puis déroula le parchemin d'un geste pompeux. « D'Erius d'Ero, roi de Skala, de Kouros et des Territoires du nord, en ce neuvième jour du mois de Shemin, au prince Tobin d'Ero, manoir de Bierfût.

» C'est le cœur lourd, Neveu, que Nous vous écrivons à l'occasion de la mort de votre père, Notre frère bien-aimé Rhius. Nous avions en lui le plus précieux de Nos commandants, et si noble qu'ait été sa mort, si digne d'un preux guerrier, les mots sont impuissants à exprimer le désespoir où Nous plonge sa perte.

» En l'honneur de la chère mémoire de votre mère – puisse Astellus la conduire à la paix de l'esprit – et eu égard à l'amour que Nous vous portons comme au plus proche de Nos parents, Nous vous avouons par la présente pour Notre pupille jusqu'à ce que vous atteigniez l'âge de gouverner par vous-même les biens que vous ont laissés vos estimés parents et d'occuper la place de votre père au sein de Notre Conseil. Nous chargeons Notre fidèle serviteur, Lord Orun, d'assurer l'intendance de vos domaines jusqu'à ce que vous parveniez à l'âge de vingt et un ans, et Nous l'envoyons Nous suppléer en tant que gardien de votre personne jusqu'à Notre retour à Skala.

» Nos instructions à Lord Orun sont de vous escorter à Ero, où vous prendrez la place légitime qui vous revient parmi les Compagnons royaux de Notre fils. Notre vœu le plus cher est que vous soyez pour le prince Korin comme lui pour vous un frère bien-aimé. Dans la société des Compagnons, il vous sera loisible de vous exercer à vous tenir à ses côtés lorsqu'il accédera au trône et à le servir ainsi que votre père Nous a Nous-même servi.

» Combien il Nous tarde de vous embrasser à nouveau, comme Nous le fîmes la nuit même de votre naissance ! Priez pour Notre victoire à Mycena. »

Le héraut releva les yeux. « Suit, frappée du sceau, la signature ci-après : "Votre oncle très aimant et affectionné, Erius d'Ero, roi de Skala." Là s'achève le message, mon prince. »

Tout le monde avait les yeux attachés sur Tobin, attendant quelque réponse de sa part, cependant sa langue était allée comme d'elle-même se coller contre son palais. Mais c'est aussi qu'en entendant Tharin annoncer que l'on se rendrait à Ero, il s'était par avance imaginé chevauchant en compagnie de ses amis à destination de sa maison natale ou, qui sait ? des fastes d'Atyion...

Son regard se posa de nouveau sur son présumé gardien. Il l'exécrait déjà. Ça crevait les yeux de n'importe qui, que ce patapouf n'avait absolument rien d'un guerrier, qu'il n'était qu'un goret suant dans son suif, avec ses yeux tout empâtés comme deux raisins secs. L'arrivée des soldats ne l'avait pas effrayé du tout, mais l'idée de se laisser emmener par ce bougre-là lui soulevait le cœur et le faisait frissonner de partout. *Non !* voilà ce qu'il avait envie de hurler, sauf qu'il était frappé de mutisme comme une borne.

Frère riposta pour lui. Avec une vélocité de mouvements telle que Tobin lui-même ne parvenait pas à les suivre, il fondit sur le héraut, l'abasourdit en lui arrachant au vol le rouleau, déchira celui-ci, puis envoya valser le couvre-chef grotesque de Lord Orun, dont s'éparpillèrent les serviteurs, qui dans le sillage du soyeux bibi, qui pour courir en quête d'un abri.

Issu de nulle part se mit à vrombir un vent formidable qui ébouriffa les cheveux des soldats, leur en fustigea les yeux, happa leurs insignes et leurs dagues. Certains d'entre eux flanchèrent en rompant les rangs, Lord Orun poussa un couinement d'une virilité suspecte avant de plonger se fourrer sous la première table venue. Les gens de Tharin éclatèrent carrément de rire, et Tobin fut à deux doigts de les imiter, tant l'enchantaient pour une fois les facéties de Frère. Au lieu de quoi il retrouva la voix pour crier à pleine gorge : « Assez ! »

Frère interrompit instantanément l'offensive et, les yeux dardés sur Tobin, se pétrifia près de l'autel.

Aucune émotion ne se lisait sur sa physionomie, mais, en cet instant de partage, Tobin le devina prêt à commettre un meurtre en sa faveur.

Que ferait-il à Orun si je le sollicitais ? se demanda-t-il, avant de refouler au plus vite l'infamie d'une telle idée.

Les hommes de Tharin n'en continuaient pas moins de se gondoler. Au grand dépit des gardes royaux qui se mirent à murmurer entre eux et à échanger des signes lourds de menaces tout en reformant leurs rangs. Parmi les rares à n'avoir pas lâché pied figurait le jouvenceau blond dénoncé par Frère. Il dévisageait Tobin avec un sourire qui ne pétillait que dans ses prunelles. Quitte à ne pas du tout savoir comment interpréter son attitude, toujours est-il que Tobin le trouvait plus à son goût que Lord Orun, que ses domestiques étaient justement en train d'aider à se tirer de dessous sa table.

« Soyez mes hôtes et les bienvenus dans ma demeure, débuta Tobin, malgré la difficulté de se faire entendre.

— Faites silence pour le prince ! » rugit Tharin d'une voix de bataille qui fit sursauter le petit lui-même. Le silence tomba, et chacun rectifia la position.

« Soyez mes hôtes et les bienvenus dans ma demeure, répéta Tobin. Agréez que je vous accueille à mon foyer, Lord Orun. Mes gens vont vous apporter l'eau et le vin. Libre à vos hommes d'aller prendre un peu de repos dans la prairie pendant qu'on leur apprête de quoi se restaurer. »

Orun laissa éclater son irritation.

« Mon jeune sieur, les ordres du roi...

— Ont pris le prince Tobin au dépourvu, messire, coupa Tharin. Il en est encore à pleurer la perte de son père. Je suis persuadé que Sa Majesté ne saurait désirer voir son unique neveu chagriné davantage. » Il inclina sa tête tout près de l'enfant, comme pour en recevoir un ordre chuchoté, puis reprit à l'intention d'Orun : « Il vous faut permettre à Son Altesse de se retirer quelque temps afin de méditer les termes de son oncle. Elle vous donnera audience une fois réparées ses forces. »

Orun se ressaisit assez pour y aller d'une révérence passable, mais on ne pouvait se méprendre sur l'expression d'indignation rentrée de sa physionomie. Tobin refoula un nouveau fou rire. Tournant le dos au courtisan et à ses hommes, il gagna l'escalier qu'il gravit de l'air le plus nonchalant qu'il lui fut possible. Pendant que Tharin et Ki lui emboîtaient le pas, il entendit le bras droit du capitaine, le vieux Laris, aboyer des ordres concernant le logement des visiteurs.

Arkoniel les attendait dans la chambre à coucher de Tobin.

« J'ai surpris l'essentiel, du haut de l'escalier, dit-il d'un air exceptionnellement sombre. Il semblerait, Tharin, que l'heure ait sonné de récapituler votre expérience de la cour. Ce Lord Orun, vous le connaissez ? »

Tharin grimaça comme s'il venait d'avaler quelque chose d'amer.

« Il est vaguement de la famille royale, cousin par les femmes à je ne sais trop quel degré. De nulle utilité sur un champ de bataille mais, à ce que j'ai ouï dire, assez capable comme chancelier, et puis il est l'entonnoir où confluent des flopées d'informations destinées à l'oreille du roi...

— Je n'aime pas ces grands airs qu'il se donne, gronda Ki. Il peut dire de moi tout ce qu'il voudra, mais il s'adressait à Tobin comme à un torche-pot. "*Mon jeune sieur*"... ! »

Tharin lui cligna de l'œil.

« Ne te frappe pas pour si peu. C'est une vessie peinte, Orun, plus de vent que de fond.

— Je suis obligé de partir avec lui ? demanda Tobin.

— J'en ai bien peur, lui répondit Tharin. Les injonctions du roi ne sont pas chose à dédaigner, même par toi. Je ne te quitterai pas, de toute façon. Et Ki non plus.

— Je... je n'ai pas envie de partir », fit Tobin, et le tremblement de sa voix lui fit honte. Aussi s'éclaircit-il la gorge avant d'ajouter : « Mais je le ferai.

— Ce ne sera pas si terrible que ça..., repartit Tharin. Ton père et moi, nous avons servi dans les Compagnons d'Erius quand nous étions gamins, tu sais. Le Palais Vieux est un endroit formidable, et tu te trouveras avec la fine fleur du pays pour t'y exercer. Ça, ils n'auront pas grand-chose à t'apprendre, après tout l'entraînement que tu as suivi ici. Se pourrait même que la sacrée paire que vous faites leur en remontre sur un ou deux trucs, à ces petits gandins de ville... ! » Il les régala d'un large sourire, plus réconfortant et plus chaleureux que jamais. « Le prince Korin est un brave gars, lui aussi. Il va drôlement vous plaire. Alors, haut les cœurs, hein ? Quant à toi, montre à tout le monde de quelle étoffe est le fils de la princesse Ariani. Et pour ce qui est de cette vieillerie d'Orun, moi, je te la tiendrai à l'œil. »

Laissant les garçons se calmer, Arkoniel entraîna Tharin dans son cabinet de travail, au second étage, et en verrouilla la porte. La pièce offrait un point de vue superbe sur la soldatesque éparpillée dans la prairie.

« Vous y avez joliment mis le holà, Tobin et vous, en bas... !

— Il s'en est bien tiré, hein, une fois lancé ? Un véritable petit prince, droit comme un i ! Et je crois bien que c'est la première et unique fois où j'ai pris du plaisir à voir son démon se manifester.

— Effectivement... Mais dites-moi, pendant que vous parliez d'Orun aux garçons tout à l'heure, j'ai eu l'impression que vous en saviez beaucoup plus sur lui que vous ne prétendiez... »

Tharin opina du chef. « La première fois où j'ai rencontré Lord Orun, il séjournait chez le père de Rhius à Atyion. J'avais à l'époque à peu près l'âge de Ki. En sortant de table, Orun titubait, ivre mort, et, dans une coursive déserte, il me fonça dedans. Après m'avoir acculé dans un angle, il offrit de me donner une bague dorée de trois sous si je le laissais m'en... filer. »

Arkoniel s'affala pesamment sur son tabouret. « Par les Quatre ! Et qu'avez-vous fait ? »

Tharin répondit par un petit sourire pisse-froid. « Je lui ai dit que, s'il était obligé de payer pour ça, c'est qu'il n'était sans doute pas capable de le faire tellement bien, puis j'ai pris mes jambes à mon cou. Un ou deux jours plus tard, j'ai vu la même bague orner la main d'un des marmitons. À croire qu'il devait être moins pointilleux. »

Arkoniel le regarda bouche bée. « Et c'est *ça* que le roi expédie chercher son neveu ? »

Tharin haussa les épaules.

« Ce n'est pas à leur propre espèce que s'attaquent les créatures telles qu'Orun. Elles ont la bravoure de s'en tenir aux proies, serves ou rustres, qui ne sauraient oser porter plainte ni mériter d'être écoutées si jamais elles s'aventuraient à élever la voix.

— Ayant eu moi-même à faire, dans le temps, à quelques spécimens de cette méprisable engeance, j'appris d'Iya quelques conjurations choisies pour me débarrasser de leurs assiduités. Mais vous n'étiez pas un petit rustre, vous !

— Non. Mais lui était soûl, je t'ai dit. Heureusement pour lui, j'étais trop furieux et trop humilié pour en rien dire quand j'aurais dû le faire, et comme il était beaucoup trop bourré sur le moment pour se souvenir de moi par la suite, j'ai fini, du coup, par laisser tomber. Une chose en tout cas dont je suis certain, c'est que jamais il n'aurait l'audace de se risquer à tripoter Tobin.

— Tobin, bon..., mais Ki ?

— Ce serait courir un risque presque aussi stupide, eu égard à sa position, mais j'en toucherai un mot au petit. Ne t'inquiète pas, Arkoniel. Je ne les lâcherai pas d'une semelle jusqu'à ce qu'on les ait remis sains et saufs aux quartiers des Compagnons. Porion, le maître d'armes, est un chic type et qui tient ses gars sacrément à l'œil. Ils ne risqueront rien, avec lui. Quant à Orun, s'il essaie d'ici là la moindre bricole, je me ferai plus qu'un bonheur de lui rappeler mon identité. » Il marqua une pause. « J'ai raison de croire qu'il ne t'est pas possible de nous accompagner ?

— Iya veut que je reste ici, à l'abri des Busards et de leurs numéros. Mais je ne suis qu'à une journée de cheval, si vous avez besoin de moi.

— Devoir en être réduit là... » D'un air vanné, Tharin se passa une main dans les cheveux. « Tu sais, je n'avais pas arrêté de me tenir juste à côté de Rhius jusqu'à ce foutu dernier moment. Si mon cheval n'avait pas été frappé..., si je m'étais trouvé là où j'étais censé me trouver, où je m'étais *toujours* trouvé... » Il se plaqua la main sur les yeux.

« Ça ne dépendait pas de vous, que les flèches se fichent ici ou là...

— Je le sais bien ! Mais, par les Quatre, c'est Rhius qui devrait être en vie, là, à causer avec toi, pas moi ! Ou bien c'est ensemble que nous aurions dû mourir, tous les deux... »

Devant ces traits ravagés de chagrin, Arkoniel repensa à la conversation qu'ils avaient eue sur le pont, juste après la veillée funèbre. « Vous l'aimiez vraiment beaucoup. »

Tharin leva les yeux vers Arkoniel, et l'expression de sa physionomie se radoucit un peu. « Pas plus qu'il ne le méritait. Il était mon ami, tout comme Tobin est celui de Ki, et... »

On venait de cogner à la porte tout doucement. « Tharin, vous êtes là ? » appela Nari d'un ton éperdu.

Arkoniel la fit entrer. Elle se trouvait dans un état terrifiant, les yeux noyés de larmes et les mains fébriles. « Lord Orun nous fait un foin de tous les diables, en bas ! Il crève de trouille à cause du fantôme, et il piaule que Tobin doit le suivre d'ici une heure. Il prétend que les ordres du roi lui donnent le droit d'user de la force à l'endroit du petit. Vous n'allez pas tolérer ça ! Tobin n'a pas un seul vêtement convenable à porter à la cour... Quant à Ki, il a tiré l'épée, et il jure de tuer quiconque se permettrait d'entrer dans leur chambre ! »

Elle n'avait pas terminé que Tharin était déjà quasiment dans le corridor.

« Quelqu'un a essayé ?

— Pas encore. »

Il se tourna vers Arkoniel, l'œil flamboyant.

« Qu'allons-nous faire, magicien ? Ce salopard ne voit là qu'un gosse orphelin dans un cercle de serviteurs, et il s'imagine pouvoir jouer au maître chez un mort !

— Hé là, à quoi serviraient des effusions de sang ? » Arkoniel rumina un moment la situation puis sourit. « Il est temps, m'est avis, que le prince Tobin pose un petit nombre de conditions de son propre cru. Envoyez-le-moi. Accompagnez Nari, Tharin, et faites en sorte que Ki se calme. Mon entretien avec le prince doit être strictement privé. »

Peu de minutes s'étaient écoulées quand Tobin se présenta chez lui, tout pâle mais l'air résigné.

« Ki n'a encore zigouillé personne, si ? » demanda Arkoniel.

Le gamin ne sourit pas.

« Lord Orun veut nous contraindre à partir tout de suite.

— Que penses-tu de Lord Orun ?

— C'est un gros lard de bâtard pompeux dont le roi ne s'est pas fait suivre parce qu'il n'est même pas capable de se battre !

— Ce portrait prouve un juge pénétrant. Et toi, qui es-tu ?

— Moi ? Que voulez-vous dire ? »

Arkoniel se croisa les bras.

« Tu es le prince Tobin, fils de la princesse Ariani qui aurait légitimement dû être, en vertu de l'Oracle, reine de Skala. Tu es le fils premier-né du duc Rhius, seigneur d'Atyion et Cirna, le gentilhomme le plus riche et le plus valeureux guerrier de notre pays. Tu es le neveu de Sa Majesté et le cousin de son fils, notre futur roi. Quel que soit le nombre de gardiens, de régisseurs et d'intendants qu'ils interposent entre ta personne et ce qui t'appartient de droit, toi, tu t'en moques, mais tu ne dois *rien* oublier de ce que tu es ni permettre non plus à quiconque de l'oublier si peu que ce soit. Tu es un gentilhomme authentique, Tobin, le sang le plus pur coule dans tes veines, et tu es la modestie, la bravoure et la droiture mêmes. Tu m'en as donné plus de cent preuves depuis que j'habite ici.

» Mais maintenant que te voici sur le point de partir pour la cour, tu vas devoir apprendre en plus à porter quelques masques. Il faut combattre les gens comme Orun sinon avec leurs propres armes : orgueil, arrogance, mépris..., du moins avec les vagues équivalences que la probité de ton cœur sera capable de te fournir. Et ne va surtout pas te figurer que ton père manifesterait des égards à un goujat pareil qui se dispense d'en avoir aucun. Si quelqu'un te donne un soufflet, tu dois le lui retourner tout de suite, et en plus cuisant. Est-ce que tu comprends ?

— Mais... mais il est *lord*, et puis il vient de la part d'Oncle...

— Et toi, tu es *prince*, et tu es un guerrier. Ton oncle le verra quand il reviendra. Entre-temps, à toi de te faire ta réputation. Sois gracieux pour ceux qui te marquent du respect mais sans merci pour ceux qui t'en manquent. »

Manifestement, Tobin enregistrait chacun de ces conseils et le soupesait. Il finit par prendre un air résolu et hocha la tête.

« Je ne suis donc pas obligé de me montrer poli envers Lord Orun, bien qu'il soit mon hôte ?

— Il s'est comporté de manière offensante. Tu ne lui dois rien de plus que l'assurance qu'il se trouve en sécurité sous ton toit. Tu la lui as déjà donnée en rappelant Frère. » Arkoniel sourit de nouveau. « Mes félicitations, d'ailleurs. À propos..., si tu priais Frère de tout mettre sens dessus dessous, tu crois qu'il le ferait ?

— Je n'en sais rien. Je ne lui ai jamais demandé de faire quoi que ce soit d'autre que de s'arrêter.

— Ça ne te plairait pas d'essayer pour voir ? »

Le petit fronça les sourcils.

« Je ne lui ferai faire de mal à personne. Pas même à Orun.

— Évidemment que non. Mais Lord Orun n'a pas besoin de le savoir, si ? À présent, tu vas devoir descendre informer notre hôte qu'il te faudra jusqu'à demain pour mettre bon ordre à ta maisonnée.

— Et s'il dit non ?

— Alors, j'espère que Frère aura l'extrême obligeance de lui traduire ton déplaisir. Il est ici même, en ce moment ? Non ? Pourquoi ne pas l'appeler ? »

Tobin ne parvenait toujours pas à se départir d'un petit air embarrassé quand il prononçait la formule d'évocation en présence du magicien, bien que celui-ci l'eût déjà vu faire. Arkoniel sentit se produire un changement dans l'atmosphère de la pièce, et la façon dont Tobin tourna légèrement la tête lui fit deviner que Frère était apparu dans son propre dos. L'idée de ce visiteur invisible derrière lui n'avait rien de très plaisant, et, fort mal à l'aise, il s'agita sur son tabouret.

« Tu voudras bien m'aider ? demanda le petit.

— Qu'est-ce qu'il en dit ?

— Rien. Mais je pense qu'il le fera. » Quelque chose lui traversa l'esprit, qui le fit sourciller. « Où ferons-nous coucher Lord Orun, s'il reste cette nuit ? L'unique chambre à donner dont nous disposions se trouve à côté de la vôtre, à cet étage-ci... »

Tout en sachant pertinemment que l'on pouvait aussi lui offrir les chambres à coucher respectives de Rhius et d'Ariani, le magicien fut révulsé par la seule idée d'installer l'autre créature aussi près des garçons. « J'imagine qu'on pourrait le fourrer dans la tour. » Il n'avait suggéré cela qu'à titre de blague, mais l'air horrifié qu'eut l'enfant lui tua le sourire aux lèvres. « Ce n'était qu'une plaisanterie, Tobin, et une mauvaise, en plus. Il peut se contenter de la grande salle. Fais-y dresser à son intention un bon lit fermé de tentures, ainsi qu'un second, convenable, pour le héraut. Ils seraient plutôt malvenus de s'en plaindre, dans une maison campagnarde. »

Tobin tournait déjà les talons pour y aller quand une brusque bouffée de peur et d'affection contraignit Arkoniel à le rappeler. Mais, une fois le gamin planté devant lui, il ne sut plus trop par où débuter. Lui posant sur l'épaule une main balourde, il finit quand même par lâcher : « Tu vas être forcé de partir avec lui, tu sais. Et la vie sera différente, en ville. Ici, tu as mené une existence tellement paisible, avec des gens en qui tu pouvais avoir pleinement confiance... À la cour, c'est tout autre chose. » Il tâtonna pour trouver les termes appropriés. « S'il devait arriver que quelqu'un..., que n'importe qui... »

La physionomie de Tobin trahissait fort peu de chose, mais la raideur de son attitude et le coup d'œil furtif qu'il darda vers la main posée sur son épaule suffirent à décontenancer le magicien qui battit en retraite, éperdu. « Bref, fais bien attention avec les étrangers, acheva-t-il de façon bancale. N'hésite surtout pas, si quelque chose t'embarrasse, à en parler à Tharin ou à Ki. Ils ont tous les deux une plus grande expérience du monde que toi. » Et de conclure enfin, tout en le congédiant d'un geste désinvolte, par ce viatique faussement jovial : « Mais bah, tu auras tôt fait de trouver tes pieds ! »

Aussi s'enfouit-il la face entre les mains, dès que la porte se fut refermée sur l'enfant. « Les beaux adieux que voilà ! » se morigéna-t-il, tout en se demandant pourquoi diable ni le bon plaisir des dieux ni deux années farcies d'excellentes intentions n'étaient parvenus à l'introduire mieux que ça dans les bonnes grâces de Tobin. Il avait dû affronter Iya pour se retrouver là, pour aider le gosse à découvrir à quoi pouvait bien ressembler une vie normale. Il n'avait pas de plus vif désir que de le protéger contre la fourberie de types comme Orun, ou du moins de l'en avertir. Ah, elle était belle, aussi, la tentative qu'il venait de faire... ! Il aurait été tout aussi brillant, tiens, de faire jaillir des serpents des murs et de s'affubler, hop là ! d'une seconde tête...

10

Au lieu de retenir les mises en garde énigmatiques d'Arkoniel, Tobin préféra s'appesantir sur la révélation qu'il n'outrepasserait pas ses droits en défiant l'antipathique individu d'en bas. Le temps d'atteindre sa chambre, et il lui tardait déjà de mettre à l'épreuve ce rudiment de savoir tout neuf.

Frère le talonnait toujours en silence comme son ombre. Pendant des années, Tobin en avait eu trop peur pour rien faire d'autre que l'éviter le plus possible. Et si, depuis qu'ils avaient conclu leur espèce de pacte bizarre, il s'était parfois vu offrir par lui des tuyaux, tel celui concernant les cafardises inattendues de Lord Solari, jamais il n'avait songé à lui en soutirer.

Il s'arrêta tout au bout du corridor et chuchota : « Tu voudras bien m'aider ? Tu voudras bien flanquer la trouille à Lord Orun s'il recommence à m'insulter ? »

Frère le régala de ce qui pouvait passer pour un semblant caricatural de sourire. *Tes ennemis sont mes ennemis.*

Derrière sa porte se percevaient les pleurnicheries de Nari. De fait, il la trouva dans la pièce, entassant dans des coffres avec l'aide de Ki leurs maigres effets personnels. Les armes de Père, ainsi que son épée, formaient déjà un ballot dans un coin. Debout au pied du lit, Tharin avait une mine singulièrement morne.

Son entrée attira les regards de tous.

« Je t'ai sorti ta meilleure tunique, lui dit Nari en s'essuyant les yeux avec son tablier. Tes instruments de sculpture et tes livres vont te manquer. Je suppose qu'on pourra toujours t'expédier tout ce qu'on omet. »

Tobin se redressa pour annoncer d'un ton sans réplique :

« Je ne pars pas ce soir. Il faudrait aménager la grande salle pour nos invités.

— Mais Lord Orun a donné l'ordre d'em...

— Nous sommes dans ma maison, et c'est moi qui donne ici les ordres. » En voyant comment ils le dévisageaient, il ajouta d'un air penaud : « Voilà du moins ce qu'affirme Arkoniel. Maintenant, il me faut aller parler à Lord Orun. Vous voulez bien m'accompagner, sieur Tharin ?

— Nous sommes à vos ordres, mon prince, lui répliqua le capitaine, avant de glisser en aparté à Ki : Nous nous ferions scrupule de rater ça... ! »

Avec un sourire on ne peut plus malicieux, Ki les suivit jusqu'au palier du grand escalier, sur lequel il gratifia Tobin d'un clin d'œil d'encouragement, avant de s'y mettre à l'affût pour ne rien perdre du spectacle.

Grâce à Tharin qui le flanquait à gauche et à Frère qui le précédait, Tobin se sentit un peu moins timoré pendant qu'il redescendait dans la vaste salle. Orun faisait les cent pas devant le foyer d'un air on ne peut plus horripilé. Le héraut et plusieurs soldats s'étaient attablés non loin autour d'un pichet de vin. Le magicien blond se trouvait des leurs.

« Eh bien, ça y est, te voilà prêt à partir ? lança Orun.

— Non, messire, dit Tobin en s'efforçant d'imiter le ton de son père. Il me faut d'abord tout régler pour assurer la bonne marche de ma maisonnée et veiller à ce que mes affaires soient correctement empaquetées pour le voyage. Nous partirons demain, vous et moi, dès que j'aurai pu en finir de mes arrangements. Jusque-là, vous serez mon invité. On va d'ores et déjà préparer des agapes pour ce soir et vous dresser ici même un lit près de la cheminée. »

Orun s'immobilisa, les yeux levés vers lui d'un air incrédule et ses sourcils gris haussés à frôler son chapeau. « Tu vas *quoi*? »

Frère entreprit aussitôt sa traque en se laissant mollement flotter vers le malotru comme une nappe de brouillard par-dessus les eaux.

« Je ne me suis pas tapé toute cette route jusqu'au fin fond de ce trou perdu pour me laisser tenir tête par un... »

Le malheureux chapeau de Lord Orun prit une nouvelle fois son essor, mais, ce coup-ci, pour atterrir en plein dans les braises qui se consumaient derrière, et où il s'épanouit en une soudaine flambée purpurine puant les plumes et la soie cramées. Les mains du vieux papillonnèrent autour de son crâne chauve puis se reployèrent en poings furibonds prêts à retomber sur Tobin. Mais, après avoir bien failli lui arracher une manche dont les franges en perles d'or s'éparpillèrent de toutes parts, Frère se ramassa pour bondir, les dents dénudées.

« Stop », lui chuchota Tobin, affolé, tout en espérant être obéi sans avoir à prononcer la formule rituelle en présence de tous ces gens-là. Frère obtempéra en disparaissant.

« Prenez garde à vous, messire ! » Le magicien blond saisit le bras d'Orun afin d'en réprimer les tremblements.

Ce dernier se dégagea pour se tourner vers Tobin avec un sourire hypocrite.

« Comme il plaira à Votre Altesse. Mais j'ai horreur de l'esprit qui hante cette pièce ! Ne possédez-vous pas d'appartement plus hospitalier à offrir à un invité ?

— Non, messire, je regrette. Mais je vous garantis sur mon honneur qu'il n'arrivera aucun mal sous mon toit à quiconque me veut du bien. Vous plairait-il d'aller faire un tour à cheval en ma compagnie pendant les apprêts du festin ? »

Arkoniel compensa tant bien que mal la frustration que lui imposait la nécessité de demeurer claquemuré à l'étage supérieur en se gardant cette fois de relâcher sa surveillance. Faute d'avoir relevé le moindre indice prouvant la présence du magicien que leur avait dénoncée Frère, il s'accorda de temps à autre un coup d'œil mental sur Tobin et ses compagnons tandis qu'ils s'égayaient à soumettre Lord Orun et une partie de son escorte à la torture d'une chasse sur des sentiers de montagne des plus scabreux.

Ce faisant, il se trouvait en train de brouillonner une lettre à l'intention d'Iya quand Nari vint heurter à sa porte et risqua sa tête dans l'entrebâillement. « Il y a là quelqu'un avec qui tu aurais tout intérêt à bavarder, Arkoniel. »

L'épouvante le prit lorsque, sans plus d'ambages, elle introduisit l'un des soldats de la troupe d'Orun. Bien qu'il s'agît d'un jeune gaillard à l'aspect avenant, tout ce qu'il en remarqua au premier coup d'œil fut qu'il arborait l'insigne rouge et or et portait une épée au côté. Non sans se prémunir d'un charme meurtrier, il se leva lentement, s'inclina.

« Qu'est-ce que vous me voulez ? »

Le visiteur referma la porte et s'inclina à son tour. « Iya vous envoie ses salutations. Elle m'a chargé de vous remettre ceci en gage de bonne foi. » Il étendit la main.

S'attendant encore à quelque agression, Arkoniel ne s'approchait qu'avec d'infinies précautions lorsqu'il distingua, au creux de la paume de l'intrus, un caillou minuscule.

Il s'en empara et, resserrant son poing dessus, le perçut imbibé de l'essence de sa patronne. Il s'agissait bel et bien de l'un des fameux gages qu'elle confiait exclusivement aux gens susceptibles de soutenir le moment venu la cause de Tobin avec quelque efficacité. N'en restait pas moins à savoir comment l'homme en était venu à le détenir.

Or, en reportant les yeux sur celui-ci pour l'examiner plus attentivement, il laissa échapper un cri de stupeur. Au lieu de se retrouver devant un soldat, il était désormais en présence d'un quidam qui ne ressemblait plus que de façon très vague à celui qu'il avait aperçu juste avant. Il avait le teint clair et les cheveux blonds, et ses traits trahissaient une forte ascendance aurënfaïe.

« Vous êtes un métamorphosiste ?

— Non, rien de plus qu'un embrumeur mental. Je me nomme Eyoli de Kès. J'ai rencontré Dame votre maître l'année dernière. Je me faisais alors passer pour un mendiant, mais j'étais un vulgaire voleur à la tire. Après m'avoir pris en flagrant délit, elle a dit qu'elle avait mieux à me proposer que ce vilain boulot. Je ne savais pas, voyez-vous...

— Vous ne saviez pas que vous étiez un magicienné ? »

Eyoli haussa les épaules.

« Je savais seulement que j'étais capable d'embrumer les cervelles et d'amener les ignorants à n'en faire qu'à ma guise. Iya m'a envoyé étudier auprès d'une certaine Virishan, à Ilear. Vous vous la rappelez peut-être ?

— En effet, nous avons passé la plus grande partie d'un hiver avec elle, il y a quelques années de ça. J'ai déjà croisé des embrumeurs mentaux, mais ce que vous venez de faire là... » Il branla du chef avec admiration pendant qu'Eyoli reprenait son apparence de soldat. « Quant à réussir à le faire sans se dénoncer... ! Un don rarissime. »

Le jeune homme esquissa un sourire timide.

« C'est mon seul talent, je crains fort, mais Viri jure ses grands dieux n'y avoir jamais vu personne exceller comme moi. J'ai fait les rêves, Arkoniel. C'est de ça qu'Iya fut frappée dès l'abord, et elle prétend que le fils d'Ariani a quelque chose à voir avec nos visions et qu'il faut coûte que coûte le protéger. Elle m'a fait parvenir un mot dès qu'elle a appris le décès du duc. Je suis arrivé à Ero juste à temps pour me mettre en bons termes avec la clique d'Orun, et...

— Un instant. » Arkoniel leva la main. « Comme saurais-je si tout cela est vrai ? Comment saurais-je si vous n'êtes pas justement en train de m'embrumer la cervelle, de puiser dans mon esprit mes propres pensées avant de me les resservir ? »

Eyoli lui saisit la main et la déposa sur son propre front.

« Tâtez mon esprit. Lisez mon cœur. S'il faut en croire Iya, vous possédez ce don-là.

— Ce n'est pas de la magie douce...

— Je le sais pertinemment, riposta-t-il, et Arkoniel eut la certitude qu'on lui avait en effet déjà infligé ce genre d'épreuve. Allez-y. Je m'attendais à devoir en passer par là. »

Arkoniel s'exécuta, et pas en lui frôlant gentiment l'esprit, mais à fond, en farfouillant au cœur même de celui qui se tenait sous sa main, si totalement à sa merci. Il ne s'agissait certes pas là d'une partie de plaisir, et les magiciens ne s'y livraient jamais entre eux sans permission, mais Eyoli consentit à tout, quitte à en gémir très fort et à devoir se cramponner à l'épaule de son vis-à-vis pour ne pas perdre l'équilibre.

Arkoniel lui pressa l'esprit pour exprimer la substance de toute sa vie comme s'il s'agissait du jus d'une grappe de raisin mûr. Or, si brève qu'eût été cette vie, elle foisonnait néanmoins en détails sordides au début. Issu des bas-fonds d'un port, orphelin de bonne heure et poussé dans la fange, Eyoli avait recouru dès son plus jeune âge à son adresse innée pour ne pas trop crever de faim et pour s'en tirer le moins misérablement possible. Quant au don qu'il possédait, il était en friche et d'un genre piètre lorsque Iya l'avait découvert, mais sa mise en valeur l'avait révélé riche d'ahurissantes potentialités. Et si Eyoli n'avait pas tort de penser qu'il ne ferait jamais un magicien digne de ce nom, du moins était-il, en tant qu'espion, tout à fait unique.

Arkoniel le libéra de son emprise.

« Et tu dis que c'est là tout ce que tu sais faire ?

— Oui. Je ne suis même pas capable de susciter de la lumière ou le moindre feu.

— En tout cas, ce que tu sais faire est extrêmement utile. Tu as prêté serment de veiller sur Tobin ?

— Par mes mains, mon cœur et mes yeux, maître Arkoniel. Comme les Busards ne m'ont pas affecté de numéro, je suis libre d'aller et venir dans la ville. Orun et les autres sont persuadés que je me trouve avec eux depuis des années. Ils ne s'apercevront pas seulement de ma disparition quand je les quitterai.

— C'est fou... ! Où est Iya, en ce moment ?

— Je l'ignore, Maître.

— N'empêche, je suis bien content de l'aide que tu m'apportes. Garde un œil sur Tobin, ainsi que sur Ki. » Il lui tendit la main. Eyoli la serra respectueusement, quitte à grimacer un peu sous la rude poigne de son aîné.

Dès que le jeune homme se fut retiré, Arkoniel inspecta l'ongle de son petit doigt. Lhel lui avait appris à le tailler en pointe de telle sorte qu'en serrant la main de quelqu'un cette pointe acérée s'insère dans la chair du susdit sans lui faire éprouver la moindre douleur mais de manière juste assez profonde pour lui soutirer un « tout petit petit rien de rouge ».

Après avoir exprimé cette gouttelette de sang, il en fit un léger frottis sur les spirales du gras de son pouce puis, tout en fixant dans l'œil de son esprit les motifs ainsi obtenus, il prononça la formule d'ensorcellement qu'il tenait également de Lhel : « À l'intérieur de cette peau je vais, par ces yeux je vois, en ce cœur j'écoute. »

Dans le cœur d'Eyoli brûlait une haine farouche à l'endroit des Busards, et il recelait, avec une vision de l'école de Virishan, celle d'une cité d'un blanc lumineux, à l'ouest, peuplée de magiciens qui accueillaient les orphelins de la vieille dame. Quoi que l'on exige de lui, Eyoli l'accomplirait en faveur de cette dernière vision. Arkoniel entr'aperçut aussi son propre maître, Iya, mais telle toutefois que se la rappelait le jouvenceau. Il la trouva plus lasse et plus âgée que dans ses propres souvenirs.

Cela ne l'empêcha pas de pousser un soupir de soulagement. Il se sentait à présent moins seul qu'il ne l'avait été depuis des années. La Troisième Orëska avait déjà véritablement débuté.

Ce que Tharin lui avait conté à propos d'Orun tracassait toujours Arkoniel, mais l'odieux dignitaire alla se coucher de bonne heure avec son humeur revêche et, après s'être calmé les nerfs en vidant un grand pot d'hypocras apprêté par Cuistote, il ne tarda pas à ronfler comme un porc. Le héraut fit de même de l'autre côté de la cheminée. Entre-temps, Tharin avait paré à ce que les gens de la Garde royale restent étroitement surveillés dans leur campement de fortune, en bas, sur la prairie.

Tandis que le silence s'appesantissait sur le manoir, Arkoniel se tenait patiemment assis dans le noir de son cabinet de travail, à guetter le moindre signe de désordre en provenance de la grande salle, au rez-de-chaussée.

Absorbé comme il l'était par cette occupation, il se laissa complètement prendre à l'improviste par un bruit tout proche de pas furtifs. L'expédition d'un nouveau charme voyeur lui permit d'apercevoir la chemise de nuit chiffonnée de Tobin qui se faufilait dans le corridor. Le gamin marqua une seconde d'hésitation devant la porte du magicien, parut sur le point d'y heurter puis s'en détourna et poursuivit sa route.

Arkoniel gagna la porte et l'entrebâilla, parfaitement conscient qu'il n'y avait dans cette partie du fort qu'un seul endroit où Tobin pût se rendre.

Poussé par le désir de voir les lieux qu'Ariani avait jadis revendiqués pour siens, le cadre qu'elle avait choisi pour mourir, il avait lui-même failli plusieurs fois s'introduire dans la tour. Mais quelque chose... – l'honneur, la peur, le respect, peut-être, pour les vœux du duc –, quelque chose l'en avait toujours retenu.

Tobin n'était plus désormais très loin de la porte de la tour, s'étreignant bien fort dans ses propres bras malgré la moiteur de la nuit. Sous les yeux attentifs d'Arkoniel, il hésita, aventura un pas de plus, s'arrêta. Fit un pas de plus. C'était pénible à regarder, mais le plus pénible était le sentiment d'agir à la manière d'un espion.

Au bout d'un moment, le magicien n'y tint plus et, se penchant au-dehors, souffla : « Tobin ? Qu'est-ce que tu fais là ? »

Le gamin pivota vivement, l'œil exorbité. N'eussent été les faits dont il venait précisément d'être le témoin, Arkoniel l'aurait cru atteint de somnambulisme.

Tobin s'étreignit encore plus fort en le voyant se diriger vers lui.

« Tu as besoin de mon aide ? »

Nouvelle hésitation, déchirante, et coup d'œil en biais... Frère était là, peut-être ? Enfin, il exhala un soupir et fixa sur Arkoniel ses prunelles d'un bleu si grave.

« Vous êtes bien l'ami de Lhel, n'est-ce pas ?

— Évidemment que je le suis ! Elle a quelque chose à voir dans ce qui se passe ? »

De nouveau, ce coup d'œil en biais.

« Il y a quelque chose qu'il faut que j'aille chercher.

— Dans la tour ?

— Oui.

— Quel que soit ce quelque chose, Tobin, je sais que Lhel voudrait que je t'aide. Que puis-je faire ?

— Venir avec moi.

— Ça me semble plutôt facile... Tu as la clef, ou bien c'est moi qui ouvre avec ma magie ? »

Comme pour répondre à la question, la porte de la tour s'ouvrit d'elle-même devant eux. Tobin chancela, son regard sondant l'embrasure béante, comme s'il s'attendait à y voir quelque chose. Peut-être était-ce d'ailleurs le cas. Mais le magicien ne distingua quant à lui que deux ou trois marches de pierre usée grimpant dans les ténèbres.

« C'est toi qui as ordonné à Frère de faire ça ?

— Non. » Tobin s'avança, et Arkoniel suivit.

Il faisait lourd, en cette nuit d'été, mais à peine eurent-ils franchi le seuil qu'ils se virent enveloppés par une atmosphère aussi humide et glacée que celle d'une tombe. La lune avait l'air de les épier, tout en haut, par de vagues ouvertures, aussi étroites que des meurtrières.

Malgré la frousse évidente qu'il éprouvait à se trouver là, le gamin prit tout de même les devants. À mi-chemin du sommet, Arkoniel perçut un sanglot étouffé, mais lorsque Tobin se retourna pour le regarder, il avait les joues sèches. Un nouveau sanglot fit se hérisser les fins cheveux de la nuque du magicien. Le timbre était celui d'une voix de femme.

Une petite pièce carrée occupait le faîte de la tour. Tous les volets s'en révélant hermétiquement clos, Arkoniel suscita un minuscule point lumineux puis ne put retenir un léger cri navré.

Il régnait là une pagaille invraisemblable. Les meubles avaient été réduits en miettes éparpillées de tous côtés. Des coupons de tissu pourrissaient par terre, ainsi que des tapisseries.

« C'est ici que Mère faisait ses poupées », chuchota Tobin.

Arkoniel avait entendu parler de ces poupées *d'après*; des garçons sans bouche.

Tout en s'entendant ici plus distinctement, les gémissements désolés demeuraient aussi faibles que s'ils provenaient d'une tout autre pièce. S'il les percevait, Tobin n'en souffla mot. Mais, tout en se dirigeant vers l'angle opposé, s'avisa Arkoniel, il gardait son visage obstinément détourné de la fatale fenêtre qui donnait vers l'ouest.

De quoi donc avait-il été le témoin, en ce dernier jour que commémorait pour jamais sa cicatrice au menton en forme de croissant ? Fermant les paupières, Arkoniel murmura la formule chercheuse de sang. Le sortilège évoqua sur le sol, dans les parages de la fameuse fenêtre, d'anciennes taches sanglantes qui se mirent à luire avec autant d'éclat que de l'argent sous le clair de lune. Et il fit apparaître une traînée supplémentaire, minuscule, et semblable à une demi-lune très érodée, sur l'entablement de pierre.

Mais sur son rebord extérieur, au-delà des volets.

Tobin se frayait cependant passage au milieu des débris jusqu'à l'angle opposé, où il entreprit de farfouiller dans un petit tas de déchets divers.

Les sanglots retentirent tout à coup plus fort, et Arkoniel eut l'impression, en entendant un froufrou presque imperceptible de pesantes jupes, que la créature éplorée allait et venait sans trêve dans la pièce.

Pris entre la peur et la douleur, il chercha dans sa tête des formules de conjuration destinées à l'esprit, mais il ne lui vint qu'une chose, son nom.

« Ariani. »

Et ce fut suffisant. Les vantaux de la fenêtre occidentale s'ouvrirent à la volée, et elle fut là, sombre silhouette se découpant sur le clair de lune. Frère se tenait avec elle, devenu aussi grand désormais, tout mort qu'il était, que son jumeau vivant.

Arkoniel fit un pas vers elle et, une fois devant celle qu'il avait si mal aidée, tendit la main.

Elle se tourna vers lui, et la lumière inonda son visage. Du sang noir en couvrait le côté gauche, mais ses yeux étincelants et pleins de vie s'attachèrent sur lui d'un air si terriblement éperdu qu'il en fut plus bouleversé que par n'importe quelle manifestation de colère.

« Pardonnez-moi, Dame. » Un écho de la décennie révolue.

Il devina la présence de Tobin à ses côtés, sentit ses doigts tremblants cramponnés sur son bras.

« Vous la voyez ? chuchota-t-il.

— Oui. Oh oui. »

Il tendit sa main gauche à la pitoyable apparition. Elle inclina la tête de côté, comme si le geste la laissait perplexe, puis tendit la sienne comme pour entrer dans la danse avec un partenaire. Lorsque leurs mains se rencontrèrent, la sensation fugace qu'il éprouva le fit penser au baiser de la neige tombant d'une branche que l'on secoue. Et puis elle ne fut plus là, Frère évanoui avec elle.

Arkoniel porta la main à ses narines et y décela les vagues effluves du parfum de la princesse enchevêtrés à des relents de sang. Et puis un froid mortel se reploya sur lui. Cela lui fit l'effet que quelqu'un plongeait la main dans sa poitrine et lui broyait le cœur pour l'arrêter de battre. Une autre main, celle-ci bien tangible et bien chaude, saisit la sienne à tâtons puis l'entraîna de force hors de la pièce. Des portes claquèrent sur leurs talons tandis que Tobin et lui s'enfuyaient de la tour.

De retour dans son cabinet de travail, Arkoniel poussa le verrou, mit le loquet aux volets puis alluma une petite lampe avant de s'effondrer tout tremblant à même le sol, la figure enfouie dans ses mains.

« Lumière divine !

— Vous l'avez bien vue, n'est-ce pas ?

— Oh, pour ça, oui ! Créateur me pardonne..., bel et bien vue.

— Elle était en colère ? »

Arkoniel repensa à la sensation de broiement qu'il venait de subir. Était-ce du fait d'Ariani, ou du fait de Frère ? « Elle avait l'air triste, Tobin. Et perdue. » Il leva les yeux et découvrit seulement alors ce que le gosse avait rapporté de leur équipée dans la tour. « C'est ça que tu es monté chercher ?

— Oui. » Tobin pressait contre son cœur un vieux sac de toile. « Je... je suis content que vous m'ayez surpris tout à l'heure. Je crois bien que je n'aurais pas pu faire ça de nouveau tout seul, et je ne serais jamais arrivé à demander à quelqu'un d'aller...

— *De nouveau* ? Tu veux dire que tu l'avais déjà fait auparavant ? Et tout seul ?

— Quand je suis monté l'y cacher. La nuit de l'arrivée de Ki.

— Et alors, tu as vu ta mère, c'est bien ça ? »

Tobin s'agenouilla auprès de lui et se mit à tirailler sur le nœud du cordon qui tenait le sac bien fermé. Il grelottait. « Oui. Elle a essayé de m'attraper, comme pour me jeter par la fenêtre, cette fois aussi. »

Arkoniel chercha quelque chose à dire, mais pas un mot ne lui vint à l'esprit.

Tobin s'acharnait toujours sur le nœud. « Autant que je vous laisse voir. C'était à Mère. Elle l'avait fait. » Le cordon ayant fini par coulisser, il retira du sac une poupée de chiffon en mousseline grossière et aux traits mal dessinés. « Elle ne s'en séparait jamais.

— Ton père le mentionnait dans ses lettres. »

Il ne put s'empêcher de penser aux poupées magnifiques qu'elle avait faites à Ero. Toutes les grandes dames de la ville s'étaient entichées d'en posséder une, et nombre de seigneurs aussi... À côté de ces chefs-d'œuvre, la chose innommable que Tobin berçait si précieusement n'était qu'une caricature grotesque, l'incarnation de l'âme en loques d'Ariani.

Cette idée, toutefois, fut promptement supplantée par une autre, et il en eut les cheveux follets de la nuque et les poils des bras hérissés pour la seconde fois de la nuit. La poupée avait le col tout étranglé par une cordelette de cheveux. De cheveux aussi noirs que ceux de Tobin lui-même. Ou que ceux de sa mère.

Ce doit être ça, songea-t-il avec un frisson de triomphe. *C'est en cela que réside le secret.*

Il l'avait subodoré dès le premier jour, dans la cuisine, la formule que proférait Tobin n'était pas suffisante pour en imposer à Frère. Il devait y avoir forcément quelque chose de plus ; un talisman de quelque espèce qui les liait l'un à l'autre indissolublement. Quelque chose qui avait peut-être été transmis de la mère à l'enfant.

« C'est ta mère qui te l'a donnée ? »

Le petit baissa les yeux vers la poupée.

« Lhel a aidé Mère à la faire. Et puis elle a fait en sorte qu'elle soit à moi.

— Avec tes cheveux ? »

Tobin acquiesça d'un hochement. « Et un peu de sang. »

Naturellement... « Et elle t'aide à convoquer Frère ?

— Oui. J'étais censé ne la montrer à personne au monde, alors je l'ai cachée dans la tour. Je pense que c'est peut-être pour cette raison que Frère ne reste pas toujours absent quand je lui commande de le faire. Lorsque Lord Orun a annoncé que je devais partir pour Ero, j'ai compris qu'il me fallait aller la récupérer...

— Mais pourquoi ne pas la laisser ici ? *Le* laisser ici ?

— Je ne peux pas. Je dois m'occuper de lui. C'est ce que Lhel a dit.

— Si l'esprit d'un magicien s'y applique, il risque de pouvoir flairer ce qu'elle cache.

— Vous ne l'avez pas fait. »

Arkoniel émit un gloussement chagrin. « On dirait bien que non, mais je ne faisais pas attention. Il n'empêche que les magiciens pullulent à Ero. Il va falloir que tu te méfies d'eux. De tous. Et tout spécialement de ceux qui portent les robes blanches des Busards du Roi. »

Tobin releva des yeux effarés.

« Et celui qui se trouve avec les gens d'Orun ?

— Un jeune homme blond en tenue de soldat ?

— Oui, justement celui-là.

— C'est un ami, Tobin. Mais tu ne dois surtout pas laisser voir que tu es au courant. C'est Iya qui l'a envoyé pour veiller sur toi, voilà tout. C'est un secret.

— Je suis content d'apprendre qu'il n'est pas un magicien méchant. Il a une figure aimable.

— Garde-toi bien de juger les gens sur la figure... » Arkoniel se reprit, de peur d'effrayer le gosse ou de lui révéler trop de choses qu'un Busard ne manquerait pas de découvrir par la suite dans son esprit, si l'un d'entre eux s'avisait jamais de le sonder. « Il y a toutes sortes de gens dans le monde, Tobin, et autant de sortes de magiciens. Ils ne te veulent pas tous du bien. Les Quatre m'en sont témoins, tu ne m'as pas fait confiance, à moi qui ne veux pourtant que ton bien ! Ne va pas baisser ta garde devant qui que ce soit sous le seul prétexte que tel ou tel te régale d'un sourire engageant. » Il abaissa de nouveau son regard vers la poupée. « Cela dit, tu es vraiment sûr qu'il te faut la prendre avec toi ? Il ne te serait pas possible de me la laisser ici ?

— Non. Lhel dit que je dois la garder et prendre soin de Frère. Personne d'autre ne peut s'en charger. Il a besoin de moi, et j'ai besoin de lui. »

Frère. Il. Lui.

Oh, mon dieu ! songea Arkoniel. Il y avait là-dessous une nouvelle manigance qui n'avait que trop bien marché jusqu'à présent. Grâce à la magie de Lhel, le roi s'était vu montrer le cadavre d'une petite fille, et cette fable avait ainsi trouvé crédit partout ; Tobin savait la vérité, lui. Si quelqu'un voyait Frère ou entendait Tobin l'appeler de la sorte ou le désigner par « il » ou par « lui », cela susciterait des tas de questions fâcheuses.

À se sentir sous le regard de ces yeux beaucoup trop clairvoyants, le magicien perçut l'effroyable fragilité des nouvelles relations qu'ils venaient tout juste de nouer dans la tour.

Cela le fit penser au sac d'Iya qui reposait là, sous sa table de travail ; aucun magicien n'aurait été capable d'en percer la magie, conçue pour préserver le bol, lui-même emmitouflé de soie et bourré de charmes. Pendant un moment, il rumina l'idée de confectionner un sac analogue pour la poupée. Cela, au moins, ses pouvoirs le lui permettaient, et il avait sous la main tout ce qu'il fallait : soie noire et fil d'argent, baguette de cristal, aiguilles et rasoirs de fer, cassolettes à encens pour brûler gommes et résines. Tout cela facile d'accès. De quoi faire un sac qui, tout en interdisant à Frère de s'échapper, mettrait en échec les curiosités de n'importe quel Busard.

Seulement, le sac lui-même serait visible. Et puis bon, Iya ou lui-même seraient en mesure de le trimbaler sans inconvénient, mais certes pas un simple gamin de onze ans, pas un fils de guerrier.

Avec un gros soupir, il ramassa le sac à farine abandonné.

Du dernier banal. Aussi banal qu'une vieille poupée léguée comme souvenir à un mioche orphelin.

« Voilà qui change tout, tu sais, rêva-t-il, en proie à une idée qui prenait déjà forme. La petite démonstration que nous avons incité Frère à exécuter dans la grande salle était belle et bonne en tant que plaisanterie d'un esprit domestique. À la cour, personne, et surtout pas toi, ne peut en revanche se permettre d'essuyer le moindre soupçon de nécromancie, et des tas de gens ne se feraient peut-être pas faute de t'accuser précisément de cela s'ils te pensaient capable de manœuvrer Frère. Tu ne dois pas le nommer ainsi ni parler de lui autrement que sous les espèces du démon jumeau dont tout le monde a plus ou moins eu vent. C'est une vieille histoire, là-bas.

— Je sais. Ki m'a dit que certaines gens affirment même que c'était une petite fille. »

Arkoniel masqua sa surprise au plus vite ; que des rumeurs se mettent à courir, et elles proviendraient probablement de Ki. Puis le travail était somme toute déjà fait. Autant de gagné.

« Eh bien, qu'ils continuent de le penser. Il serait vain d'en discuter. N'en dis rien du tout, et ne laisse jamais voir Frère à qui que ce soit. Et n'avoue jamais non plus, tu m'entends ? *jamais* ! que tu connais une personne comme Lhel. Sa magie personnelle n'a rien à voir avec la nécromancie, mais la plupart des gens pensent que c'en est, et voilà pourquoi son espèce a été décrétée hors la loi à Skala. » Il lui adressa un clin d'œil complice. « Ça fait de nous des hors-la-loi, toi et moi.

— Mais pourquoi Père était-il en relations avec elle, si... ?

— Voilà un sujet qu'il vaut mieux laisser de côté jusqu'à ce que vous soyez plus âgé, mon prince. Pour l'instant, fiez-vous en l'honneur de votre père ainsi que vous l'avez toujours fait, et promettez-moi de garder le secret sur Frère et sur Lhel comme sur une affaire exclusivement personnelle. »

Tobin se mit à tripoter nerveusement l'une des jambes dépareillées de la poupée.

« Je le garderai, mais il y a des fois où lui n'en fait qu'à sa tête.

— N'empêche, il te faut faire très très attention. Il y va de ton salut. Et de celui de Ki, aussi.

— De Ki ? »

Arkoniel remonta ses genoux pour s'y accouder. « Ici, au fort, vous avez vécu, toi et Ki, comme des frères et des amis. Des égaux, si tu préfères. Mais une fois arrivés à la cour, vous aurez tôt fait d'apprendre que vous n'êtes rien de tel. D'ici que tu atteignes ta majorité, Ki ne bénéficie d'aucune autre protection que ton amitié et le bon plaisir de ton oncle. Si l'on vous accusait de nécromancie, le roi te sauverait éventuellement, toi, mais Ki, lui, n'y couperait pas, il subirait inexorablement un abominable supplice. »

Tobin blêmit.

« Mais il n'a rien à voir avec Frère !

— Ça ne changerait strictement rien, Tobin. Et c'est justement ça que j'essaie de te faire comprendre. La vérité n'est pas en cause, là-dedans. Il suffirait en tout et pour tout d'une accusation portée par l'un de ces Busards. Et ce cas ne se présente aujourd'hui que trop fréquemment. Des magiciens éminents qui n'avaient jamais fait de mal à qui que ce soit ont été brûlés vifs, alors qu'il n'existait pas de meilleure charge à leur encontre que des commérages de seconde main.

— Mais pourquoi ?

— Le zèle que mettent les Busards à servir le roi les a conduits à emprunter d'autres voies que nous autres tous. Je saurais d'autant moins t'expliquer cela que je ne le comprends pas moi-même. Pour l'heure, promets-moi que tu te montreras prudent et que tu inciteras Ki à en faire autant. »

Le petit soupira. « Oh, comme je voudrais n'être pas forcé de partir... ! De partir comme ça, du moins. Moi qui avais tellement envie d'aller avec Père voir Ero, voir Atyion, d'aller me battre en sa compagnie, là, maintenant... » Il s'interrompit, se frotta les yeux.

« Je m'en doute bien. Mais Illior a sa manière à lui de nous mettre les pieds sur le droit chemin sans faire briller la Lumière très loin devant. Place ta confiance en cela, ainsi que dans les bons amis que l'Illuminateur t'a envoyés pour escorter ta marche.

— Illior ? » Tobin lui adressa un regard sceptique.

« Et Sakor, ajouta-t-il précipitamment, Sakor aussi. Seulement, n'omets pas de qui tu portes la marque au menton...

— Mais la poupée, dites ? Qu'est-ce que j'en fais ? »

Arkoniel indiqua le sac à farine. « Ça devrait convenir pas mal. »

Le gamin riposta par un regard horripilé.

« Mais vous ne comprenez pas ! Je fais quoi, si le prince la voit ? Ou le maître d'armes ? Ou *Ki* ?

— Et quand il le ferait ? » À sa grande stupeur, Tobin s'empourpra. « Tu t'imagines qu'il en aurait moins d'estime pour toi ?

— Pour quelle raison vous figurez-vous donc que je la laissais dans la tour ?

— Holà ! je l'ai bien vue, moi, et je t'estime toujours autant... »

Tobin roula des yeux. « Vous êtes un *magicien*, vous. »

Arkoniel se mit à rire.

« Viendrait-on d'outrager ma virilité ?

— Vous n'êtes pas un guerrier ! » Tobin se trouvait à présent sous le coup d'une formidable émotion qui fit étinceler ses yeux et lui brisa la voix. « Les guerriers s'en fichent, des poupées ! Moi, je n'ai celle-ci que parce que Lhel m'en fait un devoir. Pour Frère. »

Arkoniel l'examina attentivement. La façon dont le petit continuait de serrer cette déjetée de poupée démentait chacun des mots qu'il proférait.

Qu'*elle* proférait, rectifia-t-il. C'était la première fois depuis un temps fou qu'Arkoniel se permettait cette rectification, bien qu'il ne lui fût guère possible de déceler la princesse occulte sous le gamin rageur qu'il avait devant lui..., excepté peut-être en ce que les mains, toutes fortes et calleuses qu'elles étaient, n'expédiaient pas au diable ni n'écrabouillaient l'objet dont elles prétendaient être si mortifiées.

« M'est avis que tu méjuges ton copain, dit-il paisiblement. C'est un souvenir qui te vient de ta mère morte. Qui oserait te reprocher d'y tenir ? Mais à toi de régler la question comme tu l'entends.

— C'est que... » La vergogne le disputait visiblement à la résolution sur les traits creusés du gamin.

« Quoi donc ?

— La nuit de l'arrivée de Ki, Frère m'a *montré*. Il m'a montré Ki découvrant la poupée, puis à quel point tout le monde était déçu et humilié d'apprendre que je l'avais. Exactement comme Père m'en avait prévenu. Or, tout ce que Frère m'a montré d'autre s'est finalement vérifié. Du moins je le crois. Vous vous rappelez, la renarde à l'échine brisée ? Et je l'ai su aussi, quand Iya venait. Et... Et il m'a averti que Lord Solari veut me prendre Atyion.

— Vraiment ? Je vais en informer Tharin. Pour ce qui est du reste, je ne sais qu'en dire. Il se peut que Frère soit capable de mentir quand ça lui chante. Ou que ce qu'il te montre soit susceptible de changer avec le temps. N'étant pas forcément exclu que tu ne comprennes pas toujours, toi, ce qu'il te montre... » Il avança la main pour lui tapoter l'épaule et, cette fois, l'enfant ne regimba pas. « Tu n'es pas un magicien-né, mais tu recèles une once de double vue. Tu aurais dû faire part de tes visions à Lhel ou à moi. C'est notre don et notre service. »

Les épaules de Tobin s'affaissèrent. « Pardonnez-moi, maître Arkoniel. Vous m'avez aidé sans relâche, et moi je vous ai trop souvent manqué de courtoisie. »

Arkoniel balaya ses excuses d'un geste. Il éprouvait pour la première fois depuis son arrivée au fort le sentiment qu'un maillon véritable venait de se forger entre eux. « Je n'escompte pas te le voir comprendre dès maintenant, mais j'ai juré de consacrer mon existence à te protéger. Peut-être un jour te souviendra-t-il de cette nuit passée ensemble et reconnaîtras-tu que je suis ton ami. Bien que je sois un simple magicien. » Avec un grand sourire, il tendit la main *à la guerrier*.

Tobin la serra. Sans que son regard eût encore entièrement perdu son ancienne circonspection, dans ses yeux se lisait désormais un respect tout neuf.

« Il m'en souviendra, magicien. »

Plus vanné qu'il ne peut se dire, Tobin se traîna jusqu'à sa chambre et dissimula la poupée dans le fond de l'un des coffres de voyage.

Il s'efforça de se glisser au lit sans déranger Ki, mais comme il se rallongeait, il sentit la main de celui-ci se poser sur son bras.

« Tu es malade, Tob ? Ça fait un bon bout de temps que tu étais parti.

— Non... »

Puisque Arkoniel jugeait tout normal qu'il lui parle de la poupée, voilà que tout à coup il avait salement envie de le faire. Peut-être que Ki, ça lui serait égal, après tout. Il détestait qu'il y ait des secrets entre eux, puis la poupée se trouvait tellement près, quelques pas seulement... Mais le souvenir de la fureur de Frère quand il avait voulu la montrer à Nari était encore beaucoup trop frais.

« Je voulais simplement dire au revoir à Arkoniel, marmonna-t-il.

— Il va nous manquer. Je parie qu'il a dans sa manche quelques petits sortilèges qui la feraient fermer à Lord Orun. »

Il faisait trop chaud pour supporter couvertures ou chemises. Étalés sur le dos, ils scrutaient tous deux les ténèbres.

« Ces dernières semaines ont été vraiment pourries, hein ? fit Ki au bout d'un moment. D'abord ton père... » Sa voix s'étrangla brusquement. Il reprit son souffle. « Et le vieux Tripes molles en bas, dis ? Pas du tout comme ça qu'on comptait se rendre à l'est, nous deux... »

Une boule durcit dans la gorge de Tobin, qui se contenta de secouer la tête. La mort de Père, le spectre de Mère, la convocation à Ero, les avertissements d'Arkoniel, tout à l'heure, et le tracas que causait Frère, la troupe d'étrangers qui attendait en bas...

Subitement, toutes les larmes qu'il n'avait pas réussi à trouver, tant d'années durant, le trouvèrent, lui, paraît-il, et roulèrent en silence le long de ses tempes dans ses oreilles. Il n'osait renifler ni les essuyer, de peur que Ki ne sache ce qui se passait.

« 'tait que temps, maugréa Ki d'une voix enrouée qui fit prendre conscience à Tobin que son copain pleurait aussi. Commençais à croire que tu savais pas. Faut chialer ton deuil, Tobin. 'cun guerrier s'en prive. »

C'était donc ça qu'était cette douleur ? se demanda Tobin. Mais elle lui faisait l'effet d'être si énorme... ! S'il lui lâchait la bride, elle l'emporterait au diable, et il serait perdu. Il était plus facile de se réfugier à nouveau dans le silence engourdissant qui l'avait protégé si longtemps. Il l'imagina se déversant en lui comme des ténèbres liquides, emplissant ses poumons, lui envahissant peu à peu les membres et le crâne jusqu'à le réduire à n'être lui aussi rien de plus qu'une silhouette noire.

« Ça pas bon moyen, *keesa*. »

Un coup d'œil lui révéla Lhel debout dans l'encadrement de la porte. L'aube était là.

Elle lui fit signe de venir puis s'éclipsa en direction de l'escalier. Il se précipita à ses trousses mais ne fit qu'entr'apercevoir le bas de sa jupe élimée tandis qu'elle se faufilait sur le seuil de la grande salle. Lord Orun ronflait bruyamment derrière les courtines de son baldaquin. Le petit n'eut que le temps de franchir en toute hâte la poterne pour voir Lhel disparaître dans la forêt, tout au bout du pont.

« Attendez ! » lui cria-t-il avant de se plaquer sur la bouche une main affolée. En contrebas du fort, l'escorte d'Orun fourmillait sur la prairie trempée de rosée. La veille, il avait cru qu'elle ne comptait qu'une quarantaine d'hommes à peu près, mais elle avait l'air d'en comporter au moins une centaine, maintenant. Quelques sentinelles s'étaient groupées autour du déjeuner qui cuisait sur le feu de camp, mais aucune ne prit garde à lui quand il se rua pieds nus dans les bois.

À peine eut-il atteint le couvert des arbres qu'il comprit. Cette forêt-ci n'était pas la forêt réelle, mais celle où ses visions l'avaient si souvent conduit après la mort de Mère.

Cette fois, il n'eut pas besoin de Frère pour le guider. Il n'eut aucune peine à rejoindre le sentier de la rivière et le suivit jusqu'à la clairière où les deux gentils daims broutaient près du trou creusé dans la terre. Simplement, une fois entré, il se retrouva ce coup-ci dans le chêne de Lhel.

La sorcière et Mère étaient assises auprès du feu. Mère était en train de donner le sein à un nouveau-né. Au lieu du lapin, c'était la poupée de chiffon que Lhel tenait dans son giron.

« Ça rêve voyant, *keesa*, l'avertit celle-ci.

— Je sais. »

Elle lui remit la poupée puis branla l'index en le pointant sur lui.

« Toi pas aller oublier Frère... ?

— Promis que non ! » De quoi d'autre s'était-il tourmenté durant toute la nuit, hein ?

Mère leva ses yeux, attachés jusque-là sur le nouveau-né, ses yeux d'un bleu limpide et sain mais tellement triste. « Je veux être là-bas moi aussi, Tobin. Ne me laisse pas dans la tour ! » Elle éleva l'enfant vers lui. « Il te montrera. »

Lhel bondit, comme suffoquée de la découvrir là. « *Keesa* pas pouvoir être embêté pour ça. Partez ! »

Ariani et le bébé disparurent, et Lhel attira Tobin pour le faire asseoir sur la paillasse à ses côtés. « Tu pas être embêté pour elle. Pas ton affaire maintenant. Tu t'inquiéter que toi et Frère. Et Ki. »

Elle jeta dans le feu une poignée d'herbes aromatiques et d'os puis scruta le motif qui résultait de leur combustion.

« Ce sans-cheveux-là ? Il ne me plaît pas..., mais tu dois partir. Je vois ta route. Elle te mène à la cité puante du roi. Ce roi, tu ne le connais pas encore. Tu ne connais pas son cœur. » Après avoir de nouveau jeté des herbes dans les flammes, elle se mit à se balancer lentement d'avant en arrière et d'arrière en avant, l'œil plissé, puis, non sans soupirer, se pencha tellement vers lui pour être plus près qu'il finit par ne plus voir d'elle que son visage. « Tu voir sang ? Pas dire à personne. Personne.

— Comme pour la poupée. » Il s'en était pourtant fallu de rien qu'il en parle à Ki, songea-t-il.

Lhel hocha la tête.

« Tu aimer ton ami, tu pas dire lui. Tu voir sang ? tu venir voir me. Ici.

— Quel sang, Lhel ? Je suis un guerrier, je vais voir forcément du sang !

— Peut-être oui, peut-être non. Mais si tu voir... » Elle lui planta son index sur le cœur. « Tu connaître ici. Et tu venir à Lhel. »

Elle lui piqua de nouveau la poitrine avec l'index, mais cette fois plus fort, et il se réveilla dans son lit, dans la chaleur et dans le noir, flanqué de Ki ronflant tout doucement.

Il se tourna sur le flanc. Que pouvait bien signifier ce rêve ? Il sentait encore l'index de Lhel peser sur son cœur et le moelleux des fourrures sous son derrière. *Rêve voyant*, Lhel avait appelé ça.

De quoi s'agissait-il au juste ? D'une vision ? Ou tout simplement d'un rêve ordinaire ? Ne fallait-il pas aller le demander à Arkoniel ? C'est à force de se poser toutes ces questions qu'il sombra de nouveau dans le sommeil.

TROISIÈME PARTIE

Extrait des Mémoires de la reine Tamir II

Ero...

Lorsqu'il m'arrive à présent d'en évoquer le souvenir, la ville d'aujourd'hui, pratiquée durant un laps de temps si bref, se trouve recouverte dans mon esprit par l'image du modèle réduit que mon père avait édifié pour moi. Dans mes rêves, ce sont des bonshommes en bois, des moutons d'argile et des oies de cire qui peuplent les rues sinueuses de la cité. Et c'est sur une rade à la peinture poussiéreuse que des bateaux à fond plat et à voiles de parchemin glissent en chuintant.

Le Palatin seul survit dans ma mémoire tel qu'il était à l'époque, ainsi que les gens qui habitaient dans son enceinte et ses dédales.

11

C'est sans un regard en arrière que Tobin sortit du fort, le vingt-troisième jour de Lenthin. Il avait fait ses adieux dès l'aube et laissé les femmes l'inonder de pleurs. Tharin et Ki à ses côtés, les cendres de Père suspendues au pommeau de sa selle et une colonne d'hommes dans son sillage, il affronta fixement la direction d'Ero, bien résolu à soutenir du mieux qu'il le pourrait l'honneur de sa famille.

Il avait été fort surpris d'apprendre par Lord Orun que leur chevauchée ne durerait qu'une seule journée. Sans pesants bagages pour les ralentir, il leur était loisible de s'accorder de longs temps de galop, et ils eurent tôt fait de dépasser Bierfût. Au-delà, la route familière en rejoignait une autre qui s'enfonçait à son tour dans les ténèbres sinueuses de la forêt. Laquelle finit, au bout de plusieurs heures, par céder la place aux moutonnements d'une vaste plaine où s'entrelaçaient des rivières et que parsemaient des domaines aux corps de ferme impressionnants.

Lord Orun s'étant montré intransigeant sur le chapitre de l'étiquette, Tobin se voyait contraint de cavalcader en tête auprès de lui, tandis que Tharin et Ki se trouvaient derrière, en compagnie du héraut et des serviteurs. Quant aux gens du manoir, que l'on ne devait plus désigner dorénavant que sous la pompeuse appellation de Garde du prince Tobin, le cortège les regroupait avec la troupe des soldats royaux. Malgré tous ses efforts pour repérer le magicien déguisé parmi ces derniers, Tobin n'était pas seulement parvenu à l'entrevoir lorsqu'il avait dû gagner sa propre position.

Vers le milieu de la matinée, on arriva devant un grand lac qui reflétait le ciel sillonné de nuages, ainsi qu'un superbe manoir de pierre fièrement campé sur la rive opposée. Des flopées d'oies sauvages voguaient sur les flots et picoraient tout le long des berges.

« Ce domaine appartenait à une tante de ta mère, autrefois, fit observer Tharin au passage.

— Et quel en est le propriétaire, actuellement ? » demanda Tobin, émerveillé par la splendeur des lieux.

— Le roi.

— Atyion est aussi grand ?

— Mets-en dix comme celui-ci côte à côte, et tu commenceras à te faire une petite idée de ses dimensions. Sauf qu'en plus la forteresse d'Atyion est entourée par une ville, elle-même cernée de champs et de murailles à elle. »

Un regard vers l'arrière permit à Tobin de s'apercevoir que déjà ses chères montagnes s'amenuisaient à l'horizon.

« Il nous faudra encore beaucoup de temps pour atteindre Ero ?

— À condition de maintenir l'allure, nous devrions y être, je pense, avant le coucher du soleil, mon prince », répondit Lord Orun.

Tobin éperonna Gosi, non sans s'étonner que Bierfût ait jamais pu lui sembler si loin quand la capitale elle-même ne se trouvait qu'à une journée de cheval. Le monde lui faisait brusquement l'effet d'être infiniment plus petit qu'avant.

Midi venait tout juste de sonner quand on traversa une ville-marché du nom de Korma. Elle était plus importante que Bierfût, mais sa grand-place fourmillait du même genre de fermiers et de camelots, et l'on y voyait également quelques Aurënfaïes coiffés de leurs espèces d'échafaudages de turbans violets. Plusieurs étaient en train de donner un concert de lyres et de flûtes.

Lord Orun choisit de faire halte à la plus grosse auberge pour laisser reposer les montures et se restaurer. Le tenancier s'inclina bien bas devant lui puis, sitôt faites les présentations, encore plus bas devant Tobin. Après quoi il fut aux petits soins pour lui, se mit en quatre et lui fit goûter de cent mets divers et finit par refuser quelque rémunération que ce soit, sauf à espérer que Son Altesse garderait un bon souvenir de lui. Mais ce tintamarre inhabituel autour de sa personne assomma tellement Tobin qu'il fut trop heureux de se remettre en route.

On adopta une allure plus modérée durant les heures où la chaleur se fit trop accablante, et Lord Orun se mit en devoir de distraire Tobin en lui parlant des Compagnons du prince royal, de leur entraînement et des divertissements auxquels il pourrait prétendre en leur société.

Par son intermédiaire, Tobin apprit qu'il lui suffirait pour se passer toutes les fantaisies que pouvait avoir un garçon de son âge d'utiliser tout simplement le sceau de Père qu'il portait déjà en sautoir et dont la chaîne avait été raccourcie à son intention par Koni.

« Oh, ça oui, toutes, assura Orun. De beaux vêtements, une épée digne de ce nom, des friandises, des limiers, de quoi miser au jeu. Un jeune homme de votre rang doit avoir ses plaisirs. Un nouveau sport, la chasse au faucon, nous est récemment arrivé d'Aurënen, qui le tenait elle-même des Zengati. Libre aux 'faïes d'importer un instrument de décadence aussi barbare ! Oh, je vous l'accorde, ils élèvent de bons chevaux. Enfin..., toujours est-il que ça fait fureur chez nos petits messieurs. »

Il marqua une pause, et sa lippe épaisse se retroussa en un sourire entendu.

« Naturellement, toute transaction d'importance comme, disons..., vendre des terres ou lever des troupes, acheter du fer ou des céréales, ou encore collecter les revenus de vos terres..., eh bien, pour ce genre de choses, il vous faut au surplus le sceau de votre oncle ou le mien tant que vous n'êtes pas majeur. Mais vous êtes beaucoup trop jeune pour vous embarrasser d'aussi triviales préoccupations ! N'ayez crainte, nous vous suppléerons pour toutes ces corvées, allez.

— Soyez-en remercié, Lord Orun », répliqua Tobin, mais uniquement parce que les bonnes manières semblaient requérir une telle assertion. Le bonhomme lui avait déplu, la veille, au premier regard, et leurs relations, depuis lors, n'avaient fait que renforcer son antipathie. Il y avait quelque chose d'insatiable derrière les risettes dont l'accablait ce vieux machin ; elles faisaient à Tobin le même effet que lorsqu'on met le pied dans le noir sur un truc froid et répugnant.

Plus révoltant encore était le comportement d'Orun vis-à-vis de Tharin et de Ki. Car tandis qu'il affectait à l'endroit de Tobin la plus gluante courtoisie, il les traitait, eux, comme s'ils faisaient partie de ses larbins, et il n'arrêtait pas d'insinuer, mine de rien, que Son Altesse aurait tout de même intérêt à envisager de se procurer, une fois à la cour, un écuyer moins malséant. N'eussent été les mises en garde d'Arkoniel, peut-être bien que Tobin aurait de nouveau prié Frère d'intervenir. Il se promit seulement en secret de se débrouiller pour faire tôt ou tard de ses deux amis de puissants seigneurs, et si riches qu'Orun se verrait forcé de les saluer jusqu'à terre.

Ki percevait par trop que Tobin était au martyre de chevaucher avec Orun, mais il voyait bien que le mal était sans remède. La longueur du trajet lui fournit du moins l'occasion de bavarder avec Tharin – et c'était la première depuis que le capitaine était rentré de Mycena.

Il lui avait dès l'abord trouvé la mine d'un homme souffrant, mais il n'avait su que lui dire, bien qu'en son cœur il en eût deviné le motif : Tharin s'estimait fautif d'un impardonnable manquement vis-à-vis de Rhius. Un écuyer ne revenait pas chez lui sans son maître. Or, d'après tous les détails qu'avait pu glaner Ki parmi les témoins au fil des jours qui avaient suivi le retour des cendres, Tharin n'avait strictement rien à se reprocher dans le drame. Le duc était tombé pendant la bataille, et le capitaine avait fait l'impossible pour le sauver. Cette version, Ki s'y cramponnait d'autant plus qu'il était davantage incapable d'en rabattre si peu que ce soit sur son héros.

À présent, ils avaient des tas d'autres chats à fouetter, et Tharin avait une tête de déterré.

Tout en se maintenant à distance respectueuse sur les arrières de leurs seigneuries, Ki rapprocha Dragon du cheval de Tharin et, tout bas, questionna : « Nous allons être obligés de vivre avec *lui*, dorénavant ? »

Tharin grimaça. « Non, vous logerez au Palais Vieux avec les autres Compagnons. Vous aurez seulement à subir de temps en temps un dîner en sa compagnie, pour lui permettre après de faire son rapport au roi. »

Le palais en question, Ki l'avait entrevu par-dessus les murailles de la citadelle.

« C'est tellement grand... ! On s'y prendra comment pour s'y retrouver ?

— Les Compagnons y ont leurs propres appartements. Puis les autres vous aideront.

— Il y en a combien ?

— Actuellement, sept ou huit, si je ne me trompe... Plus leurs écuyers. »

Le gamin se mit à tripoter ses rênes. « Les autres écuyers..., ils sont comme moi ? »

Tharin le lorgna.

« Dans quel sens tu l'entends ?

— Vous savez bien. »

Tharin lui adressa un petit sourire tristounet.

« Je crois qu'ils sont tous fils de hauts et puissants seigneurs et chevaliers.

— Ah.

— Oui. » Rien que sa façon de le dire indiquait qu'il comprenait les appréhensions du petit. « Les laisse pas t'intimider. N'y en a qu'un dans le lot qui puisse se vanter d'être lui aussi l'écuyer d'un prince. Et je te jure, Ki, qu'il n'y en a pas un seul qui te surpasse, pour l'honneur. » Il haussa le menton en direction de Tobin. « Garde-lui la première place en ton cœur, et tout ce que tu feras sera toujours bien.

— Risque pas que je lui fasse jamais défaut. Je ne pourrais pas le supporter. »

Tharin tendit la main et lui étreignit le bras suffisamment fort pour le faire grimacer. « Non, risque pas, dit-il d'un air grave. Tu vas devoir veiller sur lui désormais à ma place. Tu jures de le faire sur ton honneur ? »

Le défi faisait plus mal que la poigne de fer sur le bras. Ki se raidit en selle et balaya tous ses doutes honteux. « Je le jure ! »

Tharin hocha la tête d'un air satisfait et le relâcha.

« Nous serons tous les deux sa garde personnelle, nominalement, mais celui qui sera à ses côtés, c'est toi. Il te faudra être mes oreilles et mes yeux, Ki. Si tu sens poindre quelque ennui que ce soit pour lui, tu viens me trouver tout de suite.

— Je le ferai, Tharin ! »

Pendant un instant, il craignit d'être allé trop loin et d'avoir mis le capitaine en rogne, mais celui-ci se contenta de glousser. « Je sais que tu le feras. »

S'apercevant qu'en dépit de cette assertion sa physionomie restait tout aussi anxieuse, Ki contrôla presque machinalement le laçage de son fourreau. Jamais il ne se serait imaginé que se rendre dans la capitale lui ferait cet effet..., l'effet de s'introduire en territoire ennemi. Seulement, il aurait bien aimé savoir pourquoi.

La journée s'avançait. La route qu'ils suivaient les mena dans des basses terres plates toutes découpées en longues bandes cultivées par des métayers. Certaines de ces bandes étaient en jachère et envahies de mauvaise herbe. D'autres, travaillées, ne portaient que des plants clairsemés ou gâtés par la maladie. Les emblavures ne se signalaient que par d'immenses étendues de pelade grisâtre et pourrie.

Dans les villages de la région, Tobin vit des mioches aux jambes décharnées, aux ventres ballonnés, aux yeux avalés par de sombres cernes. Leur aspect lui rappela vaguement celui de Frère. Le peu de bétail subsistant n'avait que la peau et les os, et les fossés étaient pleins de charognes boursouflées dont les corbeaux becquetaient les yeux. Nombre des chaumières donnant sur les rues que l'on enfilait se montraient désertes, et on en avait incendié plusieurs. La plupart des autres arboraient sur leur porte d'entrée le croissant d'Illior barbouillé à la peinture ou à la craie.

« C'est bizarre, fit-il enfin. On s'attendrait à ce qu'ils prient Dalna pour en obtenir de bonnes récoltes ou la guérison. »

Personne ne répondit.

Comme le soleil entreprenait son lent déclin derrière eux, un petit vent frais se mit à souffler de l'est, qui leur rebroussa les cheveux et glaça la sueur sur leur front. La brise charriait les premiers effluves d'une odeur nouvelle, agréable, que Tobin ne reconnut pas.

Remarquant qu'il humait l'air, Lord Orun sourit avec des mines indulgentes. « C'est la mer que vous sentez, mon prince. Elle sera bientôt en vue. »

Un peu plus tard, ils croisèrent une carriole chargée de la denrée la plus singulière que Tobin eût jamais vue. Ça formait un amas brun verdâtre qui tremblotait à chaque cahot, chaque soubresaut des roues sur la route. Et ça dégageait des remugles étranges, à la fois fangeux et salés.

« Qu'est-ce que c'est ? questionna-t-il en tordant le nez.

— Des algues en provenance de la côte, expliqua Tharin. Les fermiers s'en servent pour fumer leurs champs.

— Ça sort de la mer ! » Talonnant Gosi pour se rapprocher, il se pencha par-dessus la ridelle et plongea la main dans le tas fétide. C'était humide et froid, dessous, puis d'un contact caoutchouteux comme le dessus de la gelée, quand Cuistote avait confectionné des pieds de veau et qu'ils étaient figés, une fois refroidis.

Contre le couchant obscurci se dressaient des collines aussi sèches et hâlées que des épaules dépourvues de têtes. Réduite à une fine pelure d'argent, la lune d'Illior se mit à les gravir sous les yeux attentifs de Tobin. En dépit des protestations d'Orun que l'on arriverait à Ero vers le crépuscule, il semblait bien que l'on se trouvait en plein milieu de nulle part.

La route grimpait dur, maintenant. Chassant des étriers pour se pencher sur son encolure, il incita Gosi à fournir au plus tôt les quelques foulées qui le séparaient encore du sommet de la côte, et, de là, brusquement, découvrit une étendue d'eau gigantesque, inimaginable, qui scintillait sous ses yeux jusqu'à l'infini. Les rares aperçus qu'il avait pu avoir de la mer grâce à sa virée visionnaire avec Arkoniel ne l'avaient pas du tout préparé à ce spectacle-là ; ils étaient encadrés de ténèbres et flous, sans compter que sa propre attention s'était concentrée sur d'autres objets.

Ki monta le rejoindre.

« Alors, qu'est-ce que tu en dis ?

— C'est... énorme ! »

De là se voyait très bien la façon dont les flots s'incurvaient sur l'horizon, tout comme leur immensité ponctuée de-ci de-là par des îles de toutes les tailles et dont l'étrave affrontait les vagues. Le souffle coupé, Tobin s'efforça d'en évaluer les dimensions invraisemblables ; et par-delà tout ça se trouvaient au surplus les tas de lieux dont Père et Arkoniel lui avaient parlé : Kouros, Plenimar, Mycena..., ainsi que le champ de bataille où Père s'était vaillamment battu avant de périr.

« Penses-y, Ki. Un jour, nous serons au large, tout là-bas là-bas, toi et moi. Du pont de je ne sais quel bateau, nous regarderons en arrière vers ce rivage, et nous nous rappellerons que nous nous tenions ici même, en ce moment. » Il brandit sa main bien haut.

Avec un large sourire, Ki la lui serra. « Des guerriers inséparables. Tout à fait comme... »

Il s'interrompit juste à temps, mais Tobin comprit ce qu'il avait voulu dire. *Tout à fait comme l'a prévu Lhel, dès sa première rencontre avec Ki dans la forêt, sur cette route tout enneigée.*

Tobin promena un nouveau regard circulaire.

« Mais la ville, où est-elle, enfin ?

— À deux ou trois milles plus au nord, Votre Altesse. » C'était le magicien blond. Il salua Tobin d'un air solennel et puis retourna se perdre dans le grouillement des rangs.

Ils continuèrent de suivre la route à travers les collines, et les dernières lueurs de jour ne s'étaient pas éteintes à l'ouest qu'ayant franchi la crête d'une hauteur ils finirent par découvrir Ero, qui, scintillant tel un joyau, s'accrochait aux versants qui surplombaient son vaste port. Pendant un moment, Tobin fut désappointé ; à première vue, la ville ne ressemblait pas du tout au modèle réduit que Père avait réalisé pour lui. Il y avait une large rivière qui coulait à proximité, d'abord, et puis l'agglomération s'étalait sur plusieurs éminences toutes vallonnées qui formaient une courbe autour de la baie. Une inspection du site plus attentive lui permit néanmoins de discerner, courant au pied de la plus importante, la ligne onduleuse que dessinaient les murailles de la cité. Il repéra le Cercle Palatin qui en couronnait le faîte, et il eut même l'impression qu'il réussissait à y percevoir les toits du Palais Vieux, moirés comme du brocart d'or par les ultimes flamboiements du soleil couchant.

Il eut aussi pour la première fois le sentiment que l'esprit de Père se tenait à ses côtés et lui désignait en souriant chacun des lieux qu'il lui avait autrefois appris à identifier. C'était ici que s'était rendu Père après son départ du fort, c'était cette même route qu'il avait empruntée, c'était vers ce marché qu'il était allé, vers cette colline et vers ces palais éblouissants, ces jardins. Sa voix, Tobin l'entendait presque de nouveau lui conter telle et telle anecdote à propos des rois et des reines qui avaient régné là, lui parler de leurs prédécesseurs, les fameux rois-prêtres qui, de leur capitale insulaire, avaient gouverné l'ensemble des Trois Terres, à l'époque où Ero n'était rien de plus qu'un village de pêcheurs constamment en proie à des razzias de montagnards.

« Qu'est-ce qui ne va pas, Tobin ? » Tharin faisait peser sur lui un regard inquiet.

« Rien. J'étais simplement en train de penser à Père. J'ai comme l'impression de connaître déjà la ville un tout petit peu... »

Tharin sourit.

« Il serait bien content.

— N'empêche qu'il te reste des quantités d'autres choses à voir, intervint Ki, l'esprit toujours aussi pratique. Il avait été impossible à ton père de représenter toutes les maisons, les taudis et tout et tout. Mais il avait bien attrapé les voies principales.

— N'allez surtout pas vous égarer, vous deux, dans les impasses et les venelles, avertit Tharin en dardant sur l'aîné un regard aigu. Vous êtes encore trop jeunes pour courir les rues tout seuls, de jour comme de nuit. Je suis bien tranquille, sous la férule de maître Porion, vous serez beaucoup trop occupés pour risquer de vous livrer à des tas de vagabondages, mais c'est égal, j'exige votre parole que vous vous conduirez tous les deux comme il faut. »

Tobin hocha la tête, encore sous le choc des merveilles étalées sous ses yeux.

Prenant le galop, ils longèrent le bord de la rade, et l'air salé suffit à déblayer leurs gorges poussiéreuses. Assez large pour permettre d'y chevaucher à dix de front, un gigantesque pont de pierre enjambait la rivière. Sur la rive opposée débutaient les faubourgs d'Ero, et Tobin n'eut qu'à y pénétrer pour comprendre par lui-même le qualificatif de puante appliqué à la capitale.

Jamais il n'avait vu de foule aussi dense, jamais senti semblable pestilence. Accoutumé comme il l'était à ne rien connaître de pire que la fumée des cuisines, les relents mêlés de tripaille et d'ordures humaines lui soulevèrent l'estomac et le contraignirent à serrer les dents. Les habitations qui bordaient les rues étroites des parages n'étaient que d'abominables bouges, plus dégoûtants que n'importe quelle étable de Bierfût.

Et on aurait dit qu'il n'y avait là que des mutilés en tout genre, en plus, avec des moignons à la place des mains ou des jambes, des trognes rongées par la maladie. Parmi les carrioles innombrables qui encombraient le passage, il fut horrifié d'en voir une chargée de cadavres. Ils y étaient empilés comme du bois de chauffage, et leurs membres tressautaient à chaque cahot. Certains avaient la face toute noire. D'autres étaient d'une telle maigreur que les os leur perçaient quasiment la peau.

« C'est là-bas qu'on les emporte, dit Ki en pointant le doigt vers des tourbillons de fumée noire qui s'élevaient au loin. Au champ de crémation. »

Les yeux de Tobin s'abaissèrent vers l'urne de cendres qui battait le flanc de Gosi. Est-ce qu'on avait emporté Père aussi dans un fourgon de morts ? Il secoua la tête pour évacuer vaille que vaille cette idée.

En passant devant une gargote ouvrant sur la route, il aperçut deux marmots crasseux pelotonnés près du cadavre d'une femme. Le corsage déchiré de sa robe en loques révélait des seins flasques, et elle avait ses jupes retroussées jusqu'en haut des cuisses. Les mioches demandaient à grands cris l'aumône en tendant la main, mais les badauds allaient et venaient sans leur prêter la moindre attention. Le voyant médusé, Tharin immobilisa sa monture le temps juste de leur balancer un demi-sester d'argent. Ils se ruèrent sur la pièce en crachant l'un contre l'autre comme des chats. La femme morte y mit bon ordre en se redressant brusquement pour les calotter tous les deux. Puis, tout en saisissant la pièce d'une main, elle empoigna l'un de ses seins dans l'autre et le secoua vers Tharin avant de s'éclipser, talonnée par les pleurnichements des mioches.

Tharin adressa un coup d'œil à Tobin et haussa les épaules. « Les gens ne sont pas toujours ce qu'ils ont l'air d'être, mon prince. Nous nous trouvons ici voie Mendigote, comme on l'appelle. Ça ne sort de son trou que pour mieux plumer les campagnards qui se rendent au marché. »

Même à cette heure tardive, la route menant à la porte sud était embouteillée de carrioles et de cavaliers, mais il suffisait au héraut de souffler dans sa trompe d'argent pour que presque tout le monde s'écarte et libère aussitôt le passage.

Le sentiment de son importance le disputa à l'embarras quand c'est en son nom, comme s'il était un homme fait, que Tobin entendit Tharin saluer le capitaine du guet posté à la porte de la ville. Levant les yeux, il vit le croissant d'Illior et la flamme de Sakor gravés sur le linteau, et il toucha son cœur et la poignée de son épée par déférence au moment de s'engager dessous.

À l'intérieur des remparts, les rues, plus larges, étaient pavées et pourvues de caniveaux. Cela n'amendait guère l'odeur, pourtant, car les habitants ne se privaient pas pour si peu, remarqua-t-il, de vider leurs tinettes, et ce tant par la porte d'entrée que par les fenêtres de chaque étage.

Les rues montant au Palatin étaient en pente raide, mais les bâtisseurs de la ville avaient aménagé des terrasses dans le flanc de la colline pour y établir les places de marché les plus vastes, ainsi que des parcs et des jardins. À ce détail près, les maisons et les boutiques s'empilaient sur les versants tout à fait comme les billots peints de la cité jouet. Plus hautes que larges, certaines de trois, voire quatre étages, elles étaient construites en bois, avec des soubassements de pierre et des toits de tuiles cuites au four.

En dépit de toutes les leçons reçues, Tobin était rarement certain de l'endroit où l'on se trouvait au juste. Conformément aux dires de Ki, il y avait là mille ruelles qui débouchaient sur les axes principaux et aucun moyen de savoir, à moins de le demander, dans laquelle des rues l'on était. Fort aise d'avoir une escorte, il laissa Lord Orun prendre la tête et ne s'occupa plus que d'observer la ville, tandis que la nuit tombante les enveloppait.

Sur les marchés d'en bas, les échoppes étaient déjà en train d'accrocher leurs volets pour la nuit, mais, sur ceux d'en haut, nombre d'entre elles demeuraient encore ouvertes, éclairées par des torches.

Si se voyaient encore çà et là des mendiants et des chiens crevés, des porcs et des mioches crasseux, on croisait aussi désormais de beaux seigneurs et de gentes dames à cheval qui, tenant des faucons encapuchonnés juchés sur leur poing, étaient talonnés par une bonne dizaine de domestiques en livrée. Il y avait également là des Aurënfaïes qui devaient être eux-mêmes de haut parage, parce qu'ils portaient des vêtements encore plus somptueux que ceux des seigneurs skaliens en personne, et que ce gros bouffi de Lord Orun poussa la condescendance jusqu'à saluer nombre de ceux qu'il rencontrait sur son passage.

Des comédiens et des musiciens en costumes incongrus se produisaient à la lumière des torches sur de petites estrades à tréteaux dressées au milieu des places. Des masques côtoyaient des marchands de tourtes, des prêtres et des drysiennes. Il aperçut encore quelques personnages accoutrés de robes et qui s'étaient plaqué sur la figure des appareils bizarres en forme de bec ; sans nul doute s'agissait-il là de certains des « oiseaux de mort » évoqués naguère par Arkoniel.

Des camelots proposaient leurs articles, soit à l'étal de petites baraques, soit au bout d'une perche ou bien dans des voitures à bras. En traversant une vaste cour, Tobin avisa des sculpteurs en tout genre affairés dans leurs ateliers respectifs. Il n'aurait pas demandé mieux que de s'arrêter pour les regarder un peu travailler, mais Orun lui fit presser le train.

Les magiciens ne manquaient pas non plus, repérables à leurs robes et à leurs insignes en argent. Il remarqua bien l'un de ceux tout nippés de blanc contre lesquels Arkoniel l'avait mis en garde, mais il le trouva tout à fait semblable à n'importe lequel des autres.

« Dépêchons, dépêchons », s'impatientait cependant Orun, tout en s'appliquant sous le nez un porte-ambre d'or.

Ils tournèrent à gauche et suivirent une large esplanade d'où leur apparut finalement le port, en contrebas, puis un nouveau virage les fit grimper tout droit vers la porte Palatine.

Le capitaine qui la gardait parlementa un moment avec Orun puis, brandissant sa torche, salua Tobin.

Dans l'enceinte même du Palatin régnaient le noir et le silence. Tobin ne parvint guère à y discerner que quelques fenêtres éclairées et la silhouette sombre d'édifices dont la masse se découpait sur le ciel parsemé d'étoiles, mais la façon qu'avait l'air de circuler là suffit à lui révéler un habitat beaucoup moins dense. Le vent y soufflait plus fort, et il était chargé d'effluves de fleurs, d'eau fraîche, d'encens brûlé dans quelque sanctuaire et de la senteur de la mer. À cet instant-là, les rois et les reines cessèrent de n'être pour Tobin que des noms liés à telle ou telle leçon. Ils étaient ses parents, ils s'étaient tenus à l'endroit même où il se tenait, ils avaient vu tout ce qu'il voyait.

Comme s'il entendait ses pensées, Tharin s'inclina en selle et dit : « Bienvenue chez vous, prince Tobin. »

Ki et les autres firent de même.

« Le prince royal n'aura pas de plus vif désir que de vous faire bon accueil, assura Orun. Venez, il devrait encore se trouver à table avec les Compagnons, à cette heure-ci.

— Et mon père ? » questionna Tobin en posant sa main sur l'urne. Père avait lui aussi arpenté ces lieux. Il s'était probablement tenu en ce même endroit-ci. Subitement, Tobin se sentit affreusement las et accablé.

Orun haussa un sourcil.

« Votre père ?

— Lord Rhius a demandé que ses cendres soient déposées auprès de celles de la princesse Ariani dans la tombe royale, lui dit Tharin. Peut-être serait-il mieux de rendre nos devoirs au mort avant de nous occuper du vivant. Tous les rites ont été observés. Il ne reste plus à accomplir que celui-ci. Le prince Tobin en a supporté le faix bien assez longuement, je pense. »

Orun poussa le mérite jusqu'à camoufler son exaspération. « Bien sûr. Mais à présent que nous voici arrivés sains et saufs, je suppose que nous pouvons nous dispenser d'escorte. Capitaine Tharin, vous et vos hommes devriez aller d'ores et déjà prendre du repos. On vous a réservé votre ancien cantonnement. »

Tobin décocha à Tharin un regard navré. La seule idée de se retrouver tête à tête avec Orun dans ces lieux inconnus le plongeait dans le désarroi.

« En quelque endroit qu'il se rendît, nous nous trouvions invariablement aux côtés de votre père, prince Tobin, dit Tharin. Auriez-vous l'obligeance de nous autoriser à accompagner notre seigneur jusqu'à sa dernière étape ?

— Assurément, sieur Tharin, répondit Tobin avec un indicible soulagement.

— Eh bien, soit », soupira l'ineffable Orun en congédiant sa garde personnelle.

Après avoir emprunté des torches aux soldats de la porte, Tharin et Koni prirent la tête du cortège et lui firent suivre une large avenue bordée de vieux ormes gigantesques dont les frondaisons se rejoignaient en plein ciel pour former une sorte de tunnel bruissant. Entre les troncs se devinaient par intermittence, au loin, sur la droite, des alignements de piliers sur lesquels se mouvaient des lueurs de flammes, ainsi que de hautes baies.

Au sortir de ce tunnel d'arbres, il fallut encore traverser un parc dégagé avant d'atteindre un bâtiment relativement bas dont le toit de tuiles plat reposait sur des piliers de bois massifs et noircis par les ans. Sur un ordre de Tharin, les hommes d'armes se formèrent sur deux rangs de part et d'autre de l'entrée puis s'agenouillèrent, l'épée au clair, pointe en bas devant eux.

Tobin mit pied à terre et prit l'urne dans ses bras puis, flanqué de Tharin et de Ki, passa chargé des cendres de son père entre les soldats à genoux et pénétra dans la tombe.

À l'intérieur, un autel occupait le centre d'une tribune en pierre, et dessus brûlait une flamme placée dans un vaste bassin d'huile. Cette flamme illuminait les traits des effigies de pierre grandeur nature qui se dressaient en demi-cercle vis-à-vis de l'autel. Tobin devina sans peine qu'il s'agissait là des souveraines de Skala. De *celles-d'avant*.

Un prêtre d'Astellus parut et leur fit descendre un escalier de pierre masqué par l'autel et qui menait à la nécropole souterraine. À la lumière de sa torche, Tobin discerna, dans l'ombre des niches qu'elles occupaient, des urnes poussiéreuses analogues à celle qu'il portait, ainsi que des monceaux de crânes et d'ossements déposés sur des espèces d'étagères.

« Ce sont là les morts les plus anciens, lui expliqua le prêtre, ceux de vos ancêtres les plus reculés dont on ait conservé les restes. Aussitôt qu'il n'y a plus de place disponible dans une crypte, on en creuse une nouvelle au-dessous. Votre noble mère repose dans la plus récente, beaucoup plus bas. »

Au terme de cinq volées supplémentaires de marches étroites, ils aboutirent dans une chambre à l'atmosphère froide et confinée. Les parois en étaient creusées de niches depuis le sol jusqu'au ras de la voûte, et le sol lui-même était encombré de bières en bois. Ici gisaient des corps étroitement enveloppés dans des bandelettes d'épais tissu blanc.

« Ton père a préféré l'enveloppement, pour ta mère », dit Tharin tout bas, tout en menant Tobin vers l'une des niches pratiquées dans le mur opposé. Une peinture ovale retraçant ses traits recouvrait le visage de Mère, mais la longue chevelure noire, laissée libre par les bandelettes et coiffée en une lourde natte, déroulait ses anneaux sur son sein. Elle paraissait extrêmement maigre et toute petite.

À la lumière de la torche, ses cheveux conservaient à s'y méprendre l'aspect brillant et dru qu'ils avaient eu de son vivant. Tobin avança la main pour les toucher puis la retira vivement. Le portrait qui lui tenait lieu de visage était de bonne facture, mais il la faisait sourire d'un air heureux que son fils ne lui avait jamais vu de son vivant.

« Ses yeux étaient tout à fait pareils aux tiens », chuchota Ki, et Tobin se souvint alors, non sans un soupçon de stupeur, que son ami n'avait pas connu Mère.

Il avait tellement l'impression qu'ils vivaient ensemble depuis toujours... !

Aidé par Tharin, il dégagea l'urne de son filet puis la déposa entre la dépouille de Mère et le mur. Le prêtre, à ses côtés, marmonnait des prières, mais lui n'arriva pas à trouver dans sa tête une seule chose à dire.

La cérémonie terminée, Ki promena un regard circulaire sur la pièce bondée avant d'émettre un léger sifflement.

« Tout ça, c'est des parents à toi ?

— Je suppose qu'ils doivent l'être, puisqu'ils sont ici.

— J'aimerais bien savoir pourquoi il y a là tellement plus de femmes que d'hommes. Avec la guerre en cours et tout le reste, on s'attendrait juste à l'inverse, non ? »

Bien qu'il n'eût rien remarqué jusqu'alors, force fut à Tobin de constater la justesse de l'observation. S'il se trouvait en effet là pas mal d'urnes analogues à celle qu'il avait lui-même tenue, bien plus nombreux étaient les corps enveloppés de bandelettes et à cheveux nattés ; encore ces derniers n'étaient-ils pas tous ceux de femmes adultes ; il dénombra une bonne douzaine de jeunes filles et de fillettes nouveau-nées.

« Allons-y, soupira-t-il, trop épuisé par ses propres pertes pour s'embarrasser de morts inconnus.

— Une minute..., intervint Tharin. La coutume est d'emporter en guise de souvenir une mèche de cheveux. Te serait-il agréable que j'en prélève une à ton intention ? »

Tobin porta d'un air absent une main vers ses lèvres comme si cette offre le prenait de court, et ses doigts s'attardèrent sur la petite cicatrice pâlie qu'il avait au menton. « Une autre fois, peut-être. Pas maintenant. »

12

Quand ils eurent quitté la tombe, Lord Orun leur fit rebrousser chemin puis tourner dans une avenue qui longeait des terrains d'équitation délimités par des masses d'arbres. Désormais haute au firmament, la lune baignait dans un demi-jour laiteux tout ce qui les environnait.

La partie du Palatin que l'on parcourait formait un fourmillement d'ombres peuplées de jardins et de toits en terrasses. Tobin y discerna le scintillement d'eaux lointaines ; il devait s'agir du grand lac artificiel que l'une des reines avait fait creuser. Droit devant, par-delà de nouveaux bosquets, s'apercevait une masse chaotique de toits inégaux qui dégringolait assez bas sur le versant est pour sembler donner contre les murailles de la citadelle.

« C'est le Palais Neuf, ça, expliqua Tharin, le doigt pointé sur la plus longue des silhouettes, à leur gauche, et ça, juste en face de nous, le Vieux. Dans leurs parages, les autres demeures et palais, ça grouille comme une garenne, mais, pour l'instant, tu n'as pas à t'en préoccuper. Une fois que tu seras dûment installé, je t'emmènerai visiter la maison de ta mère. »

Tobin était trop éreinté pour engranger mieux qu'une impression floue de jardins et de colonnades.

« Dommage que je ne puisse pas y habiter.

— Tu le feras quand tu seras plus grand. »

Sous leurs yeux surgit des ténèbres, illuminée par des torches et flanquée d'énormes colonnes, l'imposante entrée du Palais Vieux ; des gardes en tuniques noir et blanc faisaient la haie devant.

Tobin et Tharin échangèrent une poignée de mains en refoulant leurs larmes.

« Courage, mon prince, lui enjoignit tout bas le capitaine. Et toi, Ki, veille à me faire honneur. »

Il n'était plus possible de retarder davantage le moment de la séparation. Sur un dernier salut, Tharin et ses hommes disparurent dans les ténèbres. Des inconnus en livrée se précipitaient déjà pour se charger qui des bagages, qui des chevaux.

Lord Orun fondit sur sa proie dès qu'il ne risqua plus de trouver Tharin dans ses jambes.

« Arrivez donc..., prince Tobin. On ne saurait faire attendre plus longtemps le prince Korin. Quant à toi, mon gars – ce s'adressant à Ki –, va donc t'occuper des paquets du prince ! »

Ki attendit de lui voir le dos tourné pour le gratifier d'une salutation obscène. Tobin l'en remercia d'un sourire. Et il fut imité par plusieurs des domestiques du palais.

Orun leur fit gravir en toute hâte des escaliers en haut desquels les accueillirent de nouveaux serviteurs, apostés en longue livrée blanc et or devant une colossale double porte en bronze tout ornée de dragons rampants. Celle-ci franchie, ils furent pris en charge par une espèce de majordome raide comme une pique et à barbe blanche qui leur fit parcourir une interminable galerie intérieure de belle largeur.

Tobin examina les lieux, l'œil rond. Les murs en étaient peints de merveilleux motifs à tonalités chaudes, et au beau milieu de la galerie chantonnaient les fontaines d'un bassin où nageaient des poissons de toutes les couleurs. Jamais il n'avait imaginé rien de si grandiose.

Ils traversèrent ensuite des enfilades d'immenses pièces aux plafonds si hauts que leurs caissons se perdaient dans l'ombre. Les murs étaient entièrement recouverts de fresques tout aussi magnifiques que les premières, en dépit de coloris moins éclatants, et chacun des meubles qui se voyaient là était une merveille de sculpture ou de marqueterie. De quelque côté qu'il posât les yeux, tout rutilait d'or et de pierreries. Tout ployé qu'il était sous un tas de sacs, Ki se montrait non moins époustouflé.

Au bout d'un certain nombre de nouveaux tours et détours, le vieux majordome finit par ouvrir une porte noire qui grinça sur ses gonds, puis il introduisit Tobin dans une chambre à coucher tellement spacieuse qu'elle aurait au moins occupé la moitié de la grande salle, au manoir. Un monument de lit à baldaquin tendu de noir et d'or se dressait sur une estrade au milieu de la pièce. Par-delà s'ouvrait un balcon surplombant la ville. Les murs étaient peints de scènes de chasse aux tons passés. L'atmosphère était embaumée par la mer et par les hauts pins qui s'encadraient dans la fenêtre.

« Voici votre chambre, prince Tobin, crut devoir l'informer son guide. Le prince Korin occupe l'appartement mitoyen. »

Ki resta planté là à bader jusqu'à ce qu'on l'entraîne dans une seconde pièce, plus petite et sise à l'arrière de la première, qui renfermait des coffres et des armoires, ainsi qu'une alcôve contiguë creusée dans l'épaisseur même du mur à la manière d'une niche et comportant un second lit. Mais, tout luxueux qu'en était aussi le couchage, Tobin ne put s'empêcher de trouver que la disposition du lieu rappelait un peu trop celle de la crypte où Mère dormait de son dernier sommeil.

À nouveau bousculés par Orun, ils ressortirent et se laissèrent porter vers des flonflons et des éclats de rire exubérants qui les menèrent à la fin dans une pièce encore plus vaste où pullulaient des artistes de toutes sortes. Il y avait là des ménestrels, des acrobates à demi nus, des jongleurs lançant en l'air des balles, des poignards, des torches embrasées... et même des hérissons, ainsi qu'une donzelle en chemise de soie dansant avec un ours qu'elle tenait au bout d'une chaîne d'argent. Une brillante société de jeunes gens, garçons et filles, était installée sur une estrade dressée dans une tribune tout au fond de la salle. Le moindre d'entre eux était paré d'atours plus somptueux que Tobin n'en avait vus de sa vie. Il prit subitement conscience de l'épaisse couche de poussière qui tapissait ses propres vêtements.

Les dîneurs ne semblaient pas prêter grande attention à ceux qui se démenaient pour les amuser, car ils ne faisaient rien d'autre que jacasser et se décocher des quolibets si tonitruants que le naufrage complet des divertissements s'en trouvait couvert. Des serviteurs circulaient parmi eux, chargés de carafes et de plateaux.

L'approche de Tobin finit tout de même par attirer les regards. Un jouvenceau brun qui occupait le centre de la table sauta par-dessus le plateau pour se précipiter au-devant de lui. Râblé d'allure et âgé d'une quinzaine d'années, il avait de courts cheveux noirs bouclés et des prunelles sombres pleines de jovialité. Des broderies d'or rehaussaient sa tunique écarlate ; des rubis étincelaient sur la poignée de la dague qu'il portait à la ceinture et sur le petit bijou qui lui pendait à une oreille.

Présumant qu'il s'agissait là du prince Korin, Tobin et Ki copièrent les profondes révérences que lui adressait tout le reste de l'assistance.

Leur aîné les considéra tour à tour un moment d'un air indécis. « Ainsi, cousin, vous voici finalement arrivé ? »

Tobin se redressa le premier, comprenant la méprise. « Salut à vous, prince Korin. C'est moi votre cousin, Tobin. »

Korin sourit et tendit la main. « On a beau m'assurer que je me trouvais à votre baptême, je n'en conserve aucun souvenir. Je suis ravi de faire enfin véritablement votre connaissance. » Il jeta un coup d'œil vers la nuque toujours inclinée de Ki. « Et lui, qui est-ce ? »

Tobin toucha le bras de Ki, et celui-ci se redressa. Mais il n'eut pas le temps de répondre que Lord Orun jugea bon de se précipiter dans la conversation.

« C'est l'écuyer du prince Tobin, Votre Altesse, le fils de l'un des moindres chevaliers de Lord Jorvaï. Il paraîtrait que le duc Rhius avait jeté son dévolu sur lui sans en informer votre père. J'ai pensé que mieux valait vous expliquer... »

Ki mit un genou en terre devant le prince, la main gauche posée sur la poignée de son épée.

« Je me nomme Kirothius, fils de sieur Larenth de La-Chesnaie-Mont, guerrier au service de Sa Majesté votre père à Mycena, mon prince.

— Et mon fidèle ami, s'empressa d'ajouter Tobin. Tout le monde l'appelle Ki. »

Il aperçut l'ombre d'un sourire retrousser les lèvres du prince Korin dont le regard allait cependant d'Orun à Ki. « Bienvenue, Ki. À nous de te dénicher une place à la table des écuyers. Quant à vous, Lord Orun, je suis convaincu que vous ne devez aspirer qu'à gagner votre couche, après une si longue chevauchée. Je vous souhaite la bonne nuit. »

Si Son Excellence le chancelier du Trésor n'eut pas l'air précisément charmée de se voir signifier un pareil congé, discuter n'était pas possible. Aussi se retira-t-il, non sans y aller d'une courbette ultime.

Korin le regarda sortir, puis il invita d'un geste Tobin et Ki à le suivre jusqu'à la table où l'on banquetait. Jetant un bras autour des épaules de son jeune cousin, il l'interrogea tout bas : « Que penses-tu du gardien que t'a choisi mon père ? »

Tobin haussa prudemment les épaules. « Il est discourtois. »

Korin empestait le vin, et Tobin se demanda s'il n'était pas un peu ivre. Il n'en avait pas moins l'œil clair et assez au fait quand il ajouta : « Pour ça, oui, mais puissant, en plus. Prends bien garde. »

Ki les talonnait, tête basse, et, n'y tenant plus, s'enquit d'un ton fiévreux : « Veuillez me pardonner si je commets un impair, mon prince, mais me trompé-je en supposant que le roi avait fait choix de quelqu'un d'autre pour servir d'écuyer à Tob..., je veux dire, au prince Tobin ? »

Korin hocha la tête, et le cœur de Tobin chavira. « Eu égard au fait que tu as été élevé si loin de la cour, Père avait eu le sentiment que l'idéal pour toi serait d'avoir à tes côtés quelqu'un qui soit parfaitement initié aux usages en vigueur ici. Il a chargé Lord Orun de choisir ce quelqu'un, et le choix d'Orun s'est porté sur sieur Moriel, le troisième fils de Lady Yria. À la table basse, tu vois le freluquet qui se tape un pif en bec de pic-vert et des sourcils blancs ? C'est lui. »

Ils venaient d'atteindre la tribune, et Tobin voyait distinctement, sur la droite de la longue table du festin, celle réservée aux écuyers. La description faite par Korin était irréprochable. Moriel enjambait déjà sa table pour se présenter. Il avait à peu près l'âge et la taille de Ki, un visage du dernier quelconque et des cheveux filasse.

Tobin commençait à soulever des objections quand Korin l'interrompit avec un sourire. « Je vois bien ce qu'il en est. » Il lui adressa un clin d'œil et chuchota : « Ceci rien qu'entre nous, j'ai toujours considéré Moriel comme un petit salaud. On va faire un truc... »

Moriel se distingua d'emblée en faisant son plongeon à Ki.

« Prince Tobin, votre serviteur et votre écuyer...

— Nenni, lui, c'est l'écuyer du prince. » Korin redressa Moriel en lui tirant le bras puis lui désigna Tobin. « Le prince Tobin, le voici. Et puisque tu n'es même pas capable de faire la différence entre un prince et un écuyer, autant que tu laisses la charge à quelqu'un qui sache l'assumer. »

Le museau blafard de Moriel vira au rose. Les convives qui se trouvaient d'aventure assez près pour n'avoir pas perdu une seule miette de l'homélie éclatèrent de rire. Moriel réorienta vaille que vaille sa révérence en direction de Tobin. « Veuillez agréer mes excuses, prince Tobin, je... C'est-à-dire que je... je ne pouvais point deviner... »

Qu'il s'agît des nobles ou des domestiques, toute l'assistance avait dorénavant les yeux fixés sur eux. Tobin sourit au gamin confus. « Mais bien sûr, sieur Moriel, bien sûr..., c'est que nous sommes aussi poussiéreux l'un que l'autre, en effet, mon écuyer et moi. »

Si cette saillie déchaîna un nouvel accès d'hilarité parmi les spectateurs, sieur Moriel, lui, s'en colora seulement d'un rose plus prononcé.

« Mes Compagnons et amis, dit Korin, permettez-moi de vous présenter mon cousin bien-aimé, le prince Tobin d'Ero, qui vient enfin se joindre à nous. » Tous se levèrent en s'inclinant. « Et son écuyer, sieur Ki de...

— Eh bien, je vous croyais mieux avisé que ça, messire », tonna une voix profonde derrière eux. Un homme d'aspect massif à longue crinière grise s'avança sur la tribune en jetant au prince Korin un regard goguenard. Malgré sa robe courte unie qui, pas plus que sa large ceinture, n'indiquait qu'il fût gentilhomme, tous les garçons présents lui consentirent une courbette, Korin excepté.

« Votre père avait chargé Lord Orun de choisir un écuyer pour le prince Tobin, je crois, reprit-il.

— Seulement, il se trouve, ainsi que vous le voyez, maître Porion, que Tobin en a déjà un, et un lié à lui par son propre père », riposta Korin.

Ainsi donc, le nouveau venu n'était autre que le maître d'armes royal sur lequel Tharin n'avait pas tari d'éloges... Au demeurant, remarqua Tobin, Korin avait eu beau ne pas s'incliner devant lui, il lui parlait avec un respect qu'il s'était bien gardé de manifester à l'endroit d'Orun.

« C'est bien ce que j'ai ouï dire. Lord Orun vient tout juste de passer par mes appartements pour m'annoncer son existence. » Il toisa Ki d'un coup d'œil. « Élevé à la campagne, c'est bien ça ?

— Oui, monsieur.

— Je n'imagine pas que la vie de cour te soit familière, et la ville non plus ?

— Je connais Ero. Un peu. »

Sa réponse ayant fait ricaner certains des Compagnons, Moriel commença à se regonfler.

Porion prit à partie les deux gamins. « Dites-moi, quel est le plus haut devoir d'un écuyer ? Moriel ? »

Celui-ci hésita. « De servir son seigneur et maître de toutes les manières requises. »

Porion hocha la tête d'un air approbateur. « Ta réponse à toi, Ki ? »

Ki posa la main sur la poignée de son épée.

« De sacrifier sa vie pour son seigneur et maître. D'être son guerrier, maître d'armes.

— Excellentes toutes les deux. » Porion extirpa du col de sa robe l'insigne en or de sa charge et le laissa bruyamment retomber, *pouf !* sur sa poitrine, le ressaisit puis demeura pensif un bon moment.

« En ma qualité de maître d'armes des Compagnons royaux, le droit m'appartient de trancher cette affaire en l'absence du roi. Conformément aux anciennes lois et coutumes, le lien contracté entre les pères du prince Tobin et de... » Il se pencha vers Ki et lui chuchota d'une voix de stentor : « Tu me redis ton nom, mon gars ? », avant de reprendre : «... du prince Tobin, donc, et de son écuyer, Kirothius, fils de sieur Larenth de La-Chesnaie-Mont, ce lien, qui est un lien sacré devant Sakor, doit être reconnu. La validité de la présence de Ki au sein des Compagnons ne saurait être contestée aussi longtemps que Sa Majesté n'en aura pas décidé autrement. Ne va surtout pas le prendre en mauvaise part, Moriel. Lorsque le choix s'est porté sur toi, personne encore n'était au courant.

— Votre Altesse me permet-Elle de prendre congé ? » s'enquit sur-le-champ le gamin.

Korin acquiesça d'un hochement, et ce dernier tourna les talons, mais Tobin surprit le coup d'œil venimeux qu'il jetait en direction de Ki tout en quittant la pièce d'un air digne.

« Tu as un titre, petit ? demanda Porion à Ki.

— Non, maître.

— Pas de titre ! s'exclama Korin. Eh bien, il ne sera pas dit qu'un prince de Skala ait jamais été servi de la sorte ! Mon épée, Tanil. »

L'un des jeunes gens installés à la table des écuyers s'empressa de lui apporter une superbe lame. « À genoux, et sois fait chevalier », commanda-t-il à Ki.

Les autres écuyers poussèrent des acclamations tout en martelant la table avec le pied de leurs coupes.

Tobin était au comble du ravissement, mais Ki hésitait tout en dardant sur lui un regard bizarre, interrogatif.

Tobin confirma d'un hochement : « Tu seras chevalier. »

Ki ploya l'échine et s'agenouilla. Du plat de l'épée, Korin lui toucha successivement les épaules et les joues. « Levez-vous, sieur Ki... – c'était quoi, au fait ? ah ! oui, Kirothius –, chevalier d'Ero, Compagnon du prince royal. Là. Et voilà qui est fait ! » Il relança l'arme à son écuyer personnel, et le reste de la tablée fit un boucan d'enfer avec les coupes.

Une fois debout, Ki promena sur la salle un regard circulaire lourd d'incertitude.

« Je suis chevalier, désormais ?

— Bel et bien. » Porion lui administra une claque à l'épaule. « Veuillez accueillir votre petit frère, écuyers. Donnez-lui un godet plein à ras bord et une bonne place parmi vous. » L'invite déclencha une autre bordée de martèlements.

Non sans un dernier coup d'œil sceptique à Tobin par-dessus l'épaule, Ki s'en fut se joindre à ses nouveaux pairs.

Korin mena quant à lui son cousin vers la longue table et lui fit prendre place à sa droite dans un fauteuil admirablement sculpté. Cela faisait belle lurette que le festin était terminé. La nappe était jonchée de croûtons, d'os et de coquilles de noix, mais déjà s'y trouvaient disposés à la seule intention de Tobin des écuelles propres et des tranchoirs frais.

« Et maintenant, il va te falloir faire la connaissance de tes nouveaux frères, annonça Korin. Mais je ne vais pas t'assommer avec le lignage de tout un chacun dès ce soir. Celui-ci, c'est Caliel. » Il ébouriffa les cheveux du beau garçon au teint clair qui occupait sa gauche. « Ce grand ours rouge mal rasé de voisin qu'il a, c'est notre antique doyen, Zusthra. Après, nous avons Alben, Orneüs, Urmanis, Quirion, Nikidès, et enfin le petit Lutha, notre bébé jusqu'à ta survenue. »

Chacun d'eux se leva tour à tour pour échanger avec Tobin une poignée de mains, non sans lui manifester des degrés fort divers de chaleur et d'intérêt. La manière dont ils la lui serraient avait de toute façon quelque chose de bizarre, et il lui fallut un moment pour comprendre qu'elle résultait simplement du contact lisse de leurs paumes à tous.

C'est de Lutha qu'il reçut le sourire le plus avenant. « Bienvenue à vous, prince Tobin. Nous revoici grâce à vous en nombre pair pour l'exercice. » Il avait un museau pointu qui évoqua celui d'une souris dans l'esprit de Tobin, et des yeux bruns qui exprimaient une amicale sympathie.

La fête reprit. Korin présidait la table, et c'est à sa volonté que tout le monde s'en rapportait comme s'il était le seigneur et maître du château. À l'exception de Zusthra, aucun des convives n'avait l'air plus âgé que Korin, mais, à les entendre parler chevaux, récoltes et batailles, vous auriez juré qu'ils se trouvaient déjà à la tête de grands domaines leur appartenant en toute propriété. Et c'est également comme des hommes faits qu'ils buvaient du vin. Le prince Korin ne lâchait pas une seconde son hanap, et un échanson se tenait en permanence à portée pour le lui remplir. Maître Porion était allé s'asseoir au bas bout de la table et semblait l'avoir à l'œil tout en évitant de le regarder trop souvent.

Le restant de la compagnie se composait de rejetons de l'aristocratie skalienne et de dignitaires étrangers. Les aînés comme les cadets portaient des tuniques luxueuses, des dagues enrichies de gemmes et des bagues. Les quelque dix ou douze adolescentes attablées avec eux arboraient des robes relevées de larges galons brodés, et les voiles de gaze qui leur couvraient la tête laissaient transparaître leur chevelure entremêlée de faveurs ou de pierreries. Tobin se perdait complètement dans tous les noms, tous les titres de tout ce beau monde. Il se ressaisit toutefois en faveur d'un garçon à cheveux sombres, pour le seul fait qu'on le lui présenta comme originaire de Gèdre, en Aurënen. Il ne lui avait accordé aucune attention jusque-là, parce qu'il était habillé comme tous les autres et n'était pas coiffé d'un des fameux *sen'gaïs*.

« Gèdre ? Vous êtes Aurënfaïe ?

— Oui. Je me nomme Arengil í Maren Orthéïl Solun Gèdre, fils du Khirnari de Gèdre. Soyez le bienvenu parmi nous, prince Tobin í Rhius. »

Une des adolescentes les plus âgées se tenait auprès de Tobin et, un bras appuyé sur le dossier de son fauteuil, profita de cet échange pour entrer dans la conversation. Elle avait de lourds cheveux auburn et un menton pointu tout parsemé de taches de rousseur et de petits boutons. Tobin s'évertua à retrouver son nom... Aliya quelque chose, et la fille d'un duc. Sa robe verte était brodée de perles et révélait les premiers indices d'une féminité sur le point de s'épanouir. « Les 'faïes sont amoureux fous de leurs interminables noms tape-à-l'œil, fit-elle avec un sourire en coin. Je parie un sester que vous n'arriverez pas à deviner l'âge d'Ari. »

Tout le monde se mit à gronder, Korin y compris. « Fiche-lui la paix, Aliya ! »

Avec une moue boudeuse, elle riposta : « Oh, laissez-le deviner, quoi ! Il n'avait probablement jamais vu de 'faïe jusqu'à présent... »

Le garçon d'Aurënen poussa un soupir et s'accouda, la main sous le menton. « Allons-y », se résigna-t-il.

Des 'faïes, Tobin en avait bien entrevu quelques-uns, mais les quantités de choses qu'il savait sur eux, c'était surtout de Père et d'Arkoniel qu'il les tenait. Celui qu'il avait devant lui semblait avoir à peu près l'âge de Ki. « Vingt-neuf ans ? » gagea-t-il.

Les sourcils d'Ari se haussèrent. « Vingt-cinq, mais la plupart des gens ne mettent pas aussi près du but. »

L'hilarité fut générale quand Aliya déposa sèchement une pièce devant le tranchoir de Tobin et s'éloigna d'un air furibond.

« Laisse tomber, gloussa Korin, complètement ivre désormais. C'est devenu une véritable pie-grièche depuis que son frère est parti pour Mycena. » Il lâcha un soupir puis désigna d'un geste vague tout son entourage. « Ça nous a tous aigris, d'ailleurs. Tous les aînés sont partis, sauf moi et ceux qui ont le malheur de se trouver être de mes Compagnons. Nous serions tous en train de nous battre à présent si le trône avait un second héritier pour prendre ici ma place. Les choses seraient bien différentes si mes frères et sœurs avaient vécu. » Il s'envoya une bonne lampée supplémentaire et, tout renfrogné, jeta un regard navré à Tobin par-dessus le bord du hanap. « C'est que si mes sœurs avaient vécu, tiens, Skala pourrait l'avoir à nouveau, sa reine, comme le voudraient tellement les prêtres de la lune, mais voilà, tout ce qu'on a, c'est moi. Et, du coup, j'en suis réduit à demeurer ici, bien au chaud dans la soie, à l'abri de tout risque et sous bonne garde, afin de régner un jour. » Il se raffala dans son fauteuil, les yeux fixés d'un air morose sur ce qui lui restait de vin. « Un héritier de rechange, voilà ce qui nous manque. Un héritier de rechange...

— On la connaît tous, ta rengaine, Korin, le morigéna Caliel, tout en lui administrant un léger coup de coude. Est-ce qu'on ne ferait pas mieux de parler à ton cousin, plutôt, des fantômes hantant le palais ?

— Des fantômes ? » Korin s'égaya instantanément. « Alors ça, par les Quatre, on en a des palanquées ! La moitié d'entre eux, c'est des anciens consorts à Grand-Mère Agnalain, empoisonnés par elle ou décapités. Pas vrai, les écuyers, là ? »

Les interpellés confirmèrent en faisant chorus, et Tobin vit Ki écarquiller légèrement les yeux.

« Plus cette vieille folle de reine elle-même, ajouta Zusthra, en grattouillant d'un air pénétré le cuivre de sa barbichette. Elle arpente les corridors, la nuit, revêtue de son armure. Même que tu peux l'entendre tirer sa mauvaise jambe pendant qu'elle monte et descend, constamment en quête de traîtres. Elle s'est taillé la solide réputation de t'empoigner des hommes faits pour les traîner aux chambres de torture, dans les souterrains du palais, et elle te les y enferme sous clef dans ses vieilles cages rouillées pour les faire crever de faim.

— Et ton fantôme à toi, cousin, si tu nous en... ? » commença Korin, mais Porion coupa court en se raclant la gorge.

« Que Votre Altesse me pardonne, mais le prince Tobin a été sûrement fatigué par son voyage d'aujourd'hui. Vous ne devriez pas le retenir si tard, dès la première nuit qu'il passe ici. »

Korin se pencha vers Tobin. Son haleine empestait le vin sur, et il bafouillait pas mal. « Pauv' cousinet !

Bien ça, hein ? T'aurais bien envie de retrouver ton lit ? T'es dans la chambre à feu mon frère, t' sais ? Se pourrait bien qu'y ait des fantômes, là aussi, mais t'as pas de raisons de t'en faire. Ce cher Elarin aurait pas fait de mal à une mouche... »

Porion s'était entre-temps faufilé derrière le fauteuil du prince. Il lui glissa une main sous le bras. « Altesse », murmura-t-il.

Korin leva les yeux vers lui puis les reporta sur Tobin avec un sourire charmeur qui faisait presque oublier son état d'ébriété. « Dors bien, alors. »

Tobin se redressa et prit congé, trop content de se soustraire à cette cohue d'inconnus bourrés.

Le majordome raide comme une pique apparut, Ki sur ses talons, pour les reconduire à leur chambre. Porion les accompagna jusque devant leur porte.

« Gardez-vous de juger le prince d'après ce que vous en avez vu ce soir, prince Tobin, dit-il avec tristesse. C'est un bon garçon et un valeureux guerrier. Là est le problème, voyez-vous. Ça lui pèse affreusement, de se voir interdire d'aller guerroyer, maintenant qu'il a l'âge de le faire. Ainsi qu'il l'a dit, c'est dur d'être l'unique héritier du trône, alors que son père se refuse à en déclarer officiellement un second. Des fêtes comme celle-là... » Il jeta un coup d'œil écœuré dans la direction de la salle. « L'absence de son père en est cause. Enfin bref, lorsqu'il sera frais et dispos, demain, il vous fera meilleur accueil. Vous devez être présenté au lord Chancelier Hylus à la salle d'audience dans la matinée. Cela fait, venez nous rejoindre aux terrains d'exercice, que je puisse me rendre un peu compte de votre adresse et de votre équipement. Je comprends que vous ne possédez pas d'armure à votre taille.

— Non.

— Je vais m'en occuper. Reposez-vous bien, et bienvenue encore. J'aimerais toutefois vous dire une chose encore, c'est que je me souviens de votre père comme d'un honnête homme et d'un guerrier d'exception. Je le pleure avec vous.

— Je vous remercie, maître d'armes, répondit Tobin. Et je vous sais également grand gré de m'avoir gardé Ki comme écuyer. »

Porion lui fit un clin d'œil. « Un vieil ami à vous m'en avait touché mot, juste après votre arrivée. »

Tobin le regarda d'un air ébahi puis se mit à rire. « Tharin ? »

Porion mit un doigt sur ses lèvres mais hocha du chef.

« Je ne sais à quoi songeait Orun. Le choix d'un écuyer par un père ne saurait être balayé comme ça.

— Ma réponse n'y a donc été pour rien ? demanda Ki, vaguement déconfit.

— Vous aviez raison tous les deux, répliqua Porion. Et n'hésite pas à lisser les plumes de Moriel, si l'occasion s'en présentait. Il connaît le Palatin et la ville. Bonne nuit, les enfants, et, encore un coup, bienvenue à vous. »

Des serviteurs avaient allumé une douzaine de lampes sur le pourtour de la chambre et apporté une baignoire de cuivre pleine d'eau bouillante parfumée. Un petit page se tenait auprès du lit, et un jeune homme attendait, armé de brosses et de serviettes, prêt semblait-il à s'occuper de la toilette de Tobin.

Après les avoir congédiés tous les deux, celui-ci se dépouilla de ses vêtements et se glissa dans le bain avec un grognement de béatitude. Il avait rarement eu l'occasion d'en prendre au fort. Il était sur le point de céder au sommeil, le nez au ras de l'eau, quand il entendit Ki se gondoler dans le cagibi d'à côté.

« Pas étonnant que Moriel ait fait si grise mine ! » lança-t-il. Une fois tirés les rideaux de l'alcôve, il venait de s'apercevoir qu'il n'y restait plus trace de la superbe literie. « Il avait sans doute aménagé ce nid si douillet pour sa précieuse seigneurie en prévision de l'arrivée de ton altesse. Il ne m'a rien laissé de plus qu'une paillasse toute nue... Et, si je me fie à l'odeur, en plus il a pissé dessus en guise d'adieux, l'enfant de salaud ! »

Tobin se mit sur son séant et noua ses bras autour de ses genoux. L'idée ne l'avait pas seulement effleuré qu'ils dormiraient chacun de leur côté, surtout dans cette espèce de caverne démesurée.

« Sûr que c'est immense, ici », marmonna Ki en jetant les yeux tout autour.

Tobin ne put s'empêcher de sourire en devinant que des appréhensions analogues aux siennes travaillaient son copain.

« Le pieu aussi. Largement assez pour deux.

— Je dirais pareil. M'en vais toujours défaire les paquets de Votre Altesse », riposta Ki avec un gloussement.

Tobin était sur le point de se rallonger dans la baignoire quand lui revint brusquement en mémoire la poupée dissimulée dans le fond de la malle.

« Non ! »

Ki renifla.

« Ça fait partie de mes attributions, Tob. Laisse-moi le faire.

— Ça peut attendre. L'eau va se refroidir si tu ne t'y fourres pas tout de suite. Allez, c'est ton tour... »

Dans un fracas d'éclaboussures, il s'extirpa de la baignoire et se drapa dans l'une des serviettes.

Ki lui décocha un coup d'œil soupçonneux. « Voilà que tu fais comme Nari, tout à coup, des tas d'histoires à propos de rien. Encore une fois, je... » Il se renifla comiquement les aisselles. « Ce que je pue ! »

Aussitôt que Ki l'eut remplacé dans la baignoire, Tobin se précipita dans le cagibi et souleva le couvercle de la malle à la volée.

« T'ai dit que je le ferais ! brailla Ki.

— Besoin d'une chemise. » Après en avoir enfilé une propre, il farfouilla à la recherche du sac à farine et parcourut les lieux du regard afin d'y dénicher une cachette sûre. Une armoire peinte et plusieurs coffres étaient adossés à un mur. Contre celui d'en face se dressait un grand placard qui touchait presque au plafond. Il en ouvrit les portes et, quitte à les faire grincer, craquer, parvint à utiliser les étagères intérieures comme autant d'échelons pour grimper jusqu'en haut. Il y avait juste assez d'espace, dessus, pour planquer le sac. Ça irait toujours, en attendant mieux.

À peine redescendu, tout juste eut-il le loisir de refermer les portes et d'épousseter les toiles d'araignée plaquées sur sa chemise que Ki survenait, d'un pas désinvolte, enveloppé dans sa serviette.

« Qu'est-ce que tu fabriques là-dedans ? Tu démolis le toit ?

— J'explore un peu notre nouveau fief, rien de plus. »

Ki le dévisagea de nouveau puis lança un coup d'œil nerveux par-dessus l'épaule. « Tu crois qu'il y a vraiment des fantômes, ici, toi ? »

Tobin retourna dans la chambre. « S'il y en a, ce sont des parents à moi, dans ce cas, comme Frère. Il ne te fait plus peur, n'est-ce pas ? »

Ki haussa les épaules et puis, brandissant les deux bras vers le ciel, bâilla à se décrocher la mâchoire et laissa sa serviette glisser à terre.

« Ferions mieux de pioncer un brin. Une fois que maître Porion nous aura pris en main, demain, je te parie qu'il ne nous laissera pas peinards assez longtemps pour nous laisser seulement projeter notre ombre.

— Il me plaît bien. »

Ki tira d'un seul coup les courtines noir et or du lit et s'élança à roule-barricot sur la courtepointe de velours. « Je n'ai pas dit qu'il ne me plaisait pas. Je pense simplement qu'il va nous faire travailler aussi dur que l'a jamais fait Tharin. C'est ce que disent les autres écuyers, d'ailleurs. »

Un saut périlleux arrière de sa façon fit atterrir Tobin auprès de son ami.

« Ils t'ont l'air comment ?

— Les autres écuyers ? Encore difficile à dire. Ils étaient soûls pour la plupart, et ils ne m'ont pour ainsi dire pas adressé la parole, sauf celui de Korin, Tanil. Il est le fils aîné d'un duc et me paraît assez bon diable. Barieüs aussi, l'écuyer de ce bout de chou qui t'a un museau de rat.

— Lutha.

— C'est ça.

— Mais pas les autres ? »

Ki haussa les épaules. « Trop tôt pour se prononcer, je suppose. Ils sont tous des deuxième ou troisième fils de grands seigneurs... »

Il faisait trop sombre à l'intérieur des rideaux pour discerner l'expression de sa physionomie, mais il y avait quelque chose d'alarmant dans le ton de sa voix.

« Hé, mais tu es chevalier, maintenant. Et je compte bien m'employer à te faire faire lord aussitôt que possible et à te donner un domaine, lui dit Tobin. Je n'ai pas arrêté d'y penser de toute la journée. Arkoniel a beau prétendre qu'il me faudra patienter jusqu'à ce que j'aie l'âge requis, moi, j'entends bien ne pas attendre aussi longtemps. Quand le roi reviendra, je compte bien lui demander comment m'y prendre pour le faire. »

Ki se dressa sur un coude et le considéra fixement.

« Tu ferais ça, hein ? Là, tout bonnement ?

— Mais bien sûr ! » Tobin lui adressa un grand sourire. « Essaie simplement de ne pas procréer ensuite tellement de gosses que tes petits-enfants finissent à leur tour par dormir tous entassés par terre... ! »

Ki se recoucha sur le dos et se croisa les mains sous la tête.

« Je ne sais pas. D'après ce que j'ai vu à la maison, procréer donne un sacré plaisir. Et puis j'ai repéré quelques jolies filles au banquet de ce soir ! Celle à la robe verte, tiens. Ça ne m'embêterait pas trop de lorgner sous ses jupes..., toi si ?

— Ki ! »

Ki haussa les épaules et caressa son soupçon de moustache en se souriant à lui-même. Là-dessus, il ne fut pas long à ronfler, mais Tobin demeura éveillé quelque temps encore, l'oreille tendue aux échos de la beuverie qui continuaient d'affluer par la fenêtre jusqu'à lui. N'ayant jamais vu quiconque, au manoir, pris de boisson, cela lui mettait les nerfs à vif.

Ce n'était pas du tout à ça qu'il avait aspiré, tant d'années durant, les yeux attachés sur la route de Bierfût. Il était un guerrier, pas un courtisan. Il se voyait très mal s'imbiber de vin jusqu'à point d'heure, chaque nuit, en atours tape-à-l'œil. Et avec des filles !

Les sourcils froncés, il loucha vers le profil paisible de Ki. Le léger duvet qui lui couvrait les joues captait le peu de lumière que laissaient filtrer les rideaux du lit. Tobin caressa ses propres joues si lisses en exhalant un gros soupir. Ils étaient, lui et Ki, de la même taille, mais ses épaules à lui restaient encore étroites, et sa peau n'avait encore aucun des boutons ni des poils follets qui commençaient à affecter celle de Ki. Il s'agita quelques instants de plus, puis se rendit compte qu'il avait complètement oublié Frère jusque-là.

Sans presque remuer les lèvres, il chuchota les mots fatidiques. Frère apparut, à croupetons sur le pied du lit, les traits aussi indéchiffrables que jamais.

« Garde-toi bien d'aller vagabonder, lui dit-il. Ne t'éloigne surtout pas, et fais comme je t'en prie. C'est dangereux, ici. »

À sa grande stupéfaction, Frère hocha la tête. Après quoi, s'approchant lentement, il lui toucha la poitrine, se toucha la sienne, et retourna s'installer au pied du lit.

Tobin se carra sur le dos et bâilla. C'était réconfortant, d'avoir ici quelqu'un d'autre de sa maisonnée, même si ce quelqu'un d'autre n'était qu'un fantôme.

Au Palais Neuf, dans une aile attenante aux appartements personnels du roi, inhabités pour l'heure, le magicien Nyrin dormait d'un sommeil agité. Ce qui le perturbait, c'était une image à demi formée qui refusait obstinément de se révéler tout entière à lui.

13

Tobin se réveilla au lever du soleil et, sans bouger, prêta l'oreille aux nouveaux bruits du matin qui lui parvenaient du dehors. Il entendit des tas de gens qui riaient, jacassaient, chuchotaient bruyamment juste devant sa porte. Par l'ouverture du balcon pénétraient des concerts de pépiements d'oiseaux, de cavalcades et d'éclaboussures, ainsi que la lointaine cacophonie de la capitale au sortir du sommeil. Même ici, le parfum des fleurs et la senteur des pins ne parvenaient pas à masquer la puanteur qui montait de la ville et que charriait jusqu'à l'intérieur le vent de mer tiède. Ne s'était-il vraiment écoulé qu'un seul jour depuis son dernier réveil à la maison, chez lui, dans son propre lit ? Il soupira puis repoussa la vague de nostalgie qui menaçait de le submerger.

Ki formait une petite boule ronflotante à l'extrême bord opposé du lit. Tobin lui balança un oreiller, puis se laissa rouler au sol entre les courtines et alla jeter un regard à l'extérieur.

Une nouvelle journée d'été limpide débutait. De son poste, il se trouvait à même de voir par-dessus l'enceinte du Palatin les quartiers du sud et la mer. C'était un spectacle incroyable. Entre la brume qui montait des flots et le soleil encore bas qui peu à peu décollait en biais, vous n'auriez trop su dire où s'achevait le ciel, où débutait la mer. Dans les remous de l'aurore, Ero paraissait faite en feu, les arbres et tout et tout.

Sa fenêtre donnait sur des parterres multicolores qui s'étendaient jusqu'à la ceinture d'ormes que le cortège avait dépassée la veille au soir. Une troupe de jardiniers s'y trouvaient déjà au travail, équipés de cisailles et de corbeilles, et leur activité rappelait celle des abeilles, à la maison, dans la prairie.

De part et d'autre de son propre balcon s'apercevaient des balcons identiques, ainsi que des rangées de pilastres et puis la saillie de toits de tuiles à corniches pleines de fantaisie sur l'entablement desquelles se devinaient des fragments de sculptures en léger retrait.

« Te parie qu'on pourrait aller du Palais Vieux au Palais Neuf rien que par les toits, fit Ki, survenant dans son dos.

— Gagné », confirma une voix de fille qui semblait carrément leur tomber du ciel.

Les deux garçons eurent beau pivoter instantanément sur leurs talons pour regarder en l'air, trop tard, ils n'aperçurent rien de plus qu'un tourbillon flou dont les cheveux sombres disparaissaient en deçà de l'avant-toit qui les surplombait. Et la retraite de leur visiteuse ne fut trahie que par le bruit très menu, vite éteint, de pieds détalant sur les tuiles.

« Qui ça pouvait bien être ? » pouffa Ki, tout en cherchant déjà comment s'y prendre afin d'entamer la poursuite.

Ils n'avaient pas encore découvert un moyen de grimper sans peine sur le toit que pénétra dans leur chambre un jeune serviteur qui en précédait toute une escouade d'autres chargés de vêtements et de paquets. Il se dirigea vers le lit puis, voyant les présumés dormeurs déjà sur le balcon, les gratifia d'une profonde révérence.

« Le bonjour, mon prince. C'est moi qui dois vous tenir lieu de valet de chambre au palais. Je m'appelle Molay. Quant à ceux-ci... – il désigna la kyrielle de porteurs qui le talonnaient –, ils sont tous priés de vous transmettre des cadeaux de votre auguste parentèle et de vos nobles admirateurs. »

Les porteurs susdits s'avancèrent tour à tour, qui présentant de belles robes ou des tuniques, qui des robes de dessous, qui de fines chemises et des culottes, qui des couvre-chefs en velours moelleux, des joyaux posés dans de ravissants écrins, des poignards et des épées de parade, des ceintures aux mille couleurs, un couple assorti de limiers qui se rebiffèrent en grondant sitôt que Tobin fit mine de les caresser, et, de la part du prince Korin, un joli faucon dont le chaperon de plumes, la longe et la vervelle étaient ornés de grelots d'or. À cela s'ajoutaient des boîtes de confiseries, des coffrets d'encens et même des corbeilles de fleurs et de pain. Parmi les bijoux que découvrit Tobin se trouvaient non seulement un pendant d'oreille identique à celui que son cousin portait la veille et offert également par lui mais une bague de Lord Orun. Mais ce qui l'enchanta par-dessus tout, ce furent les deux cottes de mailles on ne peut plus souples et brillantes expédiées tout exprès de l'armurerie royale par maître Porion.

« Une, enfin, qui va ! » s'écria Ki, tout en enfilant l'une d'elles par-dessus sa chemise de nuit.

Tobin, lui, n'en revenait pas. Que signifiait cette invraisemblable prodigalité ? Son air sidéré finit par frapper Molay.

« Telle est la coutume, lui expliqua-t-il, lorsqu'un nouveau Compagnon arrive à Ero. Votre Altesse me permettra peut-être de L'éclairer en telles matières ?

— Oh, bien volontiers !

— Dans ce cas, vous devez d'abord évidemment revêtir le costume envoyé par le lord Chancelier Hylus en vue de l'audience de ce matin. Il l'a fait tailler en noir, comme vous voyez, par égard pour la perte que vous avez faite, mais... mais je m'aperçois que vous ne portez pas de bague de deuil !

— Non. Je n'ai pas su comment m'en procurer une.

— Je vous ferai venir un orfèvre, mon prince. Pour l'instant, vous pourriez mettre ce bijou du prince royal et, naturellement, la bague de votre gardien. Et, par la suite, chacun des cadeaux à son tour, selon le rang du donateur.

— Il me semblait bien avoir entendu des voix ! » Accompagné de Caliel, Korin sortit en trombe du cagibi. Tous deux étaient sanglés dans des cuirs de combat somptueux, tout en rehauts divers et munis de fermoirs en métal d'une esbroufe si vertigineuse que Tobin en demeura pantois. Comment pouvaient-ils seulement se mouvoir de manière efficace en pareil équipage ? Comment même osaient-ils courir le risque de l'abîmer ?

« Il existe une porte de communication entre nos deux chambres », expliqua Korin en l'entraînant vers le fond du cagibi où se voyait effectivement un petit panneau repoussé contre la paroi d'un court passage poussiéreux. Par-delà s'entr'apercevaient des tentures rouge et or et une bande de limiers guettant d'un air impatient le retour de leur maître. « Elle ne s'ouvre que de mon côté, mais si tu frappes, je peux toujours te laisser passer. »

Ils retournèrent dans la chambre de Tobin pour y inventorier le monceau de présents.

« Pas mal, le butin, cousinet. Je suis heureux de constater qu'on t'a manifesté le respect qui t'est dû sans même te connaître encore. Mon faucon te plaît ?

— Je l'adore ! s'enflamma Tobin, qui en avait un peu peur, pour être tout à fait franc. Tu voudras bien m'apprendre à chasser avec lui ?

— S'il voudra bien ? Mais il n'a envie que de ça, c'est tout ce qu'il aime, en plus de l'escrime ! s'exclama Caliel, tout en caressant les douces ailes de l'oiseau.

— De grand cœur, mais notre plus fin fauconnier, c'est justement Caliel, objecta modestement Korin. Il a du sang aurënfaïe, tu sais ça ?

— Il s'appelle Erizhal, reprit Caliel à l'intention de Tobin. Ce qui veut dire, en 'faïe, "flèche du soleil". Le fauconnier royal saura te le maintenir en pleine forme. Il faudra aussi qu'Ari soit des nôtres. Il possède un véritable tact de magicien avec les faucons. »

Avec l'aide de ses deux aînés, Tobin passa en revue les cadeaux un par un. La coutume voulant que l'écuyer soit le bénéficiaire de ceux qui provenaient de simples gentillâtres, Ki tira lui aussi un assez intéressant profit de l'affaire. Korin dressa une liste des cadeaux séants à offrir en retour, et Tobin se servit du sceau de son père pour en autoriser la livraison.

« Là, pour le coup, ça y est, te voilà devenu un gentilhomme authentique d'Ero ! s'esclaffa Korin. Pour l'être, il te faut en effet dépenser des quantités de fric exorbitantes et absorber des quantités exorbitantes de pinard. Pour le pinard, on s'en occupera plus tard. »

Le soleil était déjà bien haut quand ils en eurent terminé. Korin et Caliel repartirent par où ils étaient venus, non sans promettre à Tobin de le retrouver au terrain d'exercice ultérieurement.

Aidés de Molay, les deux garçons s'habillèrent et, cela fait, se reconnurent à peine l'un l'autre. La robe de dessus offerte par le lord Chancelier Hylus que portait Tobin était d'un beau lainage noir, ajustée à la taille et fendue par-devant ; brodé en soie rouge et or, le dragon de Skala en ornait le corsage et les ourlets ; des crevés en entaillaient les manches bouffantes de manière à mettre en valeur le rouge des manches de la robe de dessous. Quand il eut chaussé ses souliers de souple cuir rouge et se fut paré des premiers bijoux de sa vie, c'est tout juste s'il eut l'impression d'être encore lui-même. Quant à Ki, les roux et les verts de sa tenue lui donnaient l'air d'un renard galant. Ils ne se furent pas plus tôt plantés tous deux face au miroir de bronze poli qu'ils éclatèrent de rire simultanément.

Molay eut toutefois beau insister pour leur faire ceindre à chacun une épée neuve, là, ce fut en pure perte, car ils tinrent à conserver les lames toutes simples et pratiques que leur avait personnellement données le père de Tobin.

Déjà sous le charme de leur fière allure, Molay mit à leur tailler les cheveux et couper les ongles autant de soins et de minutie que l'avait jamais fait cette mère poule de Nari. Et ce n'est qu'une fois satisfait de son œuvre qu'il expédia le petit page : « Et que ça saute ! », quérir leur escorte. Laquelle, au grand désappointement de Tobin, se révéla être non point Tharin mais Lord Orun. Qui était au demeurant plus resplendissant qu'oncques, avec ses longues robes en brocart à diaprures de colibri et le chaperon noir et or de sa charge rabattu sur les épaules. Ce sans compter le mignon triangle de lourd velours noir tout embijouté qui rehaussait les mérites insignes de son crâne chauve.

Il s'immobilisa dans l'embrasure de la porte et haussa un sourcil d'approbation.

« Hé, mais c'est que Votre Altesse m'a tout à fait l'air d'un petit prince, maintenant ! Ah, et puis je vois que vous avez reçu mon présent... J'espère qu'il vous plaît ?

— Merci, messire. C'était trop généreux à vous », fit Tobin en étendant la main pour mettre la bague bien en évidence. Après l'incident survenu la veille au soir avec Moriel et les avertissements de Korin, il n'était pas fâché de pouvoir aujourd'hui complaire un tantinet à son gardien.

La salle d'audience se trouvait au Palais Neuf, à une assez grande distance de l'aile qu'ils occupaient dans le leur pour justifier la présence de chevaux harnachés tout exprès à leur intention devant la porte principale. Ki s'amusa à faire tout un numéro de contrôler les sangles avant que Tobin ne se juche en selle et puis d'aller le flanquer sur sa gauche, ainsi que le lui avait enseigné Tharin.

Le Palais Neuf donnait au Palais Vieux l'air d'être un nain, tant sous le rapport de la taille que sous celui de la majesté. Nombre de ses cours à colonnades étaient à ciel ouvert et s'ornaient de bassins dont les fontaines jaillissantes offraient des concerts permanents aux galeries y aboutissant. Les motifs des vastes baies à verrières multicolores se reflétaient sur les dallages en marbre, et les bouffées d'encens qu'exhalaient des chapelles aussi hautes que la tour du fort embaumaient le palais tout entier.

La salle d'audience était à l'avenant du reste pour les dimensions. Son altière voûte de pierre blanche ne tenait en l'air que grâce à de miraculeux alignements de piliers sculptés à la sinueuse effigie de dragons.

Tout gigantesques qu'ils étaient, les lieux se trouvaient bondés par une invraisemblable cohue vêtue tout aussi bien de haillons que d'atours somptueux. Reconnaissables à leurs joyaux, leurs tuniques blanches et leurs *sen'gaïs* de toutes les couleurs, des Aurënfaïes côtoyaient là d'autres étrangers que Tobin fut totalement incapable d'identifier, certains portant des tuniques bleues qui se gonflaient comme des tentes autour de leur corps, et certains qui, drapés dans des robes à rayures éclatantes, avaient un teint de thé sombre et des cheveux noirs et bouclés comme ceux de Lhel.

D'aucuns se tenaient délibérément par petits groupes et causaient d'un ton vif et feutré. D'autres paressaient nonchalamment sur des sofas ou sur la margelle des grands bassins tout en s'amusant qui avec son faucon, qui avec les limiers ou les chats mouchetés qu'il gardait en chaîne.

À l'autre extrémité de la salle était installé, sur une large estrade, un magnifique trône doré, mais personne ne l'occupait. Une cape frappée aux armoiries du roi en drapait le dossier, et l'on avait placé une couronne sur le siège.

Sur des fauteuils plus bas, devant, étaient assis deux hommes. Le plus âgé écoutait tour à tour chacun des requérants, tout à fait comme Tobin l'avait vu faire à Père dans la grand-salle du manoir. Il arborait une courte barbe blanche et, le col ceint d'un nombre impressionnant de grosses chaînes d'or alourdies de sceaux, portait de longues robes noires et une toque en velours rouge aplatie sur son crâne comme une crêpe.

« Voilà le lord Chancelier Hylus, régent du royaume en l'absence de Sa Majesté, crut devoir spécifier Orun tandis qu'on s'en approchait. C'est un lointain parent à vous.

— Et l'autre ? » s'enquit Tobin, bien qu'il eût déjà deviné.

Cet autre-là, beaucoup plus jeune, avait des yeux couleur de jaspe et une barbe fourchue que la lumière du soleil affectait de rougeoiements cuivrés. Mais Tobin n'avait dès l'abord repéré en tout et pour tout que ses robes. Celles-ci avaient la blancheur éblouissante de la neige en plein midi, et les larges motifs brodés en fil d'argent qui en décoraient les épaules et les jupes y ajoutaient mille scintillements. Il s'agissait forcément là de l'un des fameux Busards contre lesquels Arkoniel l'avait mis en garde. Tout certain qu'il était d'avoir dûment congédié Frère au cours de la nuit, il ne put s'empêcher de jeter vivement un coup d'œil alentour pour se le confirmer.

« Lui, c'est le magicien personnel du roi, Lord Nyrin », dit Orun, et le cœur de Tobin s'arrêta de battre un instant. Il se trouvait là non pas simplement en présence d'un quelconque de ces Busards mais *du* Busard.

Alors qu'il redoutait de voir toute leur matinée gâchée à attendre son tour indéfiniment, c'est directement au premier rang que les conduisit Lord Orun avant de s'incliner devant Hylus.

Tobin s'était forgé dès son arrivée une image terrifiante du lord Chancelier, tant il l'avait vu traiter d'un air sévère un boulanger accusé de tricher sur le poids des pains qu'il vendait, mais Orun ne l'eut pas plus tôt présenté que le visage rechigné du vieillard se radoucit en s'éclairant d'un chaleureux sourire. Il tendit les bras, et Tobin gravit les marches pour le rejoindre.

« J'ai l'impression que c'est votre chère mère qui me regarde par vos yeux ! s'écria-t-il en lui saisissant la main entre des mains qui ne semblaient faites que d'os et d'un rien de cuir. Et sa propre grand-mère aussi..., pour comble d'extraordinaire ! Il vous faut venir sans tarder dîner avec moi, cher garçon, je vous conterai cent histoires sur elles. Vous aurez déjà fait la connaissance de mon petit-fils, Nikidès, au sein des Compagnons, n'est-ce pas ?

— Assurément, messire. » Le nom lui disait effectivement quelque chose, mais sans qu'il parvienne, en dépit de tous ses efforts, à mettre une tête dessus. Il avait vu tellement de monde, la nuit dernière... !

Le lord Chancelier s'en montra charmé. « Je suis sûr que vous ferez une bonne paire d'amis, tous les deux. Est-ce qu'on vous a donné un écuyer ? »

Tobin lui présenta Ki, toujours campé au bas des marches avec Orun. Hylus loucha sur lui un petit moment. « Sieur Larenth ? fit-il finalement. Je ne connais pas ce nom-là. Il n'en est pas moins beau garçon, le gaillard ! Soyez les très bienvenus l'un et l'autre. » Il considéra Tobin derechef avec un redoublement d'attention puis finit par lui désigner l'homme installé à ses côtés. « Au fait, permettez-moi de vous présenter le magicien de votre oncle, Lord Nyrin. »

Tobin sentit son cœur lui marteler de nouveau les côtes pendant qu'il rendait à Nyrin salut pour salut. Mais ce qui déchaînait ces chamades, c'étaient les avertissements d'Arkoniel plutôt que quoi que ce soit dans l'aspect de l'individu, car celui-ci n'avait rien que de très ordinaire. Après l'avoir poliment questionné sur son voyage et le manoir qu'il avait dû quitter puis lui avoir parlé de ses parents en termes des plus aimables, il demanda :

« Vous aimez les démonstrations de magie, mon prince ?

— Non », répondit-il du tac au tac. Arkoniel avait eu beau faire de son mieux pour éveiller son intérêt dans ce domaine – Ki adorait tous les trucs de ce genre –, il persistait à trouver trop déconcertants la plupart des tours de passe-passe et d'illusionnisme. Et il n'avait aucune envie de fournir à cet étranger la moindre apparence d'encouragement.

Le magicien ne fit pas mine d'en être offusqué.

« Je me rappelle la nuit de votre naissance, prince Tobin. À l'époque, vous n'aviez pas cette marque au menton. Mais vous en portiez une autre, m'est avis, non ?

— Celle-ci n'est qu'une cicatrice. Sans doute est-ce à ma marque de sagesse que vous faites allusion.

— Ah, voilà, oui oui. Curieuses choses que de telles marques. Me serait-il possible de voir ce que la vôtre est devenue ? Je me suis fait toute une étude de ce sujet-là. »

Tobin retroussa sa manche et exhiba la marque rouge sous le nez de Nyrin et d'Hylus. Si Nari la qualifiait de « bouton de rose », il trouvait, lui, qu'elle ressemblait plutôt à un cœur de grouse.

Nyrin la recouvrit du bout de deux doigts sans que se modifie l'expression de sa physionomie, mais Tobin se sentit parcouru par un picotement désagréable et vit un instant se durcir et devenir lointains les yeux de jaspe, exactement comme le faisaient ceux d'Arkoniel quand il se livrait à des opérations magiques. À ce détail près que jamais Arkoniel n'avait opéré sur lui sans en avoir demandé la permission d'abord.

Révolté par le procédé, Tobin se dégagea brusquement. « Cessez de me brutaliser, monsieur ! »

Nyrin salua bien bas.

« Mes excuses, prince. J'étais simplement en train de lire la marque. C'est un fait qu'elle dénote infiniment de sagesse. Vous êtes des plus fortuné.

— Il l'avait bien dit, pourtant, qu'il ne goûtait pas les escamotages..., murmura le lord Chancelier sans dissimuler la réprobation que lui inspirait la conduite du magicien. Sa mère était tout à fait pareille, au même âge.

— Mes excuses, répéta Nyrin. J'espère que vous me permettrez de me racheter, un autre jour, prince Tobin.

— Si tel est votre désir, messire. » Pour une fois, Tobin sut gré à ce mâtin d'Orun de lui surgir comme un balourd sur les arrières afin de le remmener au bercail. Une fois certain qu'on ne pouvait plus le voir de l'estrade, il remonta sa manche pour examiner sa marque de naissance et s'assurer si Nyrin ne l'aurait pas traficotée de quelque façon. Mais elle était en apparence demeurée telle qu'il l'avait toujours connue.

« Cela s'est assez bien passé, ma foi, ronchonna Orun tout en les reconduisant à leur chambre. Vous auriez néanmoins tout intérêt à faire preuve de plus de civilité vis-à-vis de Nyrin. C'est un homme puissant. »

Cette dernière réflexion exaspéra Tobin. Se trouvait-il parmi les puissants d'Ero un seul homme aimable ? se demanda-t-il. Juste avant de prendre congé, son gardien lui promit qu'ils souperaient ensemble dans quelques jours et se retira.

Après avoir décoché dans le dos du vieux sa plus laide grimace, Ki tourna vers Tobin un regard anxieux.

« Le magicien t'a fait mal, tout à l'heure ?

— Non. Je déteste qu'on me pelote, c'est tout. »

Molay avait étalé à leur intention deux beaux justaucorps de cuir analogues à ceux que portaient Korin et Caliel, mais Tobin les trouva beaucoup trop rigides et coquets pour son goût.

Aussi dépêcha-t-il Ki chercher les cuirs usagés qu'ils avaient emportés du manoir. Ignorant superbement le désarroi du valet de chambre qui répugnait manifestement à lui voir enfiler une tenue d'une telle rusticité, c'est avec joie qu'il retrouva le confort de ses vieux effets. Aussitôt équipés de la sorte, Ki et lui raflèrent leurs épées, leurs heaumes et leurs arcs et, s'élançant derrière le petit page qui n'attendait qu'eux, se dirigèrent vers l'entrée principale.

Tout à son bonheur de pratiquer finalement quelque chose qui ressemblait à une activité guerrière, Tobin ne s'avisa même pas des drôles de regards que suscitait leur passage jusqu'au moment où Ki le tirailla par la manche et lui signala d'un coup de menton deux gentilshommes en grand arroi qui les dévisageaient d'un air manifestement indigné.

« Ce serait à moi de trimbaler ton attirail, marmonna Ki. Ils doivent nous prendre pour une paire de soldats péquenots venus de la rue jouer les badauds là-dedans ! »

Le page l'entendit. Il bomba le torse et proclama d'une voix claironnante : « Place à Son Altesse le prince Tobin d'Ero ! »

Ces mots produisirent un effet littéralement magique. Tout ce qu'il y avait là de noblesse pimpante à grommeler s'écarta devant eux et se répandit en courbettes au fur et à mesure que Tobin et Ki s'avançaient, avec leurs godillots crottés et leurs cuirs éraillés. Tobin eut beau s'efforcer de copier les hochements de tête altiers de Lord Orun, l'effet s'en trouvait probablement gâché par les pouffements étouffés de Ki sur ses talons.

À l'entrée du palais, le page esquissa un pas de côté pour s'effacer puis plongea dans une révérence profonde mais pas assez preste pour dissimuler ses propres fous rires.

« Comment t'appelles-tu ? demanda Tobin.

— Baldus, mon prince.

— Bien joué, Baldus. »

Les Compagnons s'entraînaient en plein air sur un vaste terrain situé près du centre du Palatin. Celui-ci comportait des manèges pour l'équitation, des arènes pour l'escrime, des lices pour le tir à l'arc et des écuries que dominait la haute stature d'un temple des Quatre où les garçons couraient chaque matin faire un sacrifice à Sakor.

Les Compagnons et leurs écuyers s'exerçaient sur les lices de tir à l'arc lorsque se présentèrent Tobin et Ki. Du plus loin qu'il les aperçût, Tobin se rendit compte qu'ils portaient tous des tenues aussi élégantes que celle de Korin. Il se trouvait également des quantités de spectateurs tout autour du terrain. Il reconnut là certains des convives de la nuit précédente, mais sans réussir à se rappeler la plupart de leurs noms. Pas mal de filles figuraient aussi dans l'assistance, parées de robes éclatantes et de légères capes de soie que la brise matinale faisait palpiter comme des ailes de papillons. D'aucunes allaient et venaient en touche, montées sur des palefrois pimpants. D'autres s'amusaient à tirer à la cible ou à faire voler leurs faucons. À la façon dont Ki les suivait des yeux, Tobin le soupçonna de chercher à repérer la chevelure auburn d'Aliya.

Maître Porion ne sembla nullement choqué de la manière dont ils étaient accoutrés.

« Si j'en crois l'état de vos cuirs, vous avez dû vous entraîner contre des ours et des couguars, observa-t-il simplement. Vos camarades étant en train de s'exercer à l'arc, autant débuter vous-mêmes par là. »

Korin pouvait bien jouer les seigneur et maître à la table de sa compagnie, c'était Porion qui commandait ici. En le voyant approcher, les dix-huit garçons pivotèrent comme un seul homme pour le saluer avec déférence, le poing sur le cœur. Quelques-uns camouflèrent un sourire en coin derrière leur main lorsqu'ils découvrirent les piteux costumes des arrivants. Un gros rire isolé fusa même du sein de la foule des spectateurs, et Tobin eut une seconde l'impression de discerner parmi eux la bouille blafarde de sieur Moriel.

Les justaucorps d'entraînement portés par les Compagnons se révélèrent aussi somptueux que leurs atours du banquet. Ils étaient surpiqués d'applications multicolores évoquant des scènes de chasse ou de bataille. Des motifs d'or et d'argent sophistiqués agrémentaient fourreaux et carquois. Tobin se fit l'effet d'être aussi terne qu'un coucou dans cette volière exotique. Les écuyers eux-mêmes avaient meilleure tournure que lui.

Rappelle-toi de qui tu es le fils, songea-t-il, et il carra ses épaules.

« C'est aujourd'hui que vous devenez pour de bon l'un des Compagnons royaux, l'avertit Porion. Je sais que je n'ai rien à vous apprendre sur le chapitre de l'honneur ; je ne suis pas près d'oublier qui vous aviez pour père. En l'occurrence, le seul ordre que j'aie à vous donner est d'y adjoindre la règle d'or du Compagnon : "Tous ensemble." Nous ne faisons qu'un pour servir le prince royal, et nous ne faisons qu'un avec lui pour servir le roi et Skala. Point d'affrontement entre nous. Si vous avez un motif quelconque de vous plaindre de l'un de vos camarades, présentez vos doléances au cercle. » Il indiqua d'un geste l'enceinte de pierre du terrain d'escrime. « Les paroles s'y confrontent aux paroles, et c'est moi qui les juge. On n'échange de coups que là. Frapper l'un de ses Compagnons est une infraction grave et passible du fouet sur les degrés du temple. Tout Compagnon qui transgresse la règle est puni par Korin, tout écuyer par son propre maître. N'est-il pas vrai, Arius ? »

L'un des écuyers qu'avait fait sourire le justaucorps de Tobin répondit au maître d'armes par un hochement penaud.

« Mais je présume que ce genre de problème ne se posera pas avec vous deux. Venez, maintenant, me montrer un peu comment vous tirez. »

Il suffit à Tobin d'entrer en lice pour commencer à se tranquilliser. Après tout, les cibles ressemblaient tout à fait à celles sur lesquelles il s'était entraîné chez lui : « œil-de-bœuf », « latte » et sac empli de paille pour les coups directs, disques de tissu lancés en l'air pour les coups paraboliques. Après avoir contrôlé la tension de sa corde et repéré la direction du vent comme on le lui avait enseigné, puis bien écarté les pieds, il encocha l'une des belles flèches neuves empennées tout exprès pour lui par Koni avec des plumes zébrées de chouette qu'il avait un jour trouvées dans la forêt.

Une brusque rafale qui balaya le terrain déporta au diable son premier trait, mais les quatre suivants atteignirent « l'œil-de-bœuf », et tous à deux doigts du mille. Il en décocha cinq autres droit au sac puis réussit à frapper trois des cinq « lattes » plantées dans le sol. Il s'était montré plus adroit d'autres fois, mais ce score lui valut de la part de ses pairs force acclamations et plein de tapes amicales sur les épaules.

Ki lui succéda, et de manière tout aussi honorable.

De là, on gagna directement le terrain d'escrime, et Tobin se vit opposer ce rondouillard rouquin de Nikidès que le lord Chancelier Hylus avait avoué pour son petit-fils. Quoique plus âgé que Lutha, il était d'une taille mieux assortie à celle de Tobin. Il portait un heaume d'acier poli qui brillait comme de l'argent, et dont des ciselures en bronze rehaussaient galamment les bords et le nasal, mais il y avait dans sa posture quelque chose de mal assuré. Après avoir bouclé son propre heaume on ne peut plus simplet, Tobin pénétra dans l'arène pour l'affrontement. Comme ils se saluaient l'un l'autre avec leur épée de bois, son premier combat contre Ki lui revint en mémoire. Cette fois, tout nouveau qu'il était pour lui, l'adversaire ne le prendrait pas au dépourvu.

Loin de leur imposer de lents préliminaires ou quelques cérémonies que ce soit, Porion se contenta de brandir sa propre épée puis de l'abaisser en criant : « Au boulot, les gars ! »

Tobin poussa une botte et franchit la garde de Nikidès avec une facilité déconcertante. Alors qu'il s'attendait à une riposte rapide, Nikidès se révéla aussi gauche que lent. Il suffit de quelques minutes à Tobin pour le refouler jusqu'à la lisière du cercle, lui faire sauter l'épée des mains puis pour lui porter un coup mortel en pleine bedaine.

« Bel assaut, prince Tobin », marmonna le vaincu en lui serrant la main. Tobin fut à nouveau frappé par l'extrême douceur de sa paume, et ce d'autant plus qu'était plus rugueuse celle des guerriers parmi lesquels il avait vécu jusqu'alors.

« Voyons voir ce que ça donne avec quelqu'un d'un peu plus coriace », dit Porion, qui manda Quirion dans l'arène. Ce dernier avait quatorze ans, il était de quelque trois pouces plus grand que Nikidès et nettement plus svelte. En plus, il était gaucher, mais Tharin avait tenu à ce que Tobin s'entraîne avec Maniès et Aladar, au fort, de sorte que ce détail n'était pas fait pour déconcerter le gamin. Il déplaça son poids pour s'adapter à la différence et contra solidement la première attaque de l'adversaire. Ce garçon-là se battait mieux que le précédent, et il réussit à lui porter à la cuisse un coup violent. Tobin se ressaisit sans tarder, faufila sa latte sous celle de Quirion, la lui releva de force et en profita pour l'étriper. Ce qui fit pousser à Ki un hourra triomphal en touche.

Pour le coup, Porion s'abstint de tout commentaire et fit simplement signe à Lutha d'entrer en lice. L'ancien benjamin était plus petit que Tobin, mais il avait un regard aigu, de la prestesse, et l'avantage d'avoir regardé se battre le nouveau venu. Tobin ne tarda pas à se retrouver singulièrement pressé, ce qui le contraignit à tourner en rond pour éviter de se voir repoussé au-delà du périmètre défini par les pierres. Lutha combattait avec un grand sourire aux lèvres, et Tobin entendit presque la voix de Tharin grommeler : *Un vrai guerrier, ce trois-pommes-là !*

Il se reprit alors et entreprit de le refouler en lui faisant pleuvoir sur la tête une volée de coups qui réduisaient Lutha à la stricte défensive. Tout en ayant vaguement conscience des acclamations qui les entouraient, la seule chose qu'il fût capable de voir, c'était la silhouette courbée devant lui et qui le narguait hardiment. Il était certain que Lutha se trouvait sur le point de battre en retraite quand sa propre épée vola en éclats. L'autre ne fit qu'un bond sur lui, ce qui le contraignit à l'esquive pour s'épargner un revers fatal. Recourant alors à l'une des filouteries dont la sœur de Ki leur avait fait la démonstration, il freina son propre élan et mit à profit la posture déséquilibrée de Lutha pour lui décocher un croc-en-jambe. À sa grande surprise, cela marcha, et Lutha s'écroula à plat ventre. Sans lui laisser le temps de se rétablir, Tobin lui sauta sur le râble, lui passa un bras autour du cou et fit semblant de lui trancher la gorge avec ce qui lui restait d'épée.

« Tu ne peux pas faire un truc pareil ! protesta Caliel.

— Tu peux si tu sais comment », décréta Porion.

Tobin cessa d'écraser Lutha et lui tendit la main pour l'aider à se relever.

« Qui t'a enseigné ce coup-là ? demanda le garçon tout en s'époussetant.

— La sœur de Ki. »

Cette déclaration fut accueillie par un silence assourdissant. Tobin distingua un mélange de goguenardise et d'incrédulité sur les traits de nombre des spectateurs massés tout autour du cercle.

« Une fille ? fit Alben d'un ton méprisant.

— Elle est un guerrier », rectifia Ki, mais sans que personne ait l'air de l'entendre.

Lutha échangea une poignée de mains avec Tobin. « Eh bien, c'est un sacré coup. Il faudra que tu me l'apprennes.

— Qui est le candidat suivant contre notre couguar des montagnes ? demanda Porion. Allez..., il vient de cravacher trois d'entre vous ! Non, pas toi, Zusthra. Tu es trop grand pour lui, tu le sais. Pareil pour toi, Caliel. Au fait, Alben, je ne t'ai pas encore entendu te manifester beaucoup, aujourd'hui. »

Âgé de quatorze ans, élancé, noiraud, Alben avait une bouche boudeuse et une luisante chevelure d'un noir bleuté qu'il portait en queue de cheval jusqu'à mi-dos. Il fit des tas de façons pour la relever puis se la nouer derrière la nuque avant d'aller d'un pas tranquille prendre place dans l'arène face à Tobin. Un tas de filles fendirent la presse pour se retrouver aux premières loges, notamment Aliya et sa bande d'amies.

« Plus de vos vilaines tricheries, maintenant, prince Couguar », murmura-t-il en faisant tournoyer sa latte de bois d'une main dans l'autre comme un bâton de jongleur.

Mis en méfiance par ce genre de cabotinage, Tobin recula d'un pas et se mit en position de salut. Avec un signe de tête plein d'insinuations sournoises, Alben fit de même.

Dès le début de l'affrontement, toute espèce de frime disparut. Alben se battait comme Lutha, de manière agressive et adroite, le bénéfice de la taille et de la force en sus. Déjà fatigué par ses précédents assauts, Tobin devait s'échiner plutôt à ne jamais baisser sa garde qu'à pousser la moindre pointe. Il avait mal aux bras, et sa cuisse se ressentait douloureusement du coup qu'il avait reçu de Quirion. S'il s'était trouvé à l'exercice avec Tharin, il aurait peut-être envisagé de déclarer forfait ou du moins réclamé une trêve. Alors que, là, il ne songeait qu'à la manière dédaigneuse dont son adversaire avait osé parler de la sœur de Ki et se jeter dans le combat.

Alben mettait toute sa violence à le heurter avec la tête ou les épaules chaque fois qu'il en voyait la possibilité. Mais Tobin n'était pas sans avoir, grâce à Ki, quelque expérience de cette sorte de brutalité grossière, et il lui rendait la monnaie de sa pièce. Il commençait à penser que cela pouvait être pour rire, en définitive, qu'ils avaient trouvé là conjointement un moyen de lier amitié, mais la hargne qui se lisait sur les traits d'Alben suffit à le persuader du contraire. Le bougre n'aimait pas se voir concurrencer par un garçon plus jeune, ou du moins pas par lui. Du coup, Tobin redonna libre cours à sa colère. Et lorsqu'un coup de coude lui défonça le nez, la douleur suffit à lui rendre toute sa vigueur, et il éclata de rire tout haut quand il sentit le choc de sa latte contre celle d'Alben.

La chance de Sakor était encore en sa faveur, à moins que les dieux n'aient décidé de haïr un railleur ce jour-là, car il réussit à le déséquilibrer en recourant exactement à la même filouterie qu'avec Lutha. Alben tomba à la renverse, le souffle littéralement coupé. Tobin lui bondit dessus et lui épingla l'emplacement du cœur avec la pointe de son épée.

« Tu te rends ? »

L'autre le foudroya du regard mais comprit qu'il n'avait pas le choix. « Je me rends. »

Tobin le libéra et sortit du cercle pour gagner l'endroit où Korin et Ki se tenaient en compagnie de Porion.

« Notre nouveau Compagnon vient de subir l'épreuve du sang », fit observer le maître d'armes.

Tobin le regarda d'un air ahuri, puis il s'avisa que Ki lui tendait une serviette.

« Ton nez, Tobin. Un coup marqué contre toi, par parenthèse... »

Tobin s'empara de la serviette et torcha son nez et son menton tout ensanglantés. La vue du linge maculé lui remémora un fragment fugitif de rêve.

Tu voir sang, tu venir voir me. Ici.

Il secoua la tête, pendant que Korin et certains des autres lui administraient autant de tapes dans le dos que de compliments : « Quelle fine lame tu fais ! » Il ne voyait rien que d'honorable dans cet épanchement de sang. Et il lui faudrait rentrer dare-dare à la maison pour si peu de chose ? Un rêve idiot, voilà ce que ç'avait été, juste un rêve idiot...

« Mais regarde-toi ! À peine à la moitié de ta croissance, et tu as déjà démoli la moitié des Compagnons royaux », dit Korin. Il avait l'œil clair, aujourd'hui, et Tobin se retrouva tout fier des éloges de son aîné. « Qui t'a appris à te battre aussi bien, cousinet ? Quand même pas la sœur de Ki, si ?

— J'ai eu pour professeurs mon père et sieur Tharin, répondit-il. Et Ki. Nous nous entraînons ensemble.

— Quand tu te seras un peu reposé, vous consentiriez, toi et lui, à nous offrir un petit duel ?

— Mais certainement, maître d'armes. »

Après que Ki fut allé lui remplir un cruchon de cidre au tonneau voisin, ils regardèrent Korin et Caliel rivaliser d'assauts tandis que Tobin se délassait. Nikidès et Lutha les rejoignirent avec leurs écuyers, Ruan et Barieüs. Les autres Compagnons gardèrent leurs distances pour observer le prince. Après les éloges reçus de ce dernier et de Porion, cela faisait un drôle d'effet, cette affectation de bande à part.

« Est-ce que j'ai commis un impair ? » demanda Tobin à Lutha.

Celui-ci se mit à regarder ses pieds et haussa les épaules.

« Alben n'aime pas qu'on le batte.

— Aucun de vous deux n'a aimé ça non plus. »

Nouveau haussement d'épaules de Lutha.

« Lutha te battra la prochaine fois, maintenant qu'il sait comment tu combats, dit Nikidès. Ou peut-être pas, mais il a ses chances, et puis il est toujours beau joueur. Et pour ce qu'il en est de moi, la cause est d'avance entendue.

— Cela reste à voir, riposta Tobin, quoique prêt à gager qu'il avait raison.

— Non, pas contre toi, maintint Nikidès, d'un ton semblait-il indifférent. Mais ça n'a pas d'importance. Nous ne nous trouvons pas tous ici parce que nous sommes de valeureux guerriers, prince Tobin. »

Avant que Tobin ait pu lui demander ce qu'il voulait dire par là, la rencontre de leurs deux aînés s'était achevée, et Porion l'appelait à regagner l'arène avec Ki.

« Pas trop tôt, hein ? chuchota joyeusement ce dernier. Not' grand jeu qu'on va t' leur faire, et sans chiqué, nous ! »

Mettant de côté leurs lattes de bois, ils dégainèrent l'acier pour se livrer à un duel où tous les coups étaient permis, jouant des coudes, des genoux et entrechoquant leurs heaumes. Vociférant leurs cris de guerre, ils luttèrent avec tant d'ardeur qu'ils soulevaient des tourbillons de poussière plus hauts qu'eux et que la sueur eut tôt fait de tremper et leur maille et leur justaucorps. L'acier sonnait contre l'acier tandis qu'ils tâchaient chacun d'enfoncer la garde de l'autre, et Ki manqua de peu fracasser la main d'épée de Tobin, qui lui assena en retour un formidable plat de lame sur le heaume, mais sans qu'aucun des deux fléchisse pour si peu. Aussi longtemps que se poursuivit leur combat, rien d'autre ne compta que lui, et tous deux s'y adonnaient à corps perdu, plongés en pleine familiarité. Ils avaient fait cela si souvent et se révélaient si parfaitement assortis que leur affrontement ne débouchant finalement que sur un perpétuel ex aequo Porion déclara match nul.

À peine eurent-ils mis fin à leur empoignade, hors d'haleine et pantelants, qu'ils se retrouvèrent au cœur d'une cohue de spectateurs. Les admiratrices d'Alben étaient nombreuses à n'avoir plus d'yeux que pour eux, maintenant. Ki s'en aperçut et faillit s'empêtrer dans ses propres pieds. Aliya se détourna pour dire quelque chose à sa voisine, une jeune fille blonde et gracile, et elles se mirent à rire toutes les deux. Debout derrière elles, une brunette plus jeune et à peu près de l'âge de Tobin fixait sur lui des prunelles sombres à l'expression sérieuse. Il ne se souvenait pas de l'avoir déjà vue. S'apercevant qu'il la regardait, elle s'évanouit aussitôt dans la foule environnante.

« Par la Flamme ! s'exclama Korin, vous ne plaisantiez pas quand vous m'avez dit que vous ne faisiez rien d'autre que vous battre, dans vos montagnes ! »

Le glorieux Alben lui-même ne put faire la fine bouche, dès lors que Korin manifestait tant d'enthousiasme.

Là-dessus, les gamins reçurent la permission de prendre encore un peu de repos, mais ils se virent tous deux très sollicités durant le reste de l'après-midi par les plus jeunes des Compagnons et des écuyers.

Mais pas pour affronter le prince Korin, remarqua Tobin. Korin ne se battait qu'avec Caliel et Porion, qu'il défaisait d'ailleurs l'un et l'autre la plupart du temps. Tobin était loin de se plaindre qu'on ne le lui donne pas pour partenaire. Il avait eu bien assez de mal à vaincre Alben. De toute la bande, au demeurant, c'est Lutha qu'il considérait déjà comme son rival le plus sérieux. Et si celui-ci était aussi susceptible qu'Alben de lui donner du fil à retordre, il le trouvait en revanche nettement plus à son goût.

14

Ki fut bien content d'apprendre qu'il n'y avait pas de grand festin prévu pour leur deuxième soirée à Ero. Ce programme allait lui permettre de commencer à assumer la partie du service à table qui devait désormais lui incomber au mess des Compagnons. La conduite du repas, servi dans une pièce plus intime, ressemblait à celle de n'importe quelle noble maisonnée. Quelques musiciens jouaient pour le plaisir des convives, et des estafettes du roi lisaient à haute voix les dépêches et le compte rendu détaillé des dernières batailles qui s'étaient livrées.

Chaque écuyer jouait un rôle spécifique. À Tanil revenait la tâche de trancher les viandes de chacun des plats, et l'écuyer de Caliel, Mylirin, armé des quatre couteaux que réclamaient les différents pains, tenait lieu de panetier. La plus haute distinction était attachée à ces deux offices.

En sa qualité de sommelier, Garol faisait œuvre d'alchimiste, puisqu'il lui appartenait de doser le mélange des vins, des épices et de l'eau. Sa charge n'allait pas sans danger, car elle l'obligeait aussi à « l'épreuve de bouche » destinée à juger de la qualité des boissons, si bien que ses pareils étaient habituellement les premières victimes des poisons visant à supprimer le maître de maison. Toutefois, s'il fallait en croire cet espiègle de sieur Ruan, c'étaient bien plutôt les convives que les mixtures trop alcoolisées de Garol qui risquaient de les faire tous passer de vie à trépas.

L'écuyer d'Orneüs, un garçon gracieux et discret que l'on avait surnommé Lynx, était tenu, comme échanson, de verser les vins appropriés à chacun des mets sans jamais laisser vides les coupes à pied. Ruan exerçait les fonctions dites d'« aumônier », en ce sens qu'il lui appartenait de rassembler les reliefs de la nourriture et de les faire parvenir aux portes du Palatin pour qu'on les y distribue aux mendiants. Pompeusement qualifiés d'« introducteurs », Ki et les autres ne faisaient rien de plus noble que de courir aux cuisines et d'en rapporter les plats, leur chef de corps étant l'écuyer de Zusthra, Chylnir. Besogne qui, par malheur, mettait Ki à l'entière merci de ses compagnons d'armes les moins sympathiques.

En dépit de tous les secours qu'en bon copain lui prodiguait sieur Barieüs, il se trouva ce premier soir constamment un pas en arrière ou bien coupable de quelque oubli. Il ne devait rien espérer d'Arius et de Mago, beaucoup trop occupés à le toiser du haut de leur long nez pour lui consentir la moindre assistance. Ce sans compter que Chylnir, enfin, se montrait chiche de patience avec n'importe lequel d'entre eux.

Offrir à Tobin un spectacle aussi pitoyable, au vu et au su des autres, voilà cependant ce qui blessa le plus Ki dans son orgueil. Car il perpétra l'exploit, dès ce premier soir, de renverser deux jattes de sauce, et il faillit en plus coiffer Korin de col de cygne en daube fumant quand Mago s'arrangea pour lui cogner le coude. Après quoi, non content d'avoir achevé son service tout éclaboussé de jus graisseux et de coulis de prune, il lui fallut encore avaler sa ration de petites mines et de ricanements jusqu'à la fin de la soirée, consacrée à se divertir au coin du feu. Korin avait eu pourtant la bonne grâce de prendre les choses à la blague, et si Tobin ne s'était par bonheur même pas douté de ces avanies, il ne se sentait manifestement pas non plus si peu que ce soit déshonoré par les maladresses de son écuyer. Celui-ci n'en alla pas moins s'asseoir tout seul en dehors du cercle de lumière, trop conscient, hélas, de n'être pas à sa place en pareille compagnie pour ne pas succomber au cafard.

En fait, Tobin s'avisa bien que quelque chose le tracassait, mais sans deviner de quoi il pouvait bien s'agir. Il avait été d'autant plus fier de lui durant le repas que le prince Korin était allé jusqu'à lui faire des éloges.

Or, l'humeur de Ki ne sembla nullement s'éclaircir lorsque, au coin du feu, ce soir-là, Porion et les plus âgés des garçons se mirent à raconter des histoires sur les fantômes du palais, non sans s'étendre avec force détails sur les différentes apparitions comme sur les lieux où l'on courait le plus de risques de se retrouver nez à nez avec elles. En fait, il y avait des vierges en larmes et des amants sans tête dans tous les coins, s'il fallait en croire ces contes, mais le spectre le plus terrifiant n'était autre que celui d'Agnalain la Folle en personne.

« Notre grand-mère hante constamment les salles mêmes que nous occupons, dit Korin en venant s'installer tout près de son cousin pour lui confier la chose. Elle est coiffée d'une couronne d'or d'où le sang ruisselle sur sa figure et sur sa robe, le sang de tous les innocents qu'elle a expédiés aux chambres de torture, condamnés à la potence et enfermés dans les cages à corbeaux. Elle porte au poing une épée sanglante, et à sa ceinture dorée sont suspendues les bites de tous les consorts et de tous les jules qu'elle s'est farcis.

— Et c'en fait combien ? demanda quelqu'un, mais d'un ton qui prouvait assez que la question ne datait pas d'hier.

— Des centaines ! » s'extasia l'auditoire d'une seule voix.

Il suffit à Tobin de voir les sourires qu'échangeaient les garçons les plus jeunes pour deviner qu'il ne s'agissait en l'occurrence que d'une épreuve destinée à voir si les deux nouveaux Compagnons manifesteraient quelque effroi. Pour sa part, il avait jusque-là suffisamment fréquenté de lieux hantés pour percevoir d'emblée ceux qui l'étaient véritablement ; or, il était sûr pour l'instant de ne pas avoir ressenti la moindre impression de ce genre au palais, pas plus d'ailleurs que parmi les morts de la nécropole royale.

À la dérobée, il jeta un nouveau coup d'œil du côté de Ki, recroquevillé dans la jonchée sur le bord extérieur du cercle éclairé par les flammes. En dépit de l'expression de profond ennui que son ami s'appliquait à conserver, Tobin crut discerner un certain malaise au fond de ses yeux. Mais, après tout, peut-être bien que sa longue pratique de Frère lui rôdant autour ne l'avait toujours pas guéri de ses frousses...

Au fur et à mesure que se déballaient les contes à propos de têtes en suspens, de mains spectrales et de lèvres invisibles soufflant les lampes en pleine nuit, Tobin en vint à se rendre compte qu'il finissait par n'être plus tout à fait sûr de sa propre bravoure. Et après qu'il eut regagné son immense chambre à coucher peuplée d'ombres, la compagnie de Ki lui procura un contentement plus vif encore qu'à l'accoutumée, tout comme la présence du petit Baldus couché sur sa paillasse près de la porte.

« Tu as déjà vu un fantôme, ici ? » demanda-t-il à ce dernier quand les autres serviteurs se furent retirés pour la nuit. Molay dormait lui-même sur une paillasse jetée en travers du seuil, dehors, pour monter la garde.

« Oh, ça oui ! Et pas qu'un, tout plein... », répondit l'enfant, d'un ton des plus enjoué.

Tobin referma bien soigneusement les rideaux du lit puis échangea avec Ki un regard assez peu rassuré. La couche avait beau être assez large pour accueillir une famille entière, ils ne s'en pelotonnèrent pas moins de manière à ce que leurs épaules restent étroitement en contact.

Ils furent réveillés au bout d'un certain temps par des bruits menaçants de bagarre et des cliquetis qui leur parvenaient de tous les côtés à la fois.

« Baldus ? Que se passe-t-il ? » appela Tobin. Quelqu'un avait éteint toutes les lampes. On n'y voyait strictement rien.

Le tapage devint infernal et cerna le lit. Les deux gamins se retrouvèrent d'un bond à genoux, dos à dos.

Des luminescences surnaturelles les enveloppèrent lorsque des mains blêmes de mort écartèrent brusquement les courtines du baldaquin.

Tobin refoula un cri de terreur. La chambre pullulait de créatures hirsutes et bossues qui gémissaient et brandissaient de longs ossements blanchâtres qu'elles faisaient s'entrechoquer tout en déambulant autour du lit.

À l'envie de hurler succéda bien vite un rire étouffé. En dépit du peu de lumière, il venait de reconnaître les traits de Korin et de Caliel sous la peinture noire et blanche qui les recouvrait. Ils portaient de longs manteaux noirs et ce qui se révéla n'être que des perruques faites de cordes effilochées. L'éclairage provenait d'une quantité de pierres phosphorescentes disposées sur des perches que trimbalaient certaines des « apparitions ». Il y avait là trop de monde pour qu'il ne s'agît que des Compagnons ; un examen plus attentif lui permit d'identifier dans le nombre tel ou tel des jouvenceaux et jouvencelles nobles qui baguenaudaient dans les parages des terrains d'entraînement. Des relents de vin, s'aperçut-il aussi, flottaient autour d'eux. Accroupi sur sa paillasse à côté de la porte, Baldus avait les deux mains plaquées sur sa bouche, mais ce qui le secouait si fort devait être non pas la frousse mais des fous rires.

« Êtes-vous des fantômes ? s'enquit Tobin en tâchant de toutes ses forces de conserver son propre sérieux.

— Nous sommes les fantômes du Palais Vieux ! hulula Caliel. Il te faut prouver ta valeur, nouveau Compagnon. Toi et ton écuyer, vous devez pénétrer dans la chambre interdite et prendre place sur le trône de la reine folle.

— Eh bien, soit. Viens, Ki. » Tobin se glissa hors du lit et renfila ses culottes de la journée.

L'escorte fantomatique leur banda les yeux puis les souleva de terre pour les emporter, avant de les déposer, au terme de ce qui leur parut être un assez long trajet, dans un lieu glacial où régnait un profond silence et qui sentait la mer et le moisi.

Une fois rétabli sur ses pieds et débarrassé de son bandeau, Tobin se découvrit campé à côté de Ki dans un corridor similaire à la plupart de ceux qu'ils avaient déjà pu voir dans le Palais Vieux, à ce détail près qu'il se trouvait, lui, prodigieusement délabré. Le bassin à poissons du centre était à sec et engorgé de feuilles mortes, et les étoiles glissaient un œil par les trous du toit. Ce qui subsistait de peintures sur les murs battus par les pluies s'écaillait, tout décoloré. Devant eux se dressèrent enfin les battants d'une porte qui ne différaient de ceux de la porte d'entrée du palais que par leur revêtement d'or et par le fait qu'ils étaient condamnés par de grands sceaux de plomb apposés sur tout leur pourtour et frappés d'empreintes d'aspect officiel.

Leurs ravisseurs n'avaient plus l'air aussi follement grotesques, avec leurs robes et leurs perruques, ici.

« Vous voici devant l'ancienne salle du trône, la chambre interdite, déclama Korin. C'est dans ces lieux qu'Agnalain la Folle fit en un seul jour exécuter une centaine de traîtres avant de boire leur sang. C'est dans ces lieux qu'elle s'offrit une douzaine de consorts puis les expédia à la mort. C'est du haut de ce même trône qu'elle ordonna d'installer cinq cents cages à corbeaux le long de la grand-route qui mène d'Ero à Ylani et de remplir chacune d'entre elles de condamnés. Elle n'a cessé depuis lors d'arpenter ces salles et d'occuper ce trône. » Il brandit une main blafarde et pointa l'index vers Tobin. « C'est dans ces mêmes lieux que, sous les yeux des témoins que voici, toi et ton écuyer devez aller la retrouver. Vous devez pénétrer dans la chambre interdite et vous asseoir sur les genoux de la reine folle, faute de quoi vous ne faites pas un avec nous, et vous n'êtes pas des guerriers ! »

Leur cortège les entraîna par une porte latérale et les introduisit dans une longue pièce où s'ouvrait une étroite fenêtre. Après avoir emprunté celle-ci pour sortir, il leur fallut suivre une large corniche qui surplombait les jardins de fort haut puis escalader un nouvel entablement et se faufiler par un volet brisé pour pénétrer dans la salle d'audience.

Jusque-là, les choses avaient été relativement simples mais, une fois dedans, ils eurent l'impression qu'ils venaient de tomber dans un abîme de ténèbres. Il leur fut tout d'abord impossible de rien distinguer, et l'écho de chaque murmure, de chaque pas fait à tâtons semblait s'engloutir aussitôt dans l'espace apparemment infini qui les entourait.

Tobin entendait nettement les autres, là, dehors, sur la corniche, et il comprit que toute la bande était à l'écoute de leurs réactions. Quelqu'un jeta à l'intérieur l'une des pierres phosphorescentes, une minuscule et qui n'éclairait guère que deux ou trois pieds alentour. Du moins était-ce toujours mieux que rien.

« Tobin, fils de Rhius ! » chuchota une voix de femme du fond des ténèbres.

Tobin sursauta lorsqu'il sentit sur son poignet se refermer la main de Ki.

« Tu as entendu ça ? souffla Ki.

— Oui.

— Tu crois que c'est elle ? La reine Agnalain ?

— Je ne sais pas. » Il s'efforça de percevoir la sensation qu'il éprouvait toujours quand Frère se trouvait dans les parages, mais les lieux lui firent l'effet d'être déserts et simplement peuplés de vents coulis.

« Laisse tomber, c'est encore une de leurs blagues pour nous impressionner. S'il y avait vraiment un fantôme qui risque de nous tuer, ils ne nous lanceraient pas dans cette aventure, si ?

— Toi, tu crois que non ? » ronchonna Ki, mais il suivit tout de même lorsque Tobin lui confia la pierre lumineuse avant de s'enfoncer dans le noir.

Au début, cela lui donna l'impression vertigineuse de fouler le vide au bord d'une falaise, mais, grâce à la pierre phosphorescente qui le talonnait et à la lueur des étoiles que laissaient filtrer les volets sur sa droite, il eut tôt fait de discerner les rangées de piliers qui s'évanouissaient dans les ténèbres de part et d'autre de la longue chambre.

Ç'avait été la salle d'audience de la reine Ghërilain, sa salle du trône. Il marqua une pause pour se rappeler à quoi ressemblait celle du Palais Neuf. Le trône s'y dressait tout au fond, à l'opposé des portes. Et comme, ici, les portes devaient se trouver sur sa droite, c'était à l'extrême gauche qu'il découvrirait forcément le trône de la Fondatrice.

« Prince Tobin ! » appela la voix fantomatique. Elle provenait de sa droite, au contraire.

Il s'immobilisa de nouveau, mais afin cette fois de se rappeler le palais miniature que Père avait réalisé pour lui. Sous les dehors d'une boîte banale, il avait un toit qui se soulevait, révélant dedans la salle du trône de la reine. Cette salle du trône-ci. Et le trône s'y dressait non pas à l'extrémité, mais au centre, avec la tablette d'or de l'Oracle juste à côté. Plissant les yeux, il réussit, mais de justesse, à repérer sur sa droite, effectivement, une masse sombre qui pouvait bien être une estrade. Et il eut subitement une très grande envie de le voir de ses propres yeux, ce fameux trône, et de la toucher de ses propres mains, cette fameuse tablette d'or. Dût-il y avoir un fantôme de femme, un vrai, ce fantôme-là faisait d'ailleurs partie de sa parenté.

Il se retourna si vivement qu'il emboutit Ki, lequel sursauta, effaré, puis, de nouveau cramponné à lui, haleta : « Qu'est-ce qu'il y a ? Tu as vu quelque chose ? »

Tobin le prit par l'épaule et dut se rendre à l'évidence qu'il grelottait.

Approchant sa bouche de son oreille, il lui souffla : « Il n'y a pas de fantômes ici. Aucun. Korin et les autres ont tout fait pour nous flanquer la frousse avec leurs salades, ce soir, et nous faire aborder cette épreuve avec les nerfs en pelote. Quand tu penses au costume dont ils s'étaient affublés..., non mais ! Qui sait mieux que *moi* à quoi ça ressemble, un fantôme authentique, hein ? »

Ki s'épanouit en un large sourire, et Tobin fut vaguement tenté durant une seconde de libérer Frère ici même afin de montrer aux autres, justement, de quoi était capable un authentique esprit. Au lieu de quoi il éleva la voix de manière à ce que ceux qui tendaient l'oreille, là-bas derrière, n'en perdent pas une miette, et déclara : « Viens, Ki, le trône est tout près, de ce côté-là. Allons rendre une petite visite à mon excellente grand-mère. »

Faisant sonner bravement leurs pas dont la voûte invisible répercutait l'écho, ils dérangèrent des créatures qui froissèrent mollement la nuit de leurs ailes en prenant le large. Peut-être étaient-ce les esprits des morts mais, dans ce cas, ils gardaient leurs distances.

Exactement comme il l'avait pressenti, le trône se dressait sur une large estrade au beau milieu de la salle. Deux marches permettaient d'y accéder, et il était enveloppé dans une espèce de housse sombre.

« Nous sommes obligés de nous y asseoir, lui rappela Ki. Après vous, Altesse. »

Tobin accueillit la parodie de révérence dont le gratifia son ami par une manière de salut qui n'aurait pas obtenu l'approbation de Nari puis gravit les marches conduisant au trône. Comme il se penchait pour débarrasser celui-ci de la draperie qui le recouvrait, le machin sombre se ramassa sur lui-même pour se métamorphoser en un personnage aux traits livides qui lui sauta dessus, brandissant une épée et criant d'une voix stridente : « Traître ! traître ! qu'on le mette à mort ! »

Plus stupéfié que terrifié, Tobin serait tombé à la renverse de son perchoir si Ki ne s'était trouvé là pour l'empoigner et rétablir son équilibre d'une poussée. Ils avaient tous deux reconnu la voix, toute contrefaite qu'elle était.

Celle d'Aliya.

« Bon... bonsoir, Grand-Mère ! » lança-t-il, tandis que le reste des fantômes présumés accouraient à la rescousse avec leurs loupiotes. Il essaya d'attraper la main d'Aliya pour la baiser, mais elle la retira précipitamment.

« Oh, il n'est pas drôle du tout ! » piailla-t-elle en trépignant de dépit.

« Je vous avais bien prévenus qu'il ne flancherait pas ! » Korin étreignit Tobin en le soulevant de terre. « Tu me dois dix sesters, Alben. Par la Flamme, il n'y a pas de pleutres dans mon sang ! Et tu ne l'es pas non plus, Ki, bien que je t'aie vu pris d'une sacrée tremblote au moment d'entrer. Mais ne t'en fais pas, tu aurais vu Garol... ! » Il tendit la main et arracha la perruque de l'autre écuyer. « Lui a dégringolé du haut des marches et bien failli se fracasser le crâne.

— J'avais trébuché, grommela Garol.

— J'ai bien manqué le faire, moi aussi, reconnut Tobin. Mais uniquement parce qu'Aliya m'a pris au dépourvu. Elle est plus adroite à se camoufler qu'à jouer les spectres.

— Je suppose que tu es expert ? riposta-t-elle.

— En effet. À propos, Korin, tu voudrais me montrer la plaque d'or ? »

Le prince inclina la tête de côté, l'air complètement ahuri. « La *quoi* ?

— La plaque d'or. Celle sur laquelle est inscrite la prophétie d'Afra. Elle doit se trouver ici, quelque part à côté du trône...

— Il n'y a rien de tel ici. » Il s'empara du bras de Tobin et lui fit faire le tour de l'estrade. Conformément à ses dires, il ne restait nulle part trace de la plaque.

Tout content qu'il était d'avoir surmonté l'épreuve, Tobin fut terriblement désappointé de ne pas découvrir la plaque. Comment se faisait-il d'ailleurs que Korin n'en ait pas entendu parler, lui qui avait toujours vécu ici ? Était-il possible que Père ait commis une erreur ?

Comme on repartait vers la fenêtre pour sortir, il fit volte-face pour jeter un dernier regard alentour et, dégageant son bras que le prince tenait toujours, finit par s'écrier : « Oh, regarde ! Korin, regarde ! »

Il y avait bel et bien un fantôme ici, tout compte fait. Le trône sculpté se montrait maintenant à découvert, et une femme en occupait le siège. Comme il la contemplait, Tobin eut l'impression que les bousculades et le boucan des autres Compagnons se faisaient presque imperceptibles tout autour de lui. Il n'avait pas besoin de la reconnaître pour savoir qui elle était : l'une de *celles-d'avant*..., mais qui avait cessé de n'être qu'une figurine dans une boîte, de n'être qu'un nom dans une histoire, et qui n'était pas non plus l'une des bécasses associées à la conspiration de Korin. Elle était un fantôme, elle, un fantôme aussi réel et pertinent que son jumeau à lui.

Elle portait une couronne d'or, ainsi qu'une armure d'un modèle ancien. Fixant sur lui des prunelles aussi noires et imperturbables que celles de Frère, elle se leva et dégaina l'épée qu'elle avait au côté puis la lui tendit comme une offrande, à plat sur ses paumes ouvertes.

Et voilà qu'au pied de l'estrade se dressa la plaque d'or, aussi grande que Tobin lui-même. Elle captait la lumière à la manière d'un miroir, et l'inscription qu'elle portait flamboyait en ondoyant comme si elle était gravée en lettres de feu. Il ne parvenait pas à la lire, mais il en connaissait tous les termes par cœur.

Tout désireux qu'il était de rebrousser chemin pour aller parler à la reine, pour apprendre comment elle se nommait, pour toucher l'épée qu'elle présentait, il se révéla incapable de bouger. Il jeta un regard circulaire et s'aperçut que tous les yeux étaient attachés sur lui, avec une expression méfiante dont le barbouillage des faces accentuait la bizarrerie. Il reporta alors ses regards vers le trône et ne vit plus rien d'autre que des ténèbres. De trône, point, de reine, point, et point de plaque. Il se trouvait beaucoup trop loin pour distinguer quoi que ce soit.

Alors, Ki fit un grand sourire et lâcha : « Vous les avez bien eus, mon prince, là ! Jusqu'à moi que vous avez contraint à me crever les yeux ! »

Korin éclata de rire.

« Les Quatre m'en soient témoins, cousin, tu ne chômes pas ! L'auras-tu vivement retournée contre nous, notre plaisanterie !

— Petit escroc, va ! »

Aliya s'accrocha à lui et l'embrassa sur les lèvres. « Quel horrible mioche tu fais ! Sais-tu que tu m'as terrifiée moi-même ? »

Au moment de se retirer, Tobin ne put s'empêcher de décocher un dernier coup d'œil furtif en direction du trône. Il ne fut pas le seul, du reste...

La célébration de sa victoire se fit dans les jardins en contrebas, avec des gâteaux et du vin que les Compagnons avaient dérobés aux cuisines.

L'ancienne salle d'audience avait beau être véritablement frappée d'interdit, et les sceaux apposés sur sa porte avaient beau être indiscutablement authentiques aussi, personne en revanche ne semblait savoir au juste pourquoi il en était ainsi. Cela faisait des années que Korin et Caliel avaient inventé leur petite farce, et ils récidivaient d'autant plus volontiers qu'elle défiait davantage les ordres du roi et l'autorité de maître Porion.

« Vous n'avez pas eu quand même un peu la trouille, allez ? fit ce railleur d'Alben.

— Pourquoi ça ? Tu l'as eue, toi, quand il t'a fallu y passer ? riposta Tobin.

— Et comment qu'il l'a eue ! s'esbaudit Aliya. Ne va pas lui laisser prétendre le contraire ! »

Tout le monde se mit à rire, à l'exception d'Alben, qui renifla dédaigneusement et rejeta d'une chiquenaude ses longs cheveux noirs derrière l'épaule d'un air outragé.

« C'est parce que les fantômes, ça vous est déjà familier, n'est-il pas vrai ? demanda Lynx, enhardi par le vin. Cela soit dit sans intention de vous offenser, prince Tobin, mais nous sommes tous au courant de l'histoire. On raconte que votre jumelle mort-née avait les yeux ouverts, ou bien qu'elle était coiffée, qu'elle s'est changée en démon et que c'est à cause de ça que votre famille a dû quitter la ville. On raconte que le fantôme vous a suivi tout du long jusque dans vos montagnes. C'est vrai ou pas, tout ça ? Vous avez réellement un démon jumeau ? »

Tobin haussa les épaules. « Ce n'est qu'une bagatelle, en fait. Rien de plus qu'un spectre d'esprit. »

Ki se mit à crachoter, mais il suffit à Tobin de lui faire du pied, et il s'en tint là.

« Mon père affirme que c'est ce qui arrive quand on fréquente des magiciens, intervint Zusthra. Mettez-vous à tripoter un peu trop la magie, et vous finissez par vous retrouver avec toutes sortes de créatures que vous n'avez aucune envie de voir vous rôder autour.

— Voilà une opinion que tu n'aimerais pas beaucoup voir parvenir aux oreilles de Lord Nyrin, je suis sûr », dit quelqu'un, et Tobin s'aperçut alors que son écuyer avorté de Moriel n'avait cessé d'être des leurs depuis le début. Simplement, il ne l'avait pas repéré sous sa perruque et son peinturlurage avant de l'entendre parler. « Lord Nyrin est persuadé que les magiciens peuvent être d'un puissant renfort pour le trône de Skala. Que te dit, Korin ? Tu en vois assez du compère pour avoir un avis là-dessus, toi. »

Korin s'envoya une longue lampée du vin de la gourde et cala sa tête dans le giron d'Aliya. « Les yeux du magicien de mon père sont comme deux galets bruns polis par la houle marine. Je ne suis jamais capable de dire ce qui se passe derrière ces globes durs et froids. Tant qu'il ne nous abreuve que de pierres lumineuses et de petits tours marrants, je n'ai rien contre lui, mais, quand je serai roi, je n'aurai besoin d'aucun magicien quel qu'il soit pour me gagner mes guerres ou pour me garder mon trône. Donnez-vous seulement à moi, vous tous ! » Secouant la gourde comme un prunier, il aspergea généreusement de son contenu ceux des Compagnons qui se trouvaient allongés le plus près de lui. « De l'acier skalien, et un brave Skalien pour le manier ! »

Ce toast amena des chansons, et les chansons de nouvelles beuveries. Même Tobin s'oublia jusqu'à se griser avant que Ki ne le remonte, écœuré, pour le fourrer au lit.

15

Tobin et Ki sortaient du terrain d'entraînement, quelques jours plus tard, quand ils trouvèrent Tharin qui les attendait, accompagné d'une demi-douzaine de ses hommes. Tobin eut d'abord quelque peine à les reconnaître. Koni et les autres portaient un nouvel uniforme identique à celui de la Garde royale, hormis que leurs insignes étaient non pas d'or mais d'argent. Tharin était vêtu d'un habit de grand seigneur brun sombre soutaché de noir, et il arborait une chaîne d'argent.

« Mon prince, dit-il, l'intendant me fait demander s'il plairait à Votre Altesse d'inspecter Sa demeure aujourd'hui. On a tout apprêté pour L'y accueillir. »

Tobin s'avança pour l'embrasser, il était si content de voir une figure familière... ! mais Tharin le repoussa doucement et secoua la tête d'un signe presque imperceptible. Ki se maintint lui-même légèrement en retrait, comme afin de copier son attitude sur celle du capitaine.

Après avoir pris congé du maître d'armes, ils emboîtèrent le pas de leur vieil ami dans le labyrinthe des demeures aristocratiques dont s'enchevêtraient les parcs dans l'intervalle que délimitaient les deux immenses palais royaux.

Celle qui avait jadis appartenu à la mère de Tobin formait en réalité une espèce de petite aile accolée à l'enceinte extérieure du Palais Vieux et cernée par ses propres murs et ses propres cours. Les jardins sis dans la cour principale avaient été bien entretenus, mais, une fois à l'intérieur de la maison proprement dite, le petit prince eut l'impression qu'un vide déroutant se reployait sur sa personne, en dépit des fresques éclatantes et de la magnificence des meubles sculptés qui décoraient la pièce. Une maigre poignée de domestiques en livrée saluèrent bien bas son entrée. L'intendant était un homme entre deux âges que Tharin lui présenta sous le nom d'Uliès comme le fils du vieux Mynir.

« Je le pleure avec vous », dit Tobin.

Uliès lui fit une nouvelle révérence. « Et je pleure avec vous votre propre père, mon prince. C'est un honneur pour moi que le mien vous ait servis, vous et votre famille, et j'espère qu'il me sera permis d'imiter son exemple. »

Tobin pivota lentement pour embrasser des yeux la grande salle, ses buffets patinés par les siècles, ses tapisseries, les sculptures élégantes des poutres et des frises murales. Un large escalier s'évasait sur la gauche.

« C'est dans les bras de ton père que tu as descendu cet escalier, le jour où tu as officiellement reçu ton nom, lui indiqua Tharin. Tu aurais vu ça..., c'était quelque chose, cette même salle, bondée par tout ce qui compte de nobles, à Skala ! Le roi lui-même se tenait à cet endroit-là, tiens, juste au bas des marches, et le prince Korin était juché sur ses épaules. Quant à nous autres, holà, les Quatre m'en sont témoins, ce que nous pouvions nous rengorger, tous ! »

Tobin leva les yeux vers lui. « Et ma mère, où se trouvait-elle ? Elle allait... elle allait bien, à l'époque ? »

Tharin poussa un profond soupir.

« Non, Tobin, elle n'allait pas bien. Depuis la nuit de ta naissance, elle n'allait même pas bien du tout, mais ce n'est pas ta faute à toi. Elle ne quittait pas sa chambre, là-haut.

— Je peux monter la voir ?

— Bien entendu. Cette maison est ta maison, maintenant, et tu es le seul maître d'aller où cela te chante. Simplement, les chambres de l'étage n'ont été occupées par personne depuis le départ de ta mère. Ton père et moi, nous utilisions des chambres ici même, au rez-de-chaussée, durant nos séjours à Ero, et les hommes ont leurs propres baraquements dans la cour de derrière. Viens. »

Tobin chercha Ki des yeux. « Eh bien, tu viens, oui ? »

Ils parvenaient à mi-hauteur de l'escalier quand il vit Frère apparaître au-dessus d'eux, l'attendant sur le palier.

Frère qui n'aurait pas dû se trouver là. Tobin ne l'avait pas appelé de toute la journée.

Au fait, il ne l'avait pas appelé une seule fois depuis sa première nuit à Ero, s'avisa-t-il, non sans remords. Mais c'est qu'il avait eu tant de choses à voir et à faire qu'il avait complètement oublié de s'en occuper.

Cela n'empêchait pas Frère d'être là quand même, à le dévisager d'un œil noir et accusateur. Alors, Tobin soupira intérieurement et le laissa rester.

« Et mon jumeau, Tharin, est-ce que tu l'as vu, toi ? demanda-t-il. Celui qui est mort ?

— Non. J'étais absent, je me trouvais à Atyion cette nuit-là. Quand j'ai fini par revenir, c'était une affaire réglée.

— Pourquoi Père ne m'a-t-il jamais parlé de ça ? Pourquoi ne m'a-t-il jamais dit ce qu'était en réalité le démon ?

— Je l'ignore. » Il s'arrêta au sommet des marches, sans se douter que sa main frôlait l'épaule de Frère pendant qu'il reprenait : « Peut-être bien par respect pour ta mère ? Elle ne pouvait pas supporter d'en entendre parler, surtout dans les premiers temps. Ça la rendait complètement..., ça la mettait hors d'elle. Et puis il y avait tous ces commérages qui couraient la ville à propos de fantômes et de spectres. Au bout de quelque temps, plus aucun d'entre nous n'en a soufflé mot. » Il secoua la tête. « Je supposais d'ailleurs qu'il t'en avait dit quelque chose lui-même. En tout cas, ce n'est pas à moi qu'il appartenait de le faire. »

Il souleva le loquet d'une porte qui ouvrait exactement dans l'axe de l'escalier. « La voici, Tobin, la chambre où tu es né. »

Le sol du corridor était jonché de frais, et il y flottait une odeur d'huile de lampe et de verdure éparse. À l'intérieur de la chambre, en revanche, Tobin fut frappé par les relents de renfermé typiques de l'abandon. Les volets avaient beau être ouverts, la pièce était lugubre et froide. La chair de poule lui cloqua les bras lorsqu'il y pénétra.

Ç'avait été de toute évidence la chambre à coucher d'une grande dame. Les quelques tapisseries aux tons délavés qui demeuraient suspendues aux murs représentaient des créatures aquatiques et des scènes de chasse en forêt. Le manteau de la cheminée était très joliment ciselé d'espèces de poissons plus ou moins fantaisistes, mais il n'y avait dans l'âtre que de la suie, et l'entablement de pierre, au-dessus, brillait par sa nudité, sans aucun bibelot ni la moindre poupée.

Frère se tenait à l'autre bout de la pièce, au pied d'un lit surélevé à hautes colonnes dont rien ne recouvrait le matelas. Il était désormais tout nu, et Tobin distinguait à nouveau sur sa poitrine le tracé des points encroûtés de sang. Pendant qu'il le regardait, le fantôme escalada le lit et s'y allongea sur le dos. Une seconde après, il avait disparu.

« Est-ce que tu sais de quoi mon frère est mort ? » questionna Tobin tout bas, les yeux toujours attachés sur le lit.

Tharin le regarda. « Il était mort-né, d'après ce que dit Nari. Il n'a jamais pris son souffle. Mais ce n'était pas un petit garçon, Tobin, c'était une petite fille. »

Ki lança un coup d'œil interrogateur à Tobin ; il allait sûrement dire la vérité à Tharin ? Mais Frère était de nouveau là, debout entre eux, un doigt sur les lèvres. Tobin secoua la tête, et Ki resta soigneusement coi.

Plutôt que de mettre les choses au point, Tobin préféra se détourner pour tenter de découvrir une vague trace de sa mère dans la chambre vide. Si elle avait changé de manière si terrible la nuit même où il était né, alors peut-être subsistait-il ici quelque indice de ce qu'elle avait été auparavant..., quelque chose qui l'aide à comprendre, lui, le motif de ce changement si brutal.

Mais il ne trouva rien de tel et, tout à coup, il n'eut plus aucune envie de rester là.

Les autres chambres donnant sur le corridor présentaient le même aspect : abandonnées depuis longtemps et vidées de tout sauf des meubles les plus encombrants. Plus il voyait l'état des choses, plus il sentait s'aggraver sa solitude, tel un étranger errant dans des lieux qui ne lui sont rien.

Tharin dut percevoir son désarroi. Il lui passa un bras autour des épaules et dit : « Retournons en bas. Il y a là un endroit qui te plaira davantage, je pense. »

Ils redescendirent, enfilèrent la grande salle et ensuite un petit corridor qui les mena dans une chambre à coucher douillette à lambris sombres que Tobin reconnut instantanément pour celle de son père. Rhius n'y avait pas logé depuis des mois, et il n'y remettrait jamais les pieds, mais la pièce donnait encore une impression de vie. Les lourdes tentures rouge sombre qui fermaient le lit étaient exactement semblables à celles du manoir. Une paire de chaussures familières reposait sur un coffre. Le parchemin d'une lettre inachevée, gribouillée d'une main hardie, se reployait à demi sur l'abattant du secrétaire, auprès d'un portrait sur ivoire de Tobin. Celui-ci se gorgea des senteurs bien connues de la cire à cacheter, des cuirs huilés, de la rouille et des herbes aromatiques auxquelles se mêlait la propre odeur de Père, une odeur virile et chaleureuse. Sur une étagère voisine du secrétaire était alignée toute une collection de ses propres figurines en cire et en bois sculpté – autant de présents qu'il avait faits à Père au fil des années, et que Père avait conservés, tout comme lui-même avait conservé chacun des gages d'affection que Père lui avait envoyés.

D'un seul coup, la douleur et le deuil qu'il avait jusque-là réussi de vive force à tenir en respect le submergèrent avec une violence redoublée. Et il eut beau serrer les dents pour leur résister de son mieux, les larmes survinrent néanmoins, brûlantes, l'aveugler, tandis qu'il s'affaissait comme une chiffe. Des mains puissantes le retinrent ; mais ce n'était pas Père, c'était Tharin qui l'étreignait à l'étouffer, lui tapotant le dos comme du temps où il était tout petit. Et il y avait une autre main sur son épaule, aussi, et, cette fois, il n'avait pas honte d'étaler toute sa faiblesse sous les yeux de Ki. Les assertions de Ki, maintenant, il les croyait parfaitement fondées : les guerriers eux-mêmes devaient pleurer.

Et il sanglota, sanglota tant et si fort que la poitrine lui faisait mal, que son nez ruisselait, mais qu'il finit par se sentir comme allégé, comme affranchi du poids du chagrin qu'il n'avait que trop porté tout au fond de lui. Il se dégagea de ses deux amis pour se torcher le nez sur sa manche.

« Je ferai honneur à mon père, dit-il ensuite, en promenant un regard de gratitude tout autour de la pièce. Je porterai son nom jusqu'au sein des batailles, et je me montrerai un aussi valeureux guerrier que lui.

— Il le savait bien, affirma Tharin. C'est toujours avec la plus grande fierté qu'il parlait de toi.

— Cette chambre, il me sera permis d'en faire la mienne, quand je séjournerai ici ?

— Tu n'as pas à en demander la permission, Tobin. Cette demeure t'appartient.

— C'est à cause de ça que Koni et les autres portent maintenant un uniforme différent ?

— Oui. En tant qu'unique héritier de tes parents, le rang de ta mère et tous les domaines que possédait ton père te reviennent de plein droit.

— Mes domaines..., prononça Tobin d'un ton rêveur. Il te serait possible de me les montrer ? »

Tharin ouvrit un coffre et en retira une carte. Tobin y reconnut les contours de la péninsule skalienne, ainsi que les territoires qui dépendaient d'elle, au nord. Une minuscule couronne indiquait sur la côte orientale l'emplacement d'Ero. Il avait déjà vu des cartes similaires, mais sur celle-ci figuraient d'autres lieux inscrits à l'encre rouge. Atyion se situait au nord de la capitale, et un point désignait Cirna sur la fine bande de terre qui reliait Skala au continent. Il y avait également plein d'autres points rouges dans les Territoires et, par-delà les montagnes, le long des côtes du nord-ouest qui ne portaient pour ainsi dire pas de villes. Lesquels d'entre eux, se demanda-t-il, au comble de la perplexité, pourraient faire le plus de plaisir à Ki ?

« Mais ils relèvent tous de la Couronne jusqu'à ta majorité, bien évidemment, fit Tharin, tout en scrutant la carte d'un air étrangement renfrogné.

— On dirait que ça te tracasse...

— Ce n'est pas un sujet sur lequel nous ayons à nous casser la tête pour l'instant. » Tharin se força à sourire tout en repoussant la carte. « Viens plutôt voir ma chambre à moi. »

Ils longèrent le couloir jusqu'à la porte suivante, et Tharin les fit entrer chez lui.

Comparée à la précédente, la pièce, avec ses tentures sobres et son minimum de confort, était austère jusqu'à l'ascétisme. Seules y contrevenaient, accrochée à un mur, une superbe panoplie d'armes récoltées sur maints champs de bataille, et, sur une table près de la fenêtre, une nouvelle série des petites créations de Tobin. Celui-ci s'en approcha et y préleva un bonhomme de cire un rien contrefait qui brandissait dans son poing rond une écharde de bois en guise d'épée. Il plissa le nez. « Je me souviens très bien de celui-ci. Je l'avais flanqué dehors. »

Tharin gloussa tendrement.

« Et moi, je l'ai sauvé ; c'est le seul portrait de moi qu'on ait jamais fait. Les autres, là, c'est toi qui me les as donnés. Te rappelles ? » Il extirpa du col de sa tunique un petit cheval de Sakor en bois, plutôt fruste, noué sur un bout de corde. « Celui-là, c'est le premier que tu aies réalisé tout exprès pour moi. Chacun de nos hommes a aussi le sien. Ils nous servent à tous de porte-bonheur.

— Vous devriez vous en faire faire un neuf, dit Ki en riant. Il a fait de sacrés progrès depuis cette époque-là. »

Le capitaine secoua la tête.

« C'est un cadeau qui venait du cœur. Je ne troquerais pas ce petit copain contre tous les chevaux d'Atyion.

— À propos d'Atyion, quand est-ce que je pourrai y aller ? demanda Tobin. J'en entends raconter des tas d'histoires depuis que je suis né. C'est quand même un peu fort, non ? Même Ki l'a vu, et moi toujours pas ! Et Cirna ? Et tous les autres domaines et propriétés, j'irai les visiter quand ? »

Une ombre passa sur les traits de Tharin qui faillit à nouveau se renfrogner comme devant la carte.

« Ça, répondit-il, c'est à Lord Orun qu'il te faudra poser la question. De quelque balade hors des murs d'Ero que tu puisses avoir envie, la charge de l'organiser lui incombe et n'incombe qu'à lui.

— Oh ! » Là, Tobin ne fit aucun effort pour dissimuler son aversion. « Quand crois-tu que le roi reviendra ? Avant qu'il ne reparte encore une fois, je compte le prier de me donner un autre gardien. Ça m'est éperdument égal, qu'Orun soit tellement riche et puissant, sa seule vue m'est insupportable !

— Eh bien, nous y voilà, j'espérais justement te parler de ça. C'est même l'une des raisons qui m'ont déterminé à t'amener ici aujourd'hui. » Tharin referma la porte et, s'y adossant, massa à pleine main son menton barbu.

« Tu es encore tout jeune, Tobin, et tu n'as aucune expérience de la vie de cour. Je ne saurais sûrement pas dire que ça me chagrine de te voir devenu grâce à ça comme tu es, mais, à présent que tu te trouves ici, il risque de t'en cuire d'ignorer comment va le monde. Illior sait que nous n'avons pas eu beaucoup de temps pour parler de tous les changements que... Bref, ça nous a tous pris au dépourvu quand il a fait son apparition. Mais maintenant que nous voilà tous séparés de cette façon, il y a deux ou trois choses que tu dois apprendre. J'ai juré à ton père que je veillerais sur toi, et je ne vois personne d'autre qui puisse t'apprendre ce que je m'apprête à t'expliquer. Toi aussi, Ki, écoute bien, et ne souffle jamais mot de ce que tu vas entendre à qui que ce soit. »

Il fit asseoir les deux garçons sur le bord de son lit puis attira un fauteuil juste devant eux.

« Lord Orun, je n'en ai pas grand-chose à fiche, moi non plus, mais vous gardez bien ça pour vous. Seulement, comme il est l'ami du roi et l'un de ses principaux ministres, tu soigneras bien mal tes intérêts si tu débutes avec ton oncle par des doléances lorsque vous vous rencontrerez. Piges ? »

Tobin acquiesça d'un signe de tête.

« Le prince Korin m'a conseillé de me défier d'Orun, sous prétexte que c'est quelqu'un de puissant.

— Rien de plus exact. À la cour, tu dois toujours en dire moins que tu ne penses et ne dire de la vérité que ce qui te rapportera. Voilà une chose que nous aurions dû t'enseigner plus tôt, je crains, mais tu t'es toujours montré très doué pour garder le silence sur des tas de trucs. En ce qui te concerne, Ki... »

Celui-ci s'empourpra.

« Je sais. Faut que j'apprenne à fermer ma gueule.

— Il y va du salut de Tobin. Maintenant, ça m'étouffe pas mal de vous dire ça, mais j'exige que vous demeuriez tous les deux en bons termes avec Lord Orun aussi longtemps que la situation vous y obligera.

— À vous entendre, on jurerait qu'il vous effraie ! gaffa Ki.

— Ça pourrait effectivement se formuler de cette façon... Du temps où Rhius et moi faisions partie des Compagnons, Orun était déjà un puissant personnage à la cour. Il avait beau n'être que le troisième fils d'un duc, son père était riche, et il avait l'oreille de la reine folle. Ceci soit dit sans vouloir manquer de respect à ta famille, Tobin, ta grand-mère Agnalain était aussi folle à la fin qu'une chatte dans la tornade, et ça n'a pourtant pas empêché Orun de s'en sortir non seulement vivant mais muni de pouvoirs certains. Et ce qui a toujours passé l'entendement de ton père autant que le mien, c'est qu'Erius l'aime bien, lui aussi. En un mot, contrarie Orun, et tu n'arriveras à rien de mieux qu'à cochonner ta propre litière. Maintiens la paix entre vous, crois-moi. Et si... » Il s'interrompit, comme incertain de ce qu'il allait dire au juste. « Oui, voilà..., si l'un ou l'autre d'entre vous a le moindre problème avec lui, vous venez me trouver. Promettez-le-moi.

— Mais tu sais bien que nous le ferons », répliqua Tobin, bien qu'il eût l'impression que les regards de Tharin et son injonction visaient plutôt Ki.

Au même instant, on frappa à la porte, et Tharin dut aller s'entretenir avec une estafette qui venait d'arriver. Après être resté un bon moment sans bouger de sa place, à ruminer tout l'entretien, Tobin finit par se lever pour regagner la grande salle. Or, comme il sortait pour s'engager dans le corridor, Ki lui donna une tape sur l'épaule et chuchota : « J'ai comme dans l'idée que notre ami se trouve ici. Je n'ai pas cessé de sentir sa présence depuis que nous étions en haut. »

Tobin se retourna, suffoqué. C'était bel et bien de Frère que voulait parler Ki. « Tu es capable de la sentir ? » lui chuchota-t-il en retour. Il avait perdu la piste de l'esprit pendant qu'on visitait le premier étage et ne l'avait pas revu depuis.

« Des fois. Je me trompe, là ? »

Tobin jeta un regard circulaire et, comme par hasard, Frère se tenait derrière eux, qui lui faisait signe de le suivre, mais vers l'extrémité opposée du couloir.

« Non. Il est là. Je ne l'avais pas appelé, pourtant.

— Pourquoi faudrait-il qu'il se produise ici le moindre changement dans son comportement ? » maugréa Ki.

Emboîtant le pas à Frère, les garçons empruntèrent une série de couloirs plus étroits et finirent par déboucher dans une petite cour abandonnée que cernait un grand mur. Une cuisine d'été s'y voyait encore, mais l'auvent moussu qui protégeait le four en plein air s'était effondré depuis des années sans qu'on se soucie jamais de le réparer. À peu près au milieu de la cour se dressait un châtaignier mort, colossal. Ses branches crochues tendaient leurs mains brisées par-dessus la cour et lui faisaient comme une toiture d'entrelacs gris et rugueux au travers desquels s'entrevoyait l'azur du ciel. Ses racines noueuses bossuaient le sol de terre battue, l'éventraient en tous sens et s'y chevauchaient en se contorsionnant comme des couleuvres.

« Tu le vois toujours ? » chuchota Ki.

Tobin fit signe que oui. Frère s'était assis au pied de l'arbre entre deux grosses racines. Il avait les jambes reployées contre sa poitrine et le front posé sur les genoux. Ses cheveux noirs en broussaille pendaient, ne laissant rien voir de ses traits. Et tout cela lui donnait un air si malheureux que Tobin s'en approcha peu à peu, non sans perplexité : que pouvait-il bien y avoir ? Il ne se trouvait plus qu'à quelques pieds de l'esprit quand celui-ci leva vers lui un visage blême et sillonné de larmes puis murmura d'une voix lasse, atone, qu'il n'avait jamais eue jusqu'alors : « C'est ici, l'endroit », avant de s'évanouir une fois de plus.

Abasourdi, Tobin leva les yeux vers la membrure de l'arbre en se demandant ce que *l'endroit* pouvait bien avoir de remarquable. Pour ce qui était du lit, il avait compris ; Frère y était venu au monde mort-né, et il s'en souvenait, apparemment. Mais cette cour, ou bien cet arbre, quel motif pouvait-il bien avoir de s'en souvenir ? Il reporta ses regards sur l'emplacement que Frère avait choisi pour s'asseoir et, finissant par y repérer, sous l'une des deux racines, une vague ouverture, il s'accroupit pour l'examiner de plus près. Elle se révéla plus grande qu'elle ne paraissait de prime abord ; large de huit à dix pouces et haute de quatre ou cinq, extérieurement. Tout à fait le genre d'anfractuosité, se rappela-t-il tout à coup, qu'il avait autrefois si longuement cherché dans la forêt dans l'espoir d'y cacher la poupée.

Sauf qu'ici le sol était sablonneux et ferme, grâce à l'abri que lui procurait le châtaignier. Tobin faufila une main curieuse pour voir si l'intérieur du trou était aussi sec que le laissaient présumer ses dehors.

« Il pourrait y avoir des serpents », prévint Ki tout en se plaçant à croupetons près de lui.

Dedans, c'était plus vaste qu'il ne s'y était attendu. Bien assez vaste pour la poupée s'il était possible de lui faire franchir l'entrée. En tâtonnant, ses doigts ne rencontrèrent pas de serpents, rien d'autre en fait que des feuilles mortes et quelques bogues de châtaignes hérissées de piquants. Et il était sur le point de retirer sa main quand elle effleura quelque chose qui ressemblait à un bord arrondi. Il tripota l'objet plus attentivement puis réussit à s'assurer une prise suffisante dessus pour le dégager du sol. Une fois extirpé du trou, celui-ci se révéla être une bague en or sertie d'une pierre gravée ressemblant plus ou moins à celle dont Lord Orun lui avait fait présent. Il la frotta sur sa manche pour la nettoyer. Du même violet sombre que le cœur de certains iris d'eau, la grosse gemme plate présentait, gravés en intaille, les profils accotés d'un homme et d'une femme, la préséance jouant en faveur de la femme.

« Par la Flamme, Tobin, n'est-ce pas ton père, lui ? demanda Ki, qui lorgnait par-dessus son épaule.

— Et ma mère, elle. » Il fit tourner la bague entre ses doigts et découvrit effectivement, gravés à l'arrière de la bande d'or où était enchâssée la pierre, un À et un *R*.

« Que je sois damné, si Frère n'a pas voulu te la faire trouver ! Regarde s'il n'y aurait pas quelque chose d'autre... »

Tobin se remit à tâtonner, mais le trou ne recelait rien de plus, en définitive.

« Ah, vous voilà donc enfin ! s'écria Tharin en pénétrant à son tour dans la cour. Qu'est-ce que vous me fichez là, encore, à farfouiller dans la terre ?

— Regardez voir ce que Tobin s'est déniché sous cet arbre mort », dit Ki.

Tobin exhiba la bague, et Tharin ouvrit des yeux comme des soucoupes.

« Ça faisait des années que... Mais comment diable a-t-elle bien pu aboutir ici ?

— C'était celle de ma mère ? »

Le grand gaillard s'assit et, lui prenant la bague des mains, se mit à considérer les deux profils ciselés dans la pierre. « Oh, ça oui. De tous les cadeaux de fiançailles que ton père lui avait faits, c'était cette bague-ci qu'elle aimait le plus. De l'ouvrage aurënfaïe... Nous n'avons fait voile jusqu'à Virésse que pour qu'il puisse la lui faire exécuter par les meilleurs graveurs. Je me rappelle l'air qu'elle a eu devant... Après, ta mère est tombée malade, et nous n'avons jamais pu savoir ce que sa bague était devenue. Pas plus d'ailleurs que certaines de ses autres affaires. » Il baissa les yeux vers la cache. « Comment a-t-elle bien pu aboutir dans ce trou, d'après toi ? N'importe, au fond. Elle est retrouvée, et c'est à toi de la garder. Tu devrais la porter en souvenir d'eux. »

Comme elle était trop large pour ses doigts, Tobin l'enfila sur la chaîne d'or qui supportait déjà le sceau de Père puis en examina de nouveau la gravure. Tels qu'il les voyait là couplés, jeunes et beaux d'allure, ses parents ne ressemblaient absolument pas aux êtres tourmentés qu'il avait connus.

Tharin tendit la main et emprisonna l'une contre l'autre au creux de sa paume la bague et le sceau bien serrés. « Maintenant, ça y est, tu vas pouvoir porter contre ton cœur quelque chose de tous les deux. »

16

Les semaines d'après s'écoulèrent d'une manière aussi floue que brillante. L'existence que l'on menait au manoir n'avait préparé aucun des deux gosses à vivre en pareille société, même s'ils s'épargnèrent d'abord mutuellement leurs inquiétudes respectives à cet égard-là.

Tous les matins, les Compagnons couraient faire leurs offrandes au temple, puis ils restaient sur les terrains d'exercice à s'entraîner dur jusque vers le milieu de l'après-midi sous la férule exigeante de maître Porion.

Là, du moins, Tobin et Ki excellaient tous les deux. Porion avait beau se montrer d'une rigueur inexorable pour le travail, il était en revanche aussi prompt aux louanges qu'aux châtiments. Ses élèves se voyaient non seulement enseigner les finesses du maniement du bouclier, l'art de se battre et de tirer à cheval, mais aussi l'utilisation de la hache et du javelot, tout comme la pratique de la lutte au poignard et du corps à corps à mains nues.

« Il se peut fort bien que vous commenciez la journée fièrement en selle, mes beaux gentilshommes, se plaisait-il à leur dire, mais Sakor est seul à savoir combien de temps vous y demeurerez. » Et puis de leur faire improviser sur-le-champ quantité de figures aussi diverses que variées mais exclusivement conçues pour les initier à vider les arçons.

Leur entraînement terminé, ils disposaient de tout ce qui restait de jour pour s'amuser comme il leur plaisait jusqu'à l'heure du mess. Certaines fois, ils partaient à cheval flâner en ville et regarder un spectacle de bateleurs ou bien rendre visite à leurs tailleurs ou leurs artisans favoris. D'autres fois, ils allaient chasser à courre ou au faucon dans les collines, quand ils ne descendaient pas au bord de la mer prendre des bains et jouir des derniers beaux jours chauds d'été.

Ces parties de plaisir leur valaient habituellement la compagnie d'une multitude de jeunes gens nobles et de certains messieurs plus si verts que ça. Lord Orun en était souvent, conjointement avec d'autres du même acabit..., tous gens inondés de senteurs et qui, l'oreille alourdie de pendentifs, n'avaient eu garde d'aller tâter du champ de bataille. Il y avait également là des femmes faites et des jouvencelles.

Ki se rendit rapidement compte que les tendrons comme la jolie Aliya et ses amies étaient hors de sa portée, et que tendre minois ne signifiait pas forcément cœur tendre. Aliya était la cousine d'Alben, et elle finit par se révéler aussi fielleuse que son parent. Le prince Korin n'en avait pas moins un faible pour elle, et les commérages des écuyers apprirent à Ki qu'elle faisait partie des nombreuses maîtresses qui visitaient régulièrement la couche du prince dans l'espoir de lui procurer un héritier et de lui permettre ainsi de partir guerroyer. Comment le roi prendrait la chose, le cas échéant, nul ne se mettait en peine de l'envisager.

Au demeurant, il y avait des tas d'autres filles qui trouvaient Ki suffisamment bon pour flirter avec lui. L'une d'elles en particulier, Mekhari, lui avait prodigué des regards on ne saurait moins dissuasifs tout en se donnant un mal fou pour lui apprendre à danser. Ils pouvaient bien être, Tobin et lui, de vrais petits as dans le domaine des arts guerriers, ils ne connaissaient ni l'un ni l'autre ne serait-ce que l'ombre d'un pas de danse, et ils ne jouaient d'aucun instrument ; quant à leurs voix, le pauvre Arkoniel avait eu beau faire de son mieux, leurs aptitudes au chant n'excédaient pas, mises en commun, celles d'un couple de corbeaux. Ce défaut de grâces était un inépuisable sujet de délectation pour la malveillance et l'envie. Lesquelles ne se faisaient jamais faute d'embringuer ces jeunes rivaux trop brillants dans toutes les situations susceptibles de mettre le mieux en valeur leurs points faibles.

C'est tout à fait par hasard que Tobin réussit à prendre sa revanche, un soir où, n'en pouvant plus d'ennui pendant le dîner, il se mit à sculpter machinalement un morceau de fromage. Dès lors, les filles se mirent à le harceler pour qu'il leur cisèle des babioles et des amulettes en échange de faveurs et de promesses de baisers. Et, s'il refusait avec la dernière des modesties de recevoir toute espèce de rémunération, parce qu'il ignorait manifestement quelle attitude adopter face à ce genre d'agaceries, il ne s'en employait pas moins furieusement, rouge comme une cerise et toussotant des *hum !* d'embarras, à satisfaire chaque commande.

Ce comportement ne manquait pas de déconcerter Ki. Il lui semblait qu'en plus de ses presque douze ans, Tobin l'avait suffisamment entendu raconter d'histoires de filles pour savoir à quoi s'en tenir sur elles. Qu'il ne fût pas encore assez grand pour avoir envie d'en sauter une, bon, mais leur marquer autant d'éloignement, ça, c'était tout de même bizarre. Deux d'entre elles semblaient particulièrement l'empoisonner. En ce qui la concernait, la pâle Lilyan, sœur d'Urmanis, qui s'était mise à le poursuivre outrageusement de ses assiduités, ne le faisait que par malice et Ki, en était convaincu, pour le mettre mal à l'aise.

Il en allait tout autrement de la seconde, une brunette mince appelée Una. Fort douée pour la chasse et l'équitation, elle avait un côté attentif et taciturne que Ki trouvait tout à la fois séduisant et troublant ;

son regard vous donnait l'impression qu'elle pouvait lire dans vos pensées et les apprécier. Mais personne ne faisait bafouiller Tobin autant qu'elle. Il s'était presque tranché un doigt en sculptant un chat à son intention.

« Mais, au nom de Bilairy, dis-moi ce qu'il y a, Tob ! l'avait carrément grondé Ki, tout en lui baignant sa plaie dans une cuvette, le soir, avant le coucher. Je parie qu'Una te laisserait l'embrasser, si tu essayais, mais tu la traites comme une pestiférée !

— Je n'ai pas *envie* de l'embrasser ! » jappa Tobin en retirant sa main avant que Ki n'ait pu lui faire une poupée au doigt. Escaladant le lit, il se fourra sous les couvertures aussi loin de son ami que c'était possible et n'en bougea plus, refusant même de lui adresser la parole de toute la nuit.

Comme c'était la première fois qu'il lui manifestait une véritable rancune, Ki demeura des heures allongé sans dormir, malade de chagrin et se jurant bien de ne plus jamais se permettre de le taquiner à propos des filles.

Des sujets de tourment, il en avait bien assez comme ça.

Depuis leur arrivée, le prince Korin avait redonné un certain nombre de ces ripailles somptueuses dont il avait le secret et qu'il organisait au gré de sa fantaisie, son caprice ou lorsqu'il croyait être en mesure d'affronter la réprobation de Porion. Or, si ces festivités-là signifiaient pour les écuyers la suspension du service à table, Ki s'en serait pour sa part dispensé fort volontiers. Tout le monde en profitait en effet pour picoler davantage, notamment Korin, et Ki avait infiniment plus de sympathie pour lui quand il le voyait sobre.

Si son incurable bon cœur avait attaché Tobin à son cousin, Ki doutait de sa jugeote, en l'occurrence. Ce qui le frappait, lui, dans le prince royal, quand il était ivre, c'était l'inconsistance d'un caractère plus enclin à refléter les opinions de son entourage qu'à briller de son propre éclat ; il s'abandonnait dès lors sans plus de retenue à ses penchants railleurs et s'aveuglait d'autant mieux sur la goujaterie d'autrui.

Goujaterie qui surabondait, fût-elle fréquemment voilée sous des airs de fine plaisanterie. L'adresse dont les deux nouveaux faisaient preuve sur le terrain d'entraînement n'avait pas manqué d'allumer la jalousie des Compagnons plus âgés, et le comportement singulier de Tobin dans l'ancienne salle d'audience, la nuit des fantômes, avait mis en branle quelques bonnes langues. Encore que ces bonnes langues-là devaient avoir commencé à jaser dès avant qu'ils ne surviennent de leurs montagnes...

Il est vrai qu'à l'y voir lui-même, Ki s'était aussitôt rappelé son propre étonnement lors de leur première rencontre : Tobin lui avait semblé bizarre à toutes sortes d'égards ; par sa façon de se comporter avec des fantômes, des sorcières et des magiciens, comme s'il n'y avait rien de plus naturel au monde que de deviser avec eux ; par sa capacité à déchiffrer les visages avec autant de perspicacité que d'autres à suivre une piste ou à prévoir le temps, mais sans seulement se douter qu'il était en train de le faire. Sans doute avait-il quelque peu changé depuis que Ki le connaissait, mais il persistait à avoir des yeux d'homme et à fort peu modifier ses manières selon qu'il avait affaire à un noble ou à un roturier, à un grand seigneur ou à un domestique – à les traiter tous également bien, en un mot. À cela aussi Ki s'était habitué, tout au long des années lentes et faciles passées au manoir. Seulement, ici, dans cette société de godelureaux si bien nés, on n'avait pas tardé à lui faire voir jusqu'à quel point cette attitude était inhabituelle, et ce en recourant à des biais dont Tobin avait précisément l'air de ne pas percevoir la perfidie.

Mais Ki la percevait, lui, et les Compagnons la percevaient tout autant – même les plus gentils d'entre eux. Tobin n'avait rien remarqué de la honte éprouvée par Ki lorsqu'un soûlard de prince l'avait grossièrement claqué du plat de son épée puis – bel adoubement... ! – qualifié de « sieur » tout en l'affublant d'un titre creux de chevalier de pacotille..., assorti de l'aubaine, il est vrai, d'un cheval de bataille et d'une bourse annuelle toute dodue d'or. En dépit de toutes les leçons qu'Arkoniel lui avait inculquées avec un parler correct, tout le monde au palais savait de qui il était le fils et avait vu de quelle manière burlesque s'était acquise sa « chevalerie ».

Non, Tobin ne sentait rien de toutes ces misères, il était incapable de les concevoir, et Ki, conformément aux promesses qu'il avait faites à Tharin, se gardait bien de lui en toucher mot. L'orgueil l'empêchait même d'en faire confidence au capitaine, auquel ils allaient pourtant rendre visite l'un et l'autre le plus souvent que faire se pouvait.

La vie qu'il menait n'avait pas que des côtés noirs, d'ailleurs, se ressassait-il de son mieux. Il trouvait en Tobin comme une source d'eau douce et limpide au sein d'un marécage saumâtre, et un certain nombre de leurs acolytes n'étaient pas non plus sans savoir l'apprécier. Korin, par exemple, à condition d'être à jeun, ainsi que la fine fleur des Compagnons, tels Caliel, Orneüs, Nikidès et le petit Lutha. Du coup, leurs écuyers respectifs entretenaient avec lui des relations pour le moins courtoises, quand ils n'allaient pas jusqu'à l'admettre à leur amitié.

Sur l'autre bord campaient sieur Mago et sa faction ; il aurait fallu être aveugle pour ne pas s'apercevoir instantanément de leur hostilité. Ils montraient une assiduité sans faille à lui rappeler qu'il n'était qu'un chevalier tocard et le rejeton d'un pauvre hère. Pour peu que se présentât l'occasion de l'acculer sans que le prince se trouve à portée d'oreille – aux écuries, aux bains, voire même au cours des parties d'escrime dans l'arène –, ils lui sifflaient, venimeux comme autant de vipères dans la caillasse : « Chevalier, ça ? Chevalier de mes deux ! »

Outre cela, pour tout améliorer, le petit Moriel, dont Ki était censé avoir usurpé la place, était tout à la fois l'un des amis intimes de Mago et le cousin d'Arius, écuyer de Quirion. Allant au surplus sans dire que sa propre nomination au service de Tobin aurait présenté l'avantage de l'agréger automatiquement au cercle très fermé des fameux Compagnons.

Il y avait d'ailleurs là-dedans quelque chose qui clochait, d'après Ki. Korin ne paraissait pas chérir outre mesure tel ou tel de ses commensaux, alors que se vantait d'une seule voix l'indéfectible union d'une élite au sein de laquelle Skala puiserait les généraux et conseillers futurs de son futur roi. Et Ki allait même pour sa part jusqu'à trouver que Korin ferait bien de se débarrasser d'un bon nombre d'entre eux lorsqu'il aurait atteint l'âge de faire ses propres choix.

Rien de tout ça ne me concerne, avait-il néanmoins la sagesse de se rappeler. Il était l'écuyer de Tobin, et ça, il ne s'en plaignait pas, loin de là. Et les autres auraient beau lui dire n'importe quoi, sur ce chapitre, alors, il était bien tranquille... !

C'était du moins ce qu'il se figurait.

Vers la fin de Rhythin, il commençait à prendre ses marques, à table. Il était désormais capable de présenter n'importe quel genre de mets au cours d'un banquet de douze plats sans en renverser une seule goutte, les récipients de service n'avaient plus de secrets pour lui, et il était plutôt fier de ces résultats.

Au dîner du mess ne se trouvaient attablés ce soir-là que les Compagnons et le maître d'armes. Tobin était assis entre celui-ci et Zusthra. Ce dernier se montrait encore assez indéchiffrable, et il avait l'air maussade mais, comme Porion lui témoignait beaucoup d'estime, Ki voyait là un signe en sa faveur.

Tobin semblait assez content, quoique silencieux. Korin n'arrêtait pas de boire et de rabâcher le dernier bulletin reçu de Mycena. Le roi avait apparemment écrasé une attaque plenimarienne sur les bords d'une vague rivière, et c'était à qui picolerait le plus pour célébrer la victoire et à qui deviendrait le plus morose au fur et à mesure que s'aggravait son ébriété, parce que l'on en était convaincu, maintenant, les combats allaient s'achever sans qu'on ait encore eu l'autorisation de partir y participer.

Ki s'en fut chercher de nouveaux plateaux, et, lorsqu'il revint, Caliel et Korin en étaient à débattre la question de savoir pourquoi les limiers n'aimaient pas Tobin mais les faucons, si. Il leur en souhaita de belles, à part lui, là-dessus, car Arkoniel en personne avait renoncé à résoudre l'énigme posée par les premiers. Alors qu'il avait fallu renoncer à l'idée de lui offrir le moindre chien, Tobin s'était révélé un fin manieur de faucons. Caliel passait un temps fou en sa compagnie, désormais, lui apprenant à se servir des chaperons, des longes à vervelle et des sifflets. En retour, Tobin avait exprès pour lui modelé dans la cire et fait réaliser par un orfèvre une bague magnifique en forme de faucon aux ailes déployées. Caliel la portait fièrement, jalousé par l'ensemble des Compagnons. Grâce à quoi Tobin était passé de la sculpture sur bois à la conception de bijoux, si bien que leur chambre était à présent jonchée de chutes de cire et d'esquisses. Tobin connaissait déjà la moitié des orfèvres installés aux abords du Palatin, et comme il commençait à faire des virées chez les graveurs de gemmes, sa toute dernière fantaisie, son royal cousin en était venu à le qualifier de « prince des Arts ».

Ki se trouvait abîmé dans ces pensées heureuses quand il regagna les cuisines avec deux saucières à demi pleines en équilibre sur les bras. Il avait presque atteint le buffet quand Arius et Mago le coincèrent. Il jeta un rapide coup d'œil circulaire mais n'aperçut Barieüs nulle part. Quant aux cuistots et gâte-sauces, ils vaquaient à leurs propres tâches.

« Non, il n'y a rien que nous trois », fit Arius, devinant à quoi il songeait et le bousculant d'un côté pendant que Mago le bousculait de l'autre jusqu'à ce qu'il se retrouve acculé dans un angle. Ki réussit quand même l'exploit de déposer les deux saucières sur la première table venue, juste à temps pour éviter que ne s'en éparpille le contenu.

« Pas mal, chevalier de merde ! » ricana Arius.

Avec un soupir, Ki s'imposa patience. Ils finiraient bien par lui ficher la paix et filer, maintenant qu'ils s'étaient fait plaisir. Mais tel ne fut pas le cas.

« Pas mal pour un fils de voleur de chevaux », déclara à son tour Mago d'un ton méprisant, sans seulement prendre la peine de baisser la voix.

Ki sentit la chaleur lui monter au front.

« Mon père n'est pas un voleur.

— Ah bon ? » Mago mima la surprise en faisant l'œil rond. « Ben, dans ce cas, c'est que tu es bien le bâtard de cocu que j'ai toujours pensé depuis le début ! Le vieux Larenth, ça fait des années qu'il vole les chevaux de mon oncle et que tout le monde le sait. Quant à ton Alon de frangin, tiens, mon oncle l'aurait fait pendre s'il ne s'était pas ensauvé à la guerre juste à temps pour que le bailli ne lui ait pas mis la main au collet. »

Tout en maintenant ses poings crispés plaqués contre ses cuisses, Ki refusa de se laisser intimider.

« Il n'est pas un voleur ! Et mon père non plus.

— Alors, c'est qu'il n'est vraiment pas ton père, assura Arius, affectant de le raisonner. Allez, sieur Kirothius, dis-nous-le, maintenant, c'est de la main gauche que tu es, ou de la main droite ? Mais il se pourrait bien que tu ne saches même pas ça ? »

Ça ne compte pas. Il serrait si violemment les poings qu'il se sentait les paumes entamées par ses ongles. *Il n'y a que l'honneur qui compte. Ne va pas déshonorer Tobin en perdant ton sang-froid.*

« Qu'est-ce que ça peut bien foutre, un prince, avec un chevalier de merde comme toi pour lui tenir lieu d'écuyer ? voilà ce que je me demande, moi... », dit Mago.

Arius se pencha vers lui d'un air confidentiel. « Hé ! mais tu sais bien ce qu'on raconte sur *lui*... »

Ki faillit douter du témoignage de ses oreilles. Ils avaient le culot, maintenant, d'insulter Tobin ? Il n'eut pas le loisir de rassembler ses esprits pour répondre que les deux autres avaient tourné les talons et déjà déguerpi.

« Ne reste donc pas là à rêvasser, Ki ! jappa Chylnir qui venait d'entrer. La tarte aux prunes, tu l'apportes, ou quoi ? »

L'honneur. Ki fit mentalement appel à la voix de Tharin tout en soulevant le lourd plat de pâtisserie. *Tout ce que fait un écuyer rejaillit sur celui qu'il a pour seigneur et maître et se doit de servir. Conserve avant tout cette pensée-là dans ton cœur et, quoi qu'il advienne, tu te conduiras toujours comme il sied.*

Penser à Tharin le calma. Lorsqu'il parvint à la salle à manger, il était assez maître de lui déjà pour souhaiter mille morts aux deux petits salauds mais sans seulement s'abaisser à ne serait-ce que froncer un sourcil dans leur direction.

Du moins apporta-t-il à titre de compensation, le lendemain matin puis chaque jour après, toute sa rage et toute sa rancœur sur les terrains d'entraînement. Chaque fois qu'il le pouvait, il s'offrait ses ennemis pour partenaires d'escrime ou de pugilat, et il laissait son corps prendre la parole pour lui. Les autres étaient d'ailleurs de rudes adversaires, et il n'avait pas toujours le dessus, mais ils préférèrent bientôt l'éviter autant que possible.

On saluait en Tobin et lui les égaux de toute la bande, aînés mis à part, et encore Ki n'était-il pas sûr qu'ils n'auraient pas pu battre certains de ceux-ci, mais Porion ne voulait pas entendre parler de rencontres avec eux. Il y avait toujours un monde fou pour regarder se battre le petit prince. Quelques écuyers, mais d'autres également, dont Lutha, en vinrent à adopter des tenues d'exercice plus simples – mais jamais rien d'aussi râpé que le vieux justaucorps de Tobin. Sur cette dernière question, Ki s'était même mis du parti de Lord Orun et de Molay pour le conjurer de s'habiller d'une manière plus séante, eu égard à sa position, mais sans réussir à l'ébranler si peu que ce soit. Tobin protestait qu'il consentirait à porter tous les atours que l'on voudrait pour les festins ou les virées en ville mais que, pour ce qui était du reste, il ne céderait pas. Et il refusa d'en démordre, même après avoir surpris des railleurs en train de se plaindre que, « dans la mêlée, on le confondait tout le temps avec son écuyer ». En réalité, vous auriez juré que ça lui faisait plaisir.

Or, Ki ne le comprit que bien, bien plus tard, Tobin percevait aussi cruellement que lui les mesquineries et les vilenies dont ils étaient tous deux la cible, il les prenait aussi mal que lui, mais il préférait s'en défendre avec ses propres armes.

17

L'automne s'annonça par une série de tempêtes terribles qui déferlèrent brusquement du large. La foudre frappa des édifices et même parfois des gens. Dévalant des toits, des pluies torrentielles inondèrent les rues, les déblayant jusqu'à la mer des monceaux d'immondices accumulés tout au long de l'année.

Ce temps infect contraignit les Compagnons à rester enfermés des jours et des jours durant. Ils s'exercèrent à l'escrime dans la salle des banquets, se livrèrent à des courses-poursuites sauvages dans les corridors, au grand désespoir des gentilshommes assez infortunés pour les rencontrer sur leur route : il en échut plusieurs aux bassins à poissons.

Korin tenait sa cour dans la vaste salle, entouré de jongleurs et de ménestrels. Il y faisait venir des troupes de comédiens et, toutes les deux ou trois heures, harassait les hérauts en leur réclamant des nouvelles. Et buvait comme un trou.

Tobin et Ki étaient en train de se donner une suée supplémentaire à prendre encore des leçons de danse lorsqu'un page dont s'entrevoyait la livrée jaune de Lord Orun par-dessous son manteau ruisselant se présenta puis s'approcha du prince royal pour lui dire un mot.

« Cousin ! finit par crier celui-ci. Ton gardien requiert notre compagnie pour cet après-midi. Il nous faut y aller, je suppose. Toi aussi, Caliel. Je suis persuadé qu'Orun s'arrangera pour te faire une petite place.

— Le diable l'emporte ! grogna Ki.

— Tu t'amuseras mieux ici que moi là-bas, râla Tobin. Qu'est-ce qu'il me veut encore, maintenant ? Ça ne fait pas trois jours que j'ai passé la soirée chez lui ! »

D'autres émissaires vinrent au cours de ce morne après-midi réclamer d'autres garçons. Ainsi le lord Chancelier Hylus manda-t-il son propre petit-fils, Nikidès, qui se fit accompagner de Ruan. Lutha, malade, avait de la fièvre, et Barieüs le soignait. Plutôt que de se retrouver confronté à Mago presque sans alliés, Ki décida de s'éclipser jusqu'au retour de Tobin.

Il regagna leur chambre et chercha quelque chose à y faire, mais, grâce à Molay, il régnait là un ordre parfait. L'établi de sculpteur de Tobin lui-même étant rangé de manière impeccable, pour changer, Ki finit par se résoudre à tâter d'une balade à cheval, en dépit des intempéries, et, après avoir enfilé de vieilles chaussures et un gros manteau, il se mit en route pour les écuries.

« Désirez-vous que j'aille faire prendre votre monture, sieur Ki ? suggéra Baldus.

— Non », répondit-il, trop content de tenir un prétexte pour faire un brin de marche en plein air après s'être trouvé bouclé dedans si longtemps.

Il pleuvait désormais moins fort, mais un vent violent lui fustigea les jambes avec les pans de son manteau lorsqu'il quitta les jardins abrités du palais. Ses souliers furent bientôt trempés, mais ça lui était complètement égal. Le déchaînement des rafales et l'odeur froide et corsée de la mer lui faisaient galoper le sang et lui donnaient l'impression d'avoir le cœur moins lourd. Tournant son museau vers les nues, il se laissa souffleter par la bise. Comme il restait encore tout plein de jour, il envisagea d'aller prendre Tharin au passage afin de partir chevaucher le long de la grève en sa compagnie.

Il n'y avait personne d'autre aux écuries qu'une poignée de lads et de palefreniers. Ceux-ci le connaissaient et le saluèrent quand il s'enfonça dans les ténèbres acidulées des alignements de stalles. De part et d'autre s'échelonnaient devant lui une centaine de croupes luisantes ; Dragon et Gosi occupaient des boxes sur la gauche, à peu près au milieu de l'allée.

Il n'était pas encore allé bien loin quand il se rendit compte qu'il ne se trouvait pas du tout seul, en définitive.

Il se retourna et, quasiment sur ses talons, découvrit Arius et Mago. Le tumulte de la tempête avait dû couvrir le bruit de leurs pas depuis qu'ils s'étaient mis à le suivre, au palais. *Ça et ma propre inattention*, songea-t-il, consterné. Il n'y avait plus en vue nulle part un seul des témoins éventuels de tout à l'heure. Sans doute ces deux salopards avaient-ils eu le bon esprit de soudoyer les garçons d'écurie pour s'assurer qu'ils ne se mêleraient de rien.

« Ah ben ça alors, c'est marrant de te rencontrer ici, chevalier de merde ! s'écria joyeusement Mago. Et comment ça va-t'y pour toi, par ce bel après-midi ?

— Plutôt bien, n'était la compagnie », rétorqua Ki. Ils comptaient l'empêcher de passer, ça, c'était évident. Il y avait bien une porte à l'autre extrémité du bâtiment, mais cette solution impliquant qu'il s'enfuie queue basse et ventre à terre, du diable s'il le ferait jamais ! Plutôt se laisser rosser. Ils ne seraient sûrement pas assez bêtes d'ailleurs pour aller jusque-là...

« Tiens ! Je ne me serais pas attendu à te voir faire autant la fine bouche sur ce que tu peux te taper comme compagnie..., ricana Arius en jouant avec une grosse bague qui ornait son doigt. Après avoir vécu coincé dans ce piège à rats de vieille baraque du duc avec un démon et ces rustauds de soudards à souillons que se traîne Tharin, hein ? Mais figure-toi que je suis curieux... » Il continuait de faire tourner sans arrêt la bague. « Peut-être tu pourras me renseigner, puisque tu as habité là-bas. C'est vrai, ce qu'on raconte de Tharin et de Lord Rhius ? Comme tu es l'écuyer de son fils et tout et tout, ça se pourrait bien que tu saches, toi, je me suis dit. »

Le sang se mit à marteler les tympans de Ki. Il n'avait pas la plus petite idée de ce dont Arius pouvait bien parler, mais sa façon de le faire était injurieuse.

« À moins que ça soit de famille, comme la folie... ? suggéra Mago avec un de ses sourires venimeux. Vous le faites aussi tous les deux, toi et Tobin ? »

Commençant à soupçonner ce qu'il insinuait par là, Ki fut envahi d'une fureur froide. Et ce qui le révoltait par-dessus tout, c'était non pas les prétendus agissements dont il était question, mais l'idée que ces deux petites saloperies boutonneuses traînaient d'un ton doucereux dans l'ordure des hommes aussi exceptionnels, et Tobin avec eux par la même occasion.

« Tu retires ça, gronda-t-il en marchant sur Mago.

— Et pourquoi je devrais ? Vous couchez bien dans le même pieu, non ? Nous l'avons tous vu, la nuit où nous sommes allés dans l'ancienne salle du trône.

— Tout le monde le fait, là d'où je viens, dit Ki.

— Oh, pour ça, nous le savons tous, d'où tu viens, chevalier de merde ! s'esclaffa Arius.

— Deux dans un pieu..., ironisa Mago. D'après ce que m'a conté Lord Orun, Tharin se la faisait foutre dans le cul. Toi aussi ? Ou bien c'est Tob... ? »

Ki n'eut pas même le temps de se résoudre à le faire que son poing prenait déjà Mago en pleine gueule. Lui n'avait eu qu'une envie, ne pas entendre ces propos-là, mais cela ne l'empêcha pas d'éprouver un plaisir intense lorsque ses jointures entrèrent en contact avec le nez de l'autre. Lequel partit à la renverse dans une stalle en jurant comme un charretier et s'aplatit en plein purin, son pif pissant le sang par les deux narines. Arius attrapa le bras de Ki pour le retenir et se mit à glapir à l'aide, mais Ki se dégagea d'une saccade et s'en fut à grandes enjambées.

Son allégresse eut tôt vécu. Après qu'il eut franchi la fameuse porte, au fond des écuries, il comprit qu'il venait de commettre une sacrée gaffe et prit ses jambes à son cou, trop conscient qu'il n'avait qu'un endroit où aller. Personne ne le suivit.

Et voilà, c'est fait, je lui ai manqué ! ragea-t-il contre lui-même tout en découvrant l'énormité de la situation dans laquelle il s'était fourré et qui menaçait de l'écrabouiller. Il avait non seulement manqué à Tobin, mais à Tharin aussi. Et s'était tout autant manqué à lui-même. L'instant d'après, c'est à ses tourmenteurs qu'il réservait ses invectives. Korin avait raison, ils étaient tous en train de pourrir, ici. Dans un milieu de vrais guerriers, les petites ordures insidieuses comme Mago feraient long feu en moins d'un jour avec leur haleine empestée, leurs chatteries par-devant, leurs coups de griffe par-derrière. À part que tout ça ne changeait rien au fait qu'il venait, lui, de déshonorer Tobin. Mais le pire restait encore à venir...

Les nuages crevèrent, et, pendant que la pluie se remettait à cingler la ville, Ki courait, courait comme un dératé.

Tobin détestait ces visites chez Lord Orun. Il faisait trop chaud dans les pièces, la chère était par trop douceâtre, et les domestiques – une tripotée de jeunes mollusques torse nu – vous y obsédaient de trop d'attentions. Et alors qu'Orun avait à toute force insisté pour qu'il s'installe juste à ses côtés, pour qu'il puise à même sa propre écuelle, la vision des doigts boudinés, graisseux, déformés du maître de céans n'était pas spécialement faite pour donner beaucoup d'appétit à son invité.

Et c'était encore pire, aujourd'hui. Tobin souffrait de migraines ininterrompues depuis qu'il s'était réveillé, ce matin, et une douleur sourde qui lui tenaillait le flanc avait achevé de le mettre de mauvais poil en le fatiguant. Il avait caressé l'espoir de faire un brin de sieste, cet après-midi, et puis voilà, cette maudite invitation était venue tout flanquer par terre... !

Au surplus, Orun jugeait très malin d'inviter systématiquement Moriel. Pareille insistance ne laissait pas que d'horripiler Tobin, qui devait toutefois reconnaître que le petit blafard faisait de son mieux pour être agréable quand on le lui jetait à la tête ainsi. Encore qu'à la vérité n'importe quelle compagnie pouvait passer pour agréable à la table d'Orun.

Parmi les convives du jour, une bonne trentaine de nobles gens, se trouvait le magicien du roi, Nyrin, et la place d'honneur, à gauche de Tobin, lui était échue. Dans l'intervalle entre les divers plats, il divertissait la tablée par des tours imbéciles de passe-passe et d'illusionnisme tels que faire danser un chapon farci ou faire voguer des saucières parmi la vaisselle comme des vaisseaux dans un port encombré de navires. À quelques sièges au-delà de lui, Tobin surprit Korin et Caliel qui roulaient des yeux ahuris.

Il se radossa tout en soupirant. Décidément, la magie de Nyrin était encore plus vaine que celle d'Arkoniel.

Ki réussit à se maîtriser pendant qu'Uliès le faisait entrer puis l'emmenait dans la grande salle. Tharin s'y trouvait installé au coin de la cheminée, en manches de chemise. Koni et quelques-uns des autres étaient là aussi, qui s'amusant à lancer les dés, qui réparant des bouts de harnais près du feu. Tous saluèrent l'entrée du gamin par les formules habituelles, mais le capitaine fronça les sourcils, lui, dès qu'il l'aperçut.

« Qu'est-ce qui ne va pas ? demanda-t-il.

— Nous pouvons parler seul à seul ? »

Tharin acquiesça d'un signe de tête et l'entraîna dans sa chambre puis, sitôt la porte refermée sur eux, se retourna pour lancer : « Qu'est-ce qui s'est passé ? »

En route, Ki s'était apprêté à lui fournir une demi-douzaine de versions des choses, mais, là, tout se passait comme si sa langue venait brusquement de se coller contre son palais. Il n'y avait pas de feu dans la pièce, et il faisait froid. Tout en grelottant de misère, il entendait son manteau trempé dégoutter goutte à goutte sur le dallage et cherchait vainement ses mots.

Tharin s'assit dans le fauteuil jouxtant le lit puis lui fit signe de s'approcher. « Vas-y, maintenant. Raconte-moi ça. »

Ki laissa tomber son manteau à terre avant de venir s'agenouiller aux pieds du capitaine. « J'ai déshonoré Tobin et moi-même, finit-il par articuler tant bien que mal, tout en refoulant des larmes de honte. J'ai frappé un autre écuyer. Aux écuries. Juste avant de venir vous trouver. »

Les prunelles pâles de Tharin se fixèrent sur lui d'une manière on ne peut plus déroutante.

« Lequel ?

— Mago.

— Pourquoi ?

— Des trucs qu'il me disait...

— Des insultes ?

— Oui.

— Il y avait des témoins ?

— Rien qu'Arius. »

Tharin laissa échapper un reniflement de dégoût. « L'impudent petit con ! Bon..., accouche, toi. Qu'a-t-il donc dit que tu n'aies pu laisser passer ? »

Ki se rebiffa.

« J'en ai laissé passer tout plein ! Depuis le jour de notre arrivée ici, ils n'ont pas arrêté de me traiter de chevalier de merde et de bâtard et de fils de voleur de chevaux. Et j'ai laissé passer, chaque fois. Mais cette fois-ci, ils m'ont eu tout seul aux écuries, et ils... Ils... » La seule idée de répéter crûment à Tharin ce dont ils l'avaient accusé le fit renâcler. « Ils ont insulté Tobin. Et le duc Rhius. Et vous. Ils ont dit des calomnies ignobles, et alors, j'ai perdu mon calme et frappé Mago. Puis je suis venu tout de suite ici vous trouver bien vite. » Il baissa la tête, accablé. Oh, s'il pouvait mourir et que c'en soit fini... ! « Qu'est-ce que je vais faire, hein, Tharin ?

— Ce que tu vas faire ? Demain, te taper ton châtiment comme n'importe quel autre écuyer. Mais, pour l'instant, je veux savoir exactement ce qu'ils ont dit pour te mettre en colère au point de te faire commettre une chose pareille. Et aussi pourquoi te traiter de tous les autres noms n'y était pas arrivé. Commençons par là, tiens, tu veux bien ? »

Tharin le releva en le prenant par les épaules et l'assit sur le lit, puis il lui versa une petite coupe de vin. Ki la vida d'un trait, et la chaleur qui l'envahissait peu à peu le fit frissonner.

« J'ignore pourquoi. Peut-être parce que je savais que la plupart des choses qu'il disait de ma famille et de moi sont vraies. Je suis un chevalier de pacotille, mais comme Tobin s'en fiche, et vous aussi, de même que Porion, moi, ça finit par m'être presque égal. Et puis je ne suis pas un bâtard, je le sais. Quant à cette histoire à propos de mon père, je ne sais pas. Peut-être bien qu'il est un voleur de chevaux, mais ça aussi, Tobin s'en fiche, dans la mesure où moi je n'en suis pas un... Et je ne le suis pas ! Voilà comment je peux supporter n'importe laquelle de ces injures.

— Dans ce cas, en quoi consistaient celles que tu n'as pas pu supporter ? »

Ki étreignit la coupe à deux mains. « Mago a prétendu que Lord Orun lui avait dit que vous et le duc Rhius... Que vous deux... » Non, cela, il n'arrivait pas à le sortir.

« Que nous étions copains de lit quand nous étions jeunes ? Amants ? »

Le regard de Ki s'abîma piteusement dans les profondeurs empourprées de sa coupe. « Il a dit qu'il croyait qu'on le faisait aussi, Tobin et moi. Mais il ne l'a pas... pas formulé dans... de la même manière que vous. »

Tharin se contenta de soupirer, mais Ki vit bien qu'il était en rogne.

« Je suppose que non.

— On ne le fait pas, Tobin et moi !

— Je ne me suis rien figuré de tel. Mais c'est une pratique assez courante parmi les jeunes guerriers, comme dans bien d'autres milieux d'ailleurs. Ton Mago, je pourrais lui dire sur son propre père une ou deux choses qui te lui cloueraient définitivement le bec. Dans le cas de certains, c'est une chose qui passe. Mais il en est d'autres qui restent avec des hommes toute leur vie. Rhius, ça lui avait passé. »

Il tendit la main vers Ki d'un geste affectueux pour lui soulever le menton et l'obliger à le regarder dans les yeux. « Je te l'aurais dit moi-même si tu me l'avais demandé. Il n'y a rien de déshonorant à le faire entre amis, Ki, sans quoi la moitié d'Ero crèverait de honte, ainsi que tel ou tel des autres Compagnons, si je n'ai la vue basse... »

Cette révélation laissa Ki sans voix.

« Ainsi, c'est en pure perte qu'ils t'ont asticoté pendant tout ce temps, et il a fallu ça pour te faire exploser ? »

Ki hocha la tête.

« Ils t'ont piqué de tous les côtés jusqu'à ce qu'ils trouvent le point sensible qui te forcerait à réagir. Eh bien, ça y est. Ce qui m'intéresse le plus dans cette histoire, c'est que Mago t'ait dit avoir bénéficié des confidences de Lord Orun, le propre gardien de Tobin. Il se pourrait fort qu'il y ait là derrière bien plus qu'Orun ne se soit soucié d'entendre répéter.

— Mais pourquoi en dire quoi que ce soit, dans ce cas ?

— Fais un peu travailler ta cervelle, mon petit. Qui est-ce qui voulait faire de Moriel l'écuyer de Tobin ? Qui est-ce qui n'a rien trouvé à te faire faire depuis le jour où ses yeux se sont posés sur toi ? Qui est-ce qui a fait un nez comme ça quand Porion t'a confirmé membre des Compagnons au détriment de Moriel ?

— Orun.

— Et avec qui Tobin se trouve-t-il d'aventure en train de dîner juste en ce moment, si je ne m'abuse ? »

Ki laissa choir la coupe et bondit sur ses pieds.

« Oh, bons dieux ! Il peut me congédier ? J'ai fait ce qu'il fallait, c'est bien ça ? Vieilles Tripes molles va me renvoyer !

— Il n'a pas le pouvoir de te congédier, pas directement. Mais peut-être s'imagine-t-il que Tobin sera incapable de te punir comme il en a le devoir, et que cela vous fera salement tort à tous les deux. Et c'est peut-être là ce qu'il espère avancer dans le prochain rapport qu'il enverra au roi.

— Mais pourquoi ? Qu'est-ce que ça peut bien lui faire, à Orun, qui diable est l'écuyer de Tobin ?

— Qui vit plus que toi dans l'intimité de Tobin ? Qui serait plus précieux pour Orun que le propre écuyer du prince s'il se piquait de vouloir faire espionner Tobin ?

— Vous croyez qu'il lui veut du mal ?

— Non, je pense qu'il se propose d'en faire son instrument. Et, selon toi, de qui Orun est-il lui-même l'instrument ?

— Du roi ? souffla Ki.

— Eh oui. Tu es trop jeune pour tout ça, Ki, mais puisqu'ils s'en prennent à toi, mieux vaut que tu saches à quoi t'en tenir. C'est sur un immense échiquier quc nous nous mouvons tous, et l'enjeu, là, sur la touche, est Atyion, ainsi que toutes les autres terres et richesses dont Tobin est le possesseur. Toi et moi ? Nous sommes préposés à sa garde comme des pions de pierre, et nous nous trouvons en travers de la route, de leur route à eux.

— Mais Tobin est un loyal sujet du roi ! Tout ce qu'il souhaite, c'est partir se battre pour lui... Pourquoi

Erius ne peut-il pas tout bonnement le laisser tranquille ?

— C'est un point que je ne comprends pas bien moi-même. Mais il ne nous appartient pas de l'élucider, nous, notre unique tâche est de soutenir Tobin. Et, pour la remplir, il va te falloir le convaincre de te fouetter demain sans défaillance. Et tu vas devoir également lui rapporter les dires de Mago.

— Ça, non. » Ki serra les mâchoires. « Je sais que ce que vous m'avez dit est la vérité vraie, mais je ne veux pas que Tobin sache jamais qu'un vulgaire écuyer se permettait de parler de lui et des siens de cette façon-là.

— Il va te falloir le faire quand même, Ki. Il va te falloir aller devant Porion pour qu'il te juge, et lui va t'interroger.

— Mais ça signifie que j'aurai à le dire en présence de tout le monde ? Et que tout le monde, alors, saura les allégations de Mago, c'est bien ça ?

— Sans doute...

— Dans ce cas, Tharin, je n'en ferai rien. Je ne le ferai pas, c'est tout ! Certains des autres se fichent déjà de Tobin, sitôt qu'il a le dos tourné, à cause de moi et parce qu'il voit des fantômes. Je ne sais pas non plus comment il réagirait si on déballait tout ça. Il n'est pas comme nous tous. Vous le savez bien. » Il était de nouveau tout tremblant. « Et je n'ai aucune envie non plus qu'il le devienne. Je l'aime comme il est, c'est tout. Alors, permettez-moi maintenant de me débrouiller à ma manière à moi, et je vous promets que je ne fournirai plus jamais à Lord Orun aucune occasion de rien écrire au roi. Je dirai que ce que je n'ai pas supporté, ce sont les insultes à propos de mon père, je subirai le fouet, et c'en sera terminé, voilà tout. Mago n'osera pas m'accuser de mensonge, ça l'obligerait à avouer ce qu'il a véritablement dit, et je serais bien étonné qu'il se risque à le faire. En face de Porion, toujours. »

Pendant que Tharin réfléchissait à son point de vue, il resta tout crispé, mais son attitude le révélait prêt à discuter toute la nuit s'il le fallait.

Cependant le capitaine finit par hocher la tête. « Très bien, alors. Toutefois sois bien prudent, mon garçon. Il y a des gaffes sur lesquelles on peut revenir, et je pense qu'il te sera possible de te tirer de celle-ci. Mais il en est d'autres qui sont irréversibles... L'honneur, Ki, toujours l'honneur. Je ne veux pas vous voir courir le moindre risque. Aucun de vous deux. »

C'est avec infiniment de gratitude que Ki lui serra la main. « Je n'oublierai plus. Je le jure. »

Des acteurs se présentèrent, une fois terminé le festin, mais la pièce qu'ils jouèrent tournait autour d'une intrigue amoureuse, et Tobin n'y comprit strictement rien. Il somnolait, le menton sur la main, tout en s'efforçant d'omettre sa douleur au flanc, lorsqu'un messager entra, qui se mit à chuchoter des choses dans le tuyau de l'oreille d'Orun.

Finalement, Orun fit claquer sa langue et s'inclina vers Tobin. « Pauvre de nous, mon cher, il semblerait que se soit produit un événement déplaisant auquel est mêlé cette espèce d'écuyer que vous avez... ! »

Cette confidence attira l'attention des convives les plus voisins. Mais Korin l'avait entendue, tout comme Caliel.

Tobin se leva, s'inclina précipitamment.

« Avec votre permission, Lord Orun, je vais prendre congé.

— Si vous l'estimez nécessaire. Mais, si j'étais vous, je ne me tracasserais pas pour si peu.

— J'aimerais tout de même mieux. »

Il sentit tous les regards de l'assistance peser sur son dos tandis qu'il se ruait dehors. Son flanc lui faisait plus mal que jamais.

Baldus l'attendait devant la porte du palais, et il éclata en sanglots du plus loin qu'il l'aperçut.

« Dépêchez-vous, prince Tobin ! Maître Porion et les autres se trouvent déjà dans la salle des Compagnons. Ki a frappé Mago !

— Sacrebleu ! s'écria Tobin, avant de demander : Pourquoi ?, pendant qu'ils se hâtaient tous deux dans le corridor.

— Je ne sais pas, mais j'espère bien qu'il lui a fait cracher toutes ses dents ! s'emporta le gosse, les larmes aux yeux. Avec les pages, il se conduit toujours si mal... ! »

Un petit nombre de lampes éclairaient une extrémité de la salle. Assis sur un banc, Ki pointait le nez d'un air de défi. Porion se tenait gravement debout près de lui.

Alben tenait compagnie à Mago sur un autre banc. Celui-ci n'avait plus du tout sa mine réjouie ; il avait le nez boursouflé, la lèvre fendue. Quirion et Arius s'étaient joints à eux pour les soutenir. Le reste des Compagnons demeurait sur son quant-à-soi de l'autre côté de la pièce.

« Il a osé faire ça ! cria Alben à Tobin en pointant un index accusateur sur Ki.

— Suffit ! aboya Porion.

— Que s'est-il passé ? » demanda Tobin, incapable d'en croire le témoignage de ses propres yeux.

Ki haussa les épaules.

« Mago m'a insulté.

— Mais pourquoi ne l'avoir pas dit ? Pourquoi ne m'en avoir pas parlé, à moi, puis n'avoir pas porté cette affaire au cercle, ainsi que nous sommes censés le faire ?

— C'est qu'il m'a pris à l'improviste, messire, et que j'ai perdu mon sang-froid. Je suis navré de vous avoir déshonoré, et je suis prêt à subir mon châtiment de vos propres mains. »

Porion soupira.

« Voilà tout ce que vous arriverez à tirer de lui, prince Tobin. Il ne consentira même pas à vous répéter les propos de Mago.

— Ça n'a pas d'importance, marmonna Ki.

— Ça en a ! jappa Porion. Si c'est uniquement toi qu'il a insulté, passe encore. Mais s'il a eu le front de dire quoi que ce soit concernant ton seigneur et maître ou je ne sais qui d'autre... – il décocha un regard torve à l'écuyer d'Alben –, alors, c'est une tout autre paire de manches. Prince Tobin, veuillez lui donner, vous, l'ordre de parler.

— Ki, je t'en prie. »

Ki foudroya Mago d'un regard dédaigneux. « Il m'a traité de bâtard et d'écuyer de merde. Il a traité mon père, en plus, de voleur de chevaux. »

Porion fixa sur lui un regard plein d'incrédulité.

« Et c'est pour ça que tu l'as frappé ?

— Je n'ai pas aimé la manière dont il l'a dit. »

Tobin promena de nouveau un regard circulaire sur les quatre autres. Comment se faisait-il que Ki paraissait être le plus paisible d'entre eux tous ?

Le maître d'armes considéra Mago et Arius d'un œil sans aménité. « C'est bien comme ça que ça s'est passé ? »

Ce regard scrutateur les fit flancher tous deux. « Oui, maître d'armes. C'est comme il a dit. »

Ils mentent, songea Tobin. Mais pourquoi diable Ki s'amuserait-il à les protéger ?

Porion leva les deux mains. « Parfait. Prince Tobin, à vous de vous charger de Ki. Alben, je te remets Mago. Avant les offrandes, demain, le prince Tobin infligera son châtiment à Ki sur les marches de Sakor. La première infraction se paie de dix coups de fouet et d'un jour et d'une nuit de veille et de jeûne. Quant à toi, Mago, comme une veille de jeûne pourrait bien discipliner aussi ta langue de vipère, même tarif pour toi. Et maintenant, dehors, que je ne vous voie plus ! »

À peine eurent-ils regagné leur chambre que Tobin s'empressa de congédier les serviteurs et se mit à apostropher Ki durement.

« Qu'est-ce qui s'est passé ? Comment est-ce que tu as pu faire une chose pareille ?

— Il suffisait pour ça d'être un foutu couillon d'écuyer de merde, je présume... »

Fou de colère, Tobin l'empoigna par le devant de sa tunique détrempée et le secoua comme un prunier. « Ne te traite jamais de ce nom-là ! Tu n'es rien de tel ! »

Ki s'agrippa des deux mains aux mains de son ami et leur fit lâcher prise.

« J'ai fait comme ils ont dit, Tob. J'ai perdu mon sang-froid comme le dernier des idiots. Comme ils voulaient me le voir perdre. Tout ça délibérément, je crois, pour t'embarrasser. Ne leur donne pas cette satisfaction.

— Qu'est-ce que tu veux dire ? s'étonna Tobin. Et puis comment je pourrais jamais te fouetter, hein, moi ? Si je m'étais trouvé là, tiens, je l'aurais frappé moi-même, et alors c'est nous deux qu'ils pouvaient battre ensemble !

— Oui, je suis certain que tu l'aurais fait. Mais c'est parler pour ne rien dire. Ils m'ont forcé la main, ils m'ont fait faire une connerie contre ma propre volonté, et maintenant, ils s'imaginent qu'ils font rigoler tout le monde à mes dépens. »

Il s'approcha du lit, s'assit sur le bord. « Je n'ai pas tout dit à Porion. Ce n'était pas la première fois, et Mago n'est pas le seul à m'avoir balancé des vannes. Je n'ai même pas besoin de te donner les noms, si ? À leurs yeux, je ne suis rien d'autre qu'un écuyer poussé dans la merde pendant son sommeil. » Il releva les yeux et s'arracha un sourire plein de lassitude. « Ce n'est pas si faux, je suppose, mais le coup de pot, c'est que ça rend costaud. Plus costaud qu'eux. Ruan m'a dit qu'Arius chialait, l'autre jour, quand il a pris sa raclée. Moi, tu n'as pas suffisamment de force dans le bras pour que je risque de piailler. »

Tobin le considéra d'un air abasourdi. « Je ne veux pas te faire de mal ! »

Ki secoua la tête. « Il va bien falloir que tu essaies quand même. Nous allons devoir leur offrir le grand jeu, sans triche, ainsi que nous le faisons toujours. S'ils trouvent que tu es trop doux pour me tenir en main, le roi, lui, pourrait bien revenir sur sa décision de me laisser demeurer ton écuyer. Telle est en tout cas l'opinion de Tharin. Je la lui ai déjà demandée. Alors, demain, s'il te plaît, du nerf, et montre-leur que nous sommes aussi coriaces qu'un chêne de montagne. »

Tobin était à présent tout tremblant. Ki se releva et l'empoigna par les épaules.

« C'est pour nous qu'il le faut, Tob, pour qu'on puisse rester ensemble, tous les deux. Tu ne tiens pas à voir Moriel ici, à ma place, n'est-ce pas ?

— Non. » Il lui fallait se cramponner pour ne pas pleurer. Si Tharin disait qu'on pouvait encore renvoyer Ki, cela devait être vrai. « Mais, Ki, je n'ai aucune envie non plus de...

— Je le sais. Tout est ma faute. » Il se mit à genoux devant Tobin comme il l'avait déjà fait devant Tharin. « Tu arriveras à me pardonner ? »

Tobin n'y tint plus, il fondit en larmes et, s'accrochant à Ki, l'étreignit passionnément.

Ki lui retourna son étreinte, mais c'est d'une voix dure qu'il reprit : « Écoute-moi bien, Tobin, il ne saurait être question que tu te comportes comme ça demain, tu entends ? C'est justement ce qu'ils veulent, ces salopards. Ne va surtout pas leur donner cette satisfaction, hein ! »

Tobin se dégagea pour dévisager Ki. Les mêmes yeux bruns chaleureux, la même peau dorée, les mêmes dents de lapin saillantes sous les trois poils sombres en bataille de la lèvre, mais, brusquement, l'air presque d'un homme fait. « Et ça ne te fait pas peur ? »

Ki bomba le torse et sourit de nouveau, mais d'un grand sourire. « Je te l'ai dit, tu ne réussiras pas à me faire mal. Tu aurais dû voir les tournées que nous flanquait mon père... ! Par les couilles à Bilairy, tu n'en auras pas terminé que je serai déjà en train de dodeliner. Et puis, tout compte fait, ça valait sacrément le coût, de lui fermer sa gueule puante, à Mago ! »

Tobin fit de son mieux pour sourire tout aussi bien, mais cela fut en pure perte.

18

Il pleuvait encore, le lendemain matin. Ils trottèrent vers le temple sous un plafond de nuages gris et glacés. Tout en courant, les poings et les dents serrés, Tobin s'efforçait de ne penser à rien d'autre qu'à la fermeté du sol et aux flaques qui giclaient sous ses pieds ; à rien, et surtout pas à la pointe brûlante qui lui lancinait le flanc, moins encore à Ki, qui, telle une ombre silencieuse, courait à ses côtés.

Ils n'avaient bien dormi ni l'un ni l'autre et, une fois le matin venu, c'est avec consternation que Tobin avait découvert son ami recroquevillé dans une couverture sur l'espèce d'étagère que constituait l'alcôve du cagibi.

Il avait presque fini par oublier qu'elle se trouvait là. Ki ayant grommelé pour toute explication une vague histoire de sommeil agité, ils s'étaient habillés là-dessus sans plus échanger un mot.

Ils avaient été les premiers à se présenter ce matin-là, et Porion attira Tobin à l'écart pendant qu'on attendait sous le portique l'arrivée des autres Compagnons.

Le maître d'armes lui mit entre les mains une lanière de cuir grossier qui pouvait bien avoir trois pieds de long et l'épaisseur de son pouce, une rigidité terrible et une poignée assez semblable à celle d'une épée.

« Ceci n'est pas un jouet, prévint-il. Ki ne possède pas encore un seul muscle d'homme sur le corps. Frappe trop fort, ou bien trop souvent au même endroit, et tu l'ouvriras jusqu'à l'os, ce qui nous l'alitera pour des jours et des jours. Or, ça, personne n'en veut. Tiens-toi à sa gauche pour les cinq premiers coups, à sa droite pour les cinq suivants, et espace-les largement. Frappe aussi fort que ça... – il fit claquer la base du fouet contre la paume de Tobin –, et le bout de la mèche frappe dix fois plus dur... Quand tu en auras terminé, ton écuyer doit, toujours agenouillé, te baiser la main et implorer ton pardon. »

Rien qu'à penser à ça, Tobin en eut l'estomac retourné.

Le temple des Quatre finit par apparaître sous leurs yeux, au travers du rideau de pluie, carré, massif et inquiétant sur son socle de marches abrupt. Sa position centrale sur le Palatin en faisait le cœur presque obligé des affaires autant que du culte. De si bonne heure, néanmoins, il était essentiellement fréquenté par les fidèles venus déposer leurs offrandes pieuses devant tel ou tel des autels intérieurs.

De vastes escaliers permettaient d'accéder au temple par chacun des quatre côtés. L'autel de Sakor était orienté à l'ouest, et ce fut sur les marches de celui-ci que, sitôt terminées leurs offrandes, les Compagnons s'amassèrent pour assister au supplice de Ki. Le prêtre de Sakor se tenait tout en haut, dans l'embrasure de la porte ouverte. « Qui a rompu la paix des Compagnons et jeté la disgrâce sur le nom de son seigneur et maître ? » s'enquit-il, attirant par là une certaine quantité de curieux.

Tobin promena un regard circulaire. Il se trouvait là des soldats, surtout, mais également Aliya et ses amies, tout enveloppées de voiles et emmitouflées de manteaux pour se garantir de la pluie. Étaient aussi présents Lord Orun et Moriel. Quelques sentiments de sympathie mêlée que ce dernier ait bien pu lui inspirer jusqu'alors, Tobin n'eut qu'à surprendre une lueur triomphante au fond de ses yeux pour cesser instantanément d'éprouver la moindre once de bienveillance à son endroit. Tharin s'était bien gardé de venir, ainsi que quiconque d'autre de la maisonnée de Tobin.

« C'est moi qui ai rompu la paix, répondit Ki d'une voix forte et assurée. Moi, Kirothius, fils de Larenth, indigne écuyer du prince Tobin, je suis coupable d'avoir frappé l'un de mes camarades d'entre les Compagnons. Vous me voyez ici prêt à recevoir mon châtiment. »

Les autres Compagnons se reployèrent sur l'escalier de manière à faire écran tout autour d'eux, tandis que Ki retirait son justaucorps et sa chemise avant de s'agenouiller puis de se pencher vers l'avant et de s'arcbouter des deux mains contre une marche supérieure. Tobin vint prendre position sur sa droite et assura ses poings sur le manche du fouet.

« J'implore votre pardon, mon prince », dit Ki d'une voix claire et forte et qui portait loin, dans l'air matinal.

Tobin posa la lanière en travers du dos de Ki puis se pétrifia, tout à fait incapable pendant un moment de se remplir si peu que ce soit les poumons. Il savait exactement sur quoi l'on comptait, il savait que Ki ne lui en tiendrait nullement rigueur, et il savait qu'il n'y avait pas d'échappatoire. Mais il lui suffisait de poser les yeux sur ce dos familier, sur ce long sillon doré qui courait vers le bas des reins, sur ces omoplates de chat sauvage, imperturbables sous la peau hâlée par le soleil, pour se dire que c'était impossible, qu'il n'arriverait pas à esquisser l'ombre d'un geste. Et puis voilà que Ki chuchota : « Allez, Tob, vas-y..., montrons-leur un peu ce qu'on vaut, nous deux ! »

Les nerfs tendus pour évaluer tant bien que mal les choses comme venait de le lui expliquer Porion, Tobin leva le fouet et l'abattit sur les épaules de son ami. Ki ne broncha pas, mais une vilaine marque imprimée comme au fer rouge zébrait la peau là où la lanière l'avait entamée.

« Un, fit Ki d'une voix parfaitement ferme.

— Nul ne s'attend à ce que tu comptes les coups », commenta Porion d'un ton paisible.

Tobin abattit à nouveau le fouet, quelques pouces plus bas. Trop violemment, si bien que Ki sursauta, cette fois, tandis que des gouttelettes de sang emperlaient la nouvelle zébrure.

« Deux », annonça Ki de la même voix ferme que précédemment.

Du sein de l'assistance, quelqu'un fit entendre un murmure de réprobation. Tobin eut l'impression de reconnaître le timbre de Lord Orun, et il n'en exécra que davantage son gardien.

Trois fois encore, il abattit le fouet de ce côté-là, le dernier coup portant juste au-dessus de la taille du supplicié. Ils étaient en sueur tous les deux, mais la voix de Ki persistait à compter d'une manière toujours aussi détachée.

Tobin changea de côté puis recommença par les épaules, si bien que les nouvelles plaies s'entrecroisaient désormais par-dessus les premières.

« Six », fit Ki, mais cela ne sortit, cette fois, que sous la forme d'un sifflement. Tobin l'avait de nouveau ensanglanté. La lanière avait cisaillé dans la chair déjà boursouflée où se rejoignaient les deux traces, et un filet sanglant dévala doucement vers l'aisselle de Ki.

Tu voir sang...

L'estomac vide de Tobin fit une nouvelle embardée. Sept fut trop léger, huit et neuf se succédèrent à une allure trop rapide, et Ki se vit contraint à en haleter le compte. À « dix », il était hors d'haleine, mais du moins était-ce fini.

Il s'accroupit sur ses talons et voulut saisir la main de Tobin. « Veuillez m'accorder votre pardon, mon prince, pour vous avoir causé disgrâce. »

Mais il n'eut pas le temps de la baiser que Tobin le hissa vivement sur ses pieds pour échanger avec lui la poignée de mains des guerriers. « Je te pardonne, Ki. »

Honteux de cette rupture du rituel, Ki s'inclina, non sans hésiter, pour parachever le cérémonial en appuyant ses lèvres sur le dos de la main de Tobin, tandis qu'ils se trouvaient debout, face à face, tous deux. Un nouveau murmure parcourut la foule. Tobin vit le prince Korin ainsi que Porion leur lancer des regards surpris mais approbateurs.

Le prêtre manifesta moins d'indulgence pour ce manquement, car c'est d'une voix âpre et dure qu'il lâcha : « Venez, et soyez purifié, écuyer Kirothius ! »

Les Compagnons s'écartèrent en silence, et c'est la tête haute que Ki gravit les dernières marches, malgré les dix zébrures inégales qui marquaient de feu son dos ensanglanté. Mago lui emboîta le pas d'une allure bien moins héroïque afin d'aller commencer sa veillée de châtiment.

Après qu'ils eurent disparu à l'intérieur du temple, Tobin baissa les yeux vers le fouet qu'il n'avait toujours pas lâché puis les reporta vers Alben, que flanquaient Urmanis et Quirion. Qu'est-ce qui motivait leur petit sourire satisfait ? La vue de sa personne, ou ce qu'il venait juste de faire ? Il rejeta le fouet. « Je te défie, Alben. Tu me trouveras au cercle d'exercice. À moins que tu n'aies trop peur de salir tes jolis atours. »

Là-dessus, il ramassa le justaucorps et la chemise abandonnés de Ki et, pivotant sur ses talons, prit paisiblement les devants.

Alben pouvait difficilement faire autre chose que relever le défi de Tobin, mais à l'évidence, cette perspective ne l'enchantait pas outre mesure.

La pluie s'était amenuisée jusqu'à n'être plus qu'une bruine opiniâtre lorsqu'ils se retrouvèrent face à face dans l'arène que délimitaient les pierres. Pas mal de monde les avait suivis depuis le temple afin d'assister à ce qui n'était que trop manifestement un match de représailles.

Si, depuis son arrivée à Ero, Tobin s'était maintes fois entraîné contre Alben, il n'avait pas eu souvent le dessus, dès lors que ses « tricheries » n'avaient plus guère trompé la défiance de celui-ci. Seulement, aujourd'hui, il se trouvait sous le coup d'une colère concentrée, et ses années de pratique brutale avec Ki jouèrent à plein en sa faveur. L'Alben, il te le malmena dans la gadoue glacée une fois et une autre. En maniant l'épée de bois, il avait presque l'impression d'avoir encore au poing le fouet pesant et, que n'était-ce lui... ! de l'abattre sur le dos d'Alben ne fût-ce qu'une fois. À défaut de mieux, il rompit la garde de son adversaire et lui assena un coup en travers du nasal du heaume assez violent pour lui foutre le pif en sang. Alben s'effondra sur ses deux genoux puis réclama merci.

Tobin se pencha pour l'aider à se relever. Quand il fut assez près, il chuchota juste assez fort pour que l'autre entende : « Je suis prince, Alben, et je me souviendrai de toi quand j'aurai grandi. Enseigne à ton écuyer à ne se farcir la cervelle que de propos civils. Et je t'autorise à dire la même chose à Lord Orun. »

Alben se dégagea d'un geste rageur, puis il s'inclina et quitta le cercle.

« Toi. » Tobin pointa son épée sur Quirion. « Tu veux te battre avec moi ?

— Je n'ai pas de querelle avec toi. Et aucune envie d'attraper la crève là, dehors, sous la pluie. » Il se mit en demeure de raccompagner Alben au palais, et leurs amis s'éloignèrent à leur suite.

« Eh bien, moi, je vais t'affronter, fit soudain Korin, tout en pénétrant dans l'arène.

— Korin, non..., voulut s'interposer Porion, mais le prince balaya l'objection d'un geste.

— Aucun problème, maître d'armes. Allez, Tobin, vas-y. Donne-moi ce que tu as de mieux. »

Tobin hésita. Il brûlait d'affronter quelqu'un contre qui il était en rogne, mais pas son cousin. Seulement, Korin se trouvait déjà dans le cercle et saluait. Il lui fit donc face et leva sa lame.

Se battre contre Korin faisait l'effet de se battre contre un mur. Tobin s'y lança à corps perdu, désireux qu'il était d'offrir en effet ce qu'il avait de mieux, mais chacune des attaques qu'il tentait se soldait par un échec cinglant ; le prince opposait à toutes un blocage semblable à une barre de fer, mais il ne les retournait pas, il laissait simplement son petit cousin s'épuiser, et s'épuiser tant et si bien qu'il finit en effet par caner, hors d'haleine, et par demander grâce.

« Et nous y voilà... ! Tu te sens un peu mieux, maintenant ?

— Peut-être un brin. »

Korin s'appuya sur son épée et lui adressa un grand sourire.

« Vous deux, toi et Ki, il vous faut toujours avoir des choses rien qu'à vous, n'est-ce pas ?

— Qu'entends-tu par là ?

— Eh bien..., le baiser, tiens, par exemple. Tu n'as pas voulu laisser Ki se mettre à genoux. »

Tobin haussa les épaules. Il n'y avait eu là aucune préméditation de sa part. Ça lui avait simplement semblé la bonne chose à faire sur le moment.

« Seuls les égaux font des trucs pareils.

— Ki est mon égal.

— Il ne l'est pas, et tu le sais bien. Tu es prince, toi.

— Lui est mon ami. »

Korin secoua la tête.

« Quel drôle de petit bonhomme tu fais ! M'est avis que je te prendrai comme lord Chancelier quand je serai roi. Viens çà, tiens. Allons déjeuner. Ki et Mago doivent mourir de faim pour expier leurs péchés, mais nous, nous n'avons pas cette obligation-là.

— J'aimerais mieux rester encore un moment dehors, si tu n'y vois pas d'inconvénient, cousin. »

Korin échangea un coup d'œil avec Porion puis se mit à rire. « Aussi têtu que son père. Ou que le mien. À ta guise, alors, cousinet, mais ne va pas attraper la crève. Je vais avoir besoin de toi, comme je viens de dire. » Et là-dessus de s'éloigner, suivi par les aînés des Compagnons et leurs écuyers respectifs.

Lutha et Nikidès s'attardèrent un instant. « Un rien de compagnie ne te ferait pas plaisir ? » s'enquit le premier.

Tobin fit non de la tête. Il n'avait envie pour l'heure que d'une chose, être laissé seul pour s'abandonner au regret de Ki. S'il l'avait pu, il n'aurait poussé qu'un galop jusqu'au bord de la mer, mais il était interdit aux Compagnons de quitter seuls le Palatin, et il ne se sentait pas encore le courage de se retrouver face à Tharin. Aussi préféra-t-il passer le reste de la journée à arpenter la citadelle sous la pluie. Ce qui était là un passe-temps maussade et parfaitement assorti à son humeur.

Il évita le temple, en se donnant pour prétexte qu'il ne voulait pas mettre Ki dans l'embarras en le harcelant jusque dans sa veille, mais à la vérité parce qu'il n'était pas prêt non plus à regarder son ami dans les yeux. Au seul souvenir des traînées rouges en train de cloquer sur le brun satiné de ce dos, la bile aussitôt lui remontait jusque dans la gorge.

Il se donna tant bien que mal le change en faisant le tour des berges du grand lac creusé par la reine Klia, en regardant les poissons d'argent bondir pour happer les gouttes de pluie, puis en se tapant tout le long trajet jusqu'au bois sacré de Dalna, planté sur l'escarpement nord. Celui-ci n'avait guère que quelques acres de superficie, mais ses arbres étaient aussi anciens que la ville elle-même et, pendant un bref moment, ils lui permirent de s'imaginer qu'il était de retour chez lui, au fort, et que d'un instant à l'autre allait à nouveau se dresser sous ses yeux le chêne de Lhel. L'étrange petite sorcière lui manquait épouvantablement. Nari aussi lui manquait, ainsi que chacun des autres serviteurs du manoir. Et même Arkoniel lui manquait.

Au milieu du bois sacré se dressait une chapelle munie d'un foyer. Tobin farfouilla dans son aumônière et y découvrit une figurine de bois sculpté qu'il jeta dans les flammes avant de faire la prière fervente, et baignée par quelques larmes de nostalgie, de retrouver bientôt sa place au coin de son propre foyer, là-bas.

On était en train d'allumer des lampes sur le pourtour de la citadelle quand Tobin passa d'aventure à trois pas de la nécropole royale. Il n'y était pas revenu depuis le soir de son arrivée. Transi de froid, les pieds fourbus, il eut l'idée d'entrer se réchauffer à la flamme de l'autel.

« Ce que tu me manques, Père... ! » chuchota-t-il, les yeux obstinément attachés sur la flamme. Ne s'était-il véritablement écoulé que quelques mois depuis la disparition de Rhius ? Cela paraissait impossible. Tobin avait tellement l'impression de se trouver là depuis des années déjà...

Il retira la chaîne de son cou puis déposa la bague maternelle et le sceau ducal dans le creux de sa paume. Des larmes lui brouillèrent la vue lorsqu'il abaissa les yeux sur le double profil de l'intaille. Tous les deux lui manquaient, en fait. Il en vint à comprendre, subitement, quel bonheur ce serait pour lui que de voir sa maman, même dans un de ses mauvais jours, si seulement lui pouvait être à la maison de nouveau maintenant, et chaque chose de nouveau comme elle avait été jadis.

Il n'avait aucun désir d'aller rendre visite aux morts, en bas. Il y suppléa par une longue prière en faveur de leurs esprits. Cela terminé, il se sentit légèrement mieux.

Il pleuvait à nouveau plus dru, maintenant. Tout en attendant que cela se tasse, il se retourna pour examiner d'un air curieux le demi-cercle que formaient les effigies des reines de Skala. Saurait-il reconnaître en l'une d'entre elles le fantôme qui lui était apparu dans l'ancienne salle du trône ?

Son œil d'artiste ne manqua pas de s'intéresser aux différences de style entre les statues. La plus ancienne de ces dernières affligeait Ghërilain la Fondatrice d'un visage aux traits plats, d'une silhouette raide et sans vie, d'un corps que moulait en s'y plaquant grossièrement chacun de ses vêtements, chacune de ses parures, comme si le sculpteur s'était révélé incapable de la dégager tout à fait de la pierre. Toute rudimentaire qu'elle était, cette exécution n'empêcha nullement Tobin de reconnaître l'épée qu'étreignaient les mains protégées par des gantelets : l'épée justement dite de Ghërilain, celle-là même que brandissaient toutes les autres statues..., et celle dont oncle Erius se trouvait être actuellement le détenteur.

Était-ce elle aussi que le fantôme lui avait tendue ? Peut-être bien... Il tourna lentement sur place, examinant attentivement les visages de pierre. De laquelle s'était-il agi ? Car il ne faisait aucun doute qu'il s'était agi d'une reine. Mais si c'était bien *cette* épée-*ci* qu'elle avait tendue, pourquoi la lui avoir offerte à *lui* ?

Il s'assura d'un coup d'œil rapide que le desservant de l'autel ne rôdait nulle part dans les parages puis murmura : « Sang mon sang. Chair ma chair. Os mes os. »

Frère apparut sur-le-champ. La clarté de la flamme lui donnait l'air d'être transparent. Combien de temps s'était-il écoulé depuis la dernière convocation ? se demanda Tobin, le cœur alourdi de remords. Trois jours ? Une semaine ? Peut-être davantage. Il s'était enchaîné tellement de banquets, tellement de bals et tellement de séances d'entraînement jusqu'à tout ce maudit remue-ménage à propos de Ki ! Que dirait Lhel d'un tel abandon ? Il aimait mieux ne pas y penser...

« Je suis désolé de t'avoir négligé, chuchota-t-il. Regarde, voilà toutes nos grandes reines. Tu te rappelles, à la maison, celles qui se trouvaient dans le coffret ? C'est leur tombeau, ici. J'en ai vu une..., son fantôme. Tu sais, toi, laquelle c'était ? »

Frère se mit à faire le tour des statues, les yeux levés pour considérer chacune successivement d'un air pénétré. Finalement, il s'immobilisa devant l'une d'elles et parut satisfait de ne plus quitter cette place-là.

« C'est elle ? C'est celle que j'ai vue au Palais Vieux ?

— Je vous demande pardon, prince Tobin ? »

Tobin fit volte-face et se retrouva devant le magicien du roi, planté près de l'autel. « Lord Nyrin ! Quelle surprise vous venez de me causer là ! »

Nyrin s'inclina.

« Je pourrais en dire autant, mon prince. Je vous ai entendu parler, mais sans vous découvrir le moindre auditeur.

— Je... Un jour, j'ai eu l'impression d'apercevoir un fantôme au Palais Vieux, et j'étais en train de me demander s'il avait pu s'agir là de l'une des reines.

— Mais vous parliez tout haut. »

Si Nyrin était à même de voir Frère, du moins n'en montrait-il rien. Tobin ne s'en garda que plus soigneusement de regarder du côté du fantôme quand il répondit : « Il ne vous arrive donc jamais de vous parler tout seul, messire ? »

Nyrin se rapprocha.

« Peut-être que si. Et alors, votre fantôme, vous le reconnaissez, là ?

— Je ne suis pas sûr. Elles ne sont pas très ressemblantes, pour les visages, n'est-ce pas ? Il pourrait toutefois s'agir de celle-ci. » Il pointa l'index en direction de celle devant laquelle Frère se tenait toujours. « Vous savez qui c'est ?

— La reine Tamir, fille de Sa Majesté Ghërilain Première, si je ne me trompe.

— Dans ce cas, ce ne sont pas les motifs qui lui manqueraient pour hanter le palais, j'ai peur, dit Tobin en s'efforçant d'avoir l'air de traiter les choses à la légère. Elle fut assassinée par son propre frère, poursuivit-il, en déballant à toute vitesse la leçon qu'il savait par cœur. Pelis contesta l'Oracle et s'empara du trône, mais Illior l'Illuminateur châtia le pays et fit périr l'usurpateur.

— Voulez-vous bien vous taire, enfant ! s'exclama Nyrin en traçant va savoir quel signe cabalistique en l'air. Le roi Pelis n'assassina point sa sœur. Elle mourut de sa belle mort, et il était son unique héritier. Jamais aucune reine de Skala ne fut assassinée, mon prince. Cela porte épouvantablement malheur que de seulement suggérer une horreur pareille. Et c'est sous les coups non pas des dieux mais de meurtriers que tomba Pelis. Vos maîtres étaient on ne peut plus mal informés. Un nouveau tuteur s'impose absolument.

— Toutes mes excuses, magicien, s'empressa de répliquer Tobin, que cette explosion saugrenue venait de prendre entièrement au dépourvu. Je ne mettais certes à le dire en ce saint lieu nulle male intention. »

L'expression sévère du magicien se radoucit.

« Je suis convaincu que les ombres de vos ancêtres se montreraient enclines à la plus indulgente des compréhensions vis-à-vis du plus jeune de leurs descendants. Vous venez, somme toute, en ligne pour la succession au trône juste après le prince Korin.

— Moi ? » Ça, c'était encore plus stupéfiant.

« Mais naturellement. Les frères et sœurs du roi sont morts, et leur descendance avec eux. En dehors de vous, il n'existe personne d'autre qui lui tienne d'aussi près par le sang.

— Mais Korin aura des héritiers lui-même. » Loin de s'imaginer une seule seconde qu'il pourrait occuper le trône de Skala, Tobin ne s'était jamais cru appelé qu'à le servir.

« Sans doute. Mais il n'est encore qu'une étincelle juvénile, et pas une de ses maîtresses ne s'y est allumée. D'ici que cela se produise, vous êtes le second en ligne de succession. Vos parents ne vous ont jamais entretenu de ce genre de choses ? »

Nyrin souriait, mais sans que son sourire atteigne jamais ses yeux, et Tobin ressentit tout au fond de son être une impression bizarre, aussi insidieuse que si quelqu'un lui trifouillait parmi les tripes avec un doigt osseux.

« Non, messire. Père se contentait de me répéter que j'aurais à être un valeureux guerrier afin de servir mon cousin comme lui-même servait le roi.

— Une aspiration digne d'admiration. Veillez à vous défier toujours de quiconque essaierait de vous détourner des voies que Sakor a tracées tout exprès pour vous.

— Messire ?

— Nous vivons en des temps incertains, mon cher prince. Il y a des forces déloyales au travail pour saper la maison royale, des factions qui voudraient voir régner quelqu'un d'autre que le fils d'Agnalain. S'il advenait que n'importe quelle créature de cette engeance ose un jour vous approcher, j'espère que vous accompliriez votre devoir en venant me trouver sur-le-champ. Semblable félonie ne saurait être tolérée.

— C'est à cette tâche que vous-même et les Busards vous consacrez, messire ? demanda Tobin. À traquer les traîtres ?

— Oui, prince Tobin. »

Le timbre de la voix du magicien parut s'assombrir et emplir tout l'espace de la nécropole. « En ma qualité de serviteur de l'Illuminateur, j'ai juré de m'appliquer de toutes mes forces à la sauvegarde et au maintien des enfants de Thelátimos sur le trône de Skala. Tout Skalien véritable se doit de servir. La flamme de Sakor doit purger le royaume de toute espèce de fausseté. »

Nyrin plongea la main dans le feu de l'autel et en retira toute une poignée de flammes qu'il conserva dans le creux de sa paume aussi benoîtement que s'il s'agissait d'eau.

Comme d'instinct, Tobin recula d'un pas, tant lui inspirait d'aversion le reflet de ce feu contre nature dans les yeux couleur de jaspe de son vis-à-vis.

Celui-ci laissa les flammes s'écouler jusqu'à leur extinction totale entre ses doigts. « Que Votre Altesse daigne me pardonner. J'avais oublié que vous ne preniez aucunement plaisir aux démonstrations de magie. Mais j'espère que vous vous souviendrez de mes paroles. Ainsi que je l'ai déjà dit, nous vivons en des temps incertains, et le putride a trop souvent l'air de la pureté. Il est difficile à quelqu'un d'aussi jeune que vous de discerner la différence. Puissent les dieux exaucer mes prières afin que la marque que vous portez au bras se révèle un signe véridique et que vous me comptiez à jamais parmi vos bons amis et conseillers. Je vous souhaite une heureuse et paisible nuit, mon prince. »

La sensation insidieuse et désagréable parcourut à nouveau le ventre du gamin, cette fois cependant moins forte, et s'évanouit tandis que Nyrin sortait de la tombe.

Tobin attendit que l'autre eût définitivement disparu pour venir s'asseoir au pied de l'autel et s'enveloppa les genoux dans les bras pour lutter contre le frisson glacial qui venait brutalement de le submerger.

Des traîtres... Les allusions voilées du magicien l'effrayaient. C'était comme s'il se voyait accuser de commettre une faute, mais il savait pertinemment ne s'être en rien comporté de manière à encourir la désapprobation du magicien. Il était loyal, et de tout son cœur, envers le prince Korin et envers le roi.

Frère s'accroupit près de lui. *Il n'y a aucun Pelis, ici...*

Tobin parcourut les statues du regard. Après les avoir comptées tout en les dévisageant une à une minutieusement, force lui fut d'admettre la justesse de l'observation. On s'était gardé d'ériger une effigie du roi Pelis parmi les souverains défunts. Nyrin avait tort ; les leçons apprises de Père et d'Arkoniel étaient véridiques. Mais à quoi pouvait bien rimer l'insistance incroyable du magicien sur un détail pareil ?

Cela mis à part, il n'empêchait que Nyrin lui avait appris le nom de la reine désignée par Frère..., celle-là même, comme par hasard, que Pelis avait assassinée.

Tobin alla se camper devant la deuxième reine de Skala et, plaçant sa main droite sur l'épée de pierre qu'elle tenait, « Salut à vous, grand-mère Tamir », fit-il.

19

Le lendemain, le soleil daigna de nouveau se montrer, et Porion leur commanda de retourner faire l'exercice en plein air.

Pendant qu'on courait vers le temple, c'est à peine si Tobin s'aperçut que sa douleur au flanc le faisait souffrir davantage, tant le tourmentait en revanche l'état dans lequel se trouverait Ki. Son cœur se gonfla de soulagement quand il le vit sortir, affamé mais la tête haute. Mago paraissait le plus épuisé, le plus mal en point des deux, et Ki confessa par la suite l'avoir dévisagé durant des heures entières, en pleine nuit, sans piper mot, rien que pour lui foutre les jetons. Et ça avait sacrément bien marché, de toute évidence.

Comme les prêtres avaient tartiné de baume les plaies de son dos, Ki prit part à l'entraînement sans émettre l'ombre d'une plainte. Il plaisanta avec ceux des écuyers qui étaient ses amis, ignora ses ennemis et servit à table, le soir. Tant et si bien que Tobin avait fini par se persuader que tout était rentré dans l'ordre et allait pour le mieux quand, l'heure du coucher venue, Ki tira les rideaux qui fermaient l'alcôve.

« Tu vas dormir là de nouveau ? »

Ki se posa délicatement sur le bord de l'étroite couche et enlaça ses doigts dans son giron. Rien qu'à la manière dont il se tenait, Tobin comprit qu'il souffrait beaucoup plus qu'il n'acceptait de le laisser voir.

« Baldus ? »

Le page se dressa sur sa paillasse.

« Oui, prince Tobin ?

— Va vite aux cuisines et vois si le chef peut concocter un somnifère pour sieur Ki. »

L'enfant déguerpit. Tobin barra la porte sur ses talons et revint vers Ki. « C'est à propos de quoi, cette nouveauté ? »

La question n'obtint qu'un haussement d'épaules.

« Il m'est revenu aux oreilles que la plupart des autres écuyers font comme ça, et..., bon... Enfin, tu sais bien, déjà les gens nous estiment assez bizarres comme ça. Je me suis juste dit qu'on pourrait peut-être faire deux ou trois trucs à la façon d'Ero.

— Korin aime bien nous voir faire les trucs à notre façon à nous. Il me l'a même dit. Il t'a trouvé épatant, hier.

— Ah oui ? Eh bien, Korin n'est pas tout le monde. Et moi, je ne suis pas prince.

— Tu es en rogne contre moi.

— Contre toi ? Jamais de la vie. Seulement... »

Pour la première fois depuis le début de tous ces embêtements, le masque de bravoure que s'était forgé Ki se craquela subitement. Derrière, Tobin devina les traits las, abattus, du petit campagnard affaissé là, sous ses yeux, les épaules gauchement ployées pour tenter d'atténuer la souffrance.

Il s'assit à ses côtés pour examiner le dos de sa chemise et le découvrit tout maculé de traînées sanglantes.

« Tu saignes encore. Sera collé demain matin, si tu gardes ça sur la peau. Allez, ferais mieux de me laisser t'aider. »

Avec des gestes câlins, il débarrassa Ki de sa chemise et la rejeta de côté sur le lit. La douleur qui lui taraudait le flanc était encore plus aiguë, ce soir, mais il l'ignora. Celui qui avait besoin de soins pour l'instant, c'était Ki, pas lui.

Les contusions avaient viré du cramoisi au violet et au noir, et les plaies, dont les croûtes se soulevaient, se remettaient à saigner dès que Ki faisait le moindre mouvement. Tobin avala un grand coup, en repensant à toutes les fois où ses supplications avaient empêché Nari d'administrer le martinet à Ki. Et voilà ce qu'il avait fait, lui... !

« Je ne me plais pas ici », dit-il finalement.

Ki hocha la tête, et une larme lui dégoulina jusqu'au bout du nez puis alla s'aplatir sur le dos de la main de Tobin.

« Mon grand regret, c'est qu'on n'ait pas pu partir avec Père, tout bonnement. Ou bien que les Compagnons ne puissent pas lever le camp dès demain pour aller retrouver le roi. Puis ce que je voudrais par-dessus tout, c'est être majeur et en possession de mes terres, parce que comme ça je pourrais te faire grand seigneur. Je te promets que je le ferai, Ki. Et, après ça, jamais plus personne n'osera te traiter de chevalier de merde. »

Ki exhala un rire assez semblable à un hoquet puis, non sans mal, leva un bras pour entourer les épaules de son ami. « Je n'ai... »

Un tapage épouvantable en provenance du coin de la penderie les fit sursauter tous deux. Tobin bondit sur ses pieds pendant que Ki se rejetait vaille que vaille en arrière, au bout d'une seconde d'hésitation, pour essayer de récupérer sa chemise.

C'étaient Korin et une demi-douzaine des Compagnons les plus âgés qui franchissaient en titubant avec leurs écuyers l'ouverture du passage dérobé.

« Cousin, on vient te soumettre une invitation ! » glapit Korin, moyennant quoi Tobin devina qu'il avait dû picoler sec et sans relâche depuis leur séparation, le souper fini. Urmanis et Zusthra étaient eux-mêmes aussi cramoisis qu'hilares. Quant à Orneüs, non content d'enlacer Lynx à pleins bras, il lui fourrageait dans l'oreille avec le bout du nez. Caliel semblait un peu moins bourré, mais le seul à jeun de la bande était l'écuyer du prince, Tanil. Il salua Tobin en s'inclinant d'un air embarrassé.

« On descend faire une bordée en ville, et on vient te proposer de vous joindre à nous, poursuivit Korin, qui chancelait pas mal au milieu de la chambre. Toi et tout particulièrement l'inestimable Ki. Allez, p'tit gars, rhabille-toi vite, que je te paye une pute et que t'arrêtes un peu de penser à ton dos. »

Garol s'écarta du groupe en trébuchant pour aller dégueuler sous les quolibets indignés de leurs camarades.

« Ah, Urmanis, m'a tout l'air que c'est vous, ce coup-ci, qui êtes bons pour les marches du temple, se moqua Korin en secouant la tête. Voilà ton écuyer qui te couvre d'opprobre en dégueulassant le plancher de mon pauvre cousin. Mais je disais quoi, au fait... ? Ah oui. Les putes. T'es assez vieux, Ki, hein ? Je t'ai bien vu reluquer les filles, va ! Flamme divine, t'es le meilleur de toute cette bande de pourris. On va se soûler, puis on ira te tirer du pieu cette vérole de Mago à grands coups de pied dans le cul. Et cet enculé d'Alben par-dessus le marché !

— Non, cousin, Ki est vanné. » Tobin s'interposa, non sans quelque anxiété, entre le prince et son ami. Que faire, en effet, si Korin s'obstinait à prétendre les emmener ? Jamais il ne l'avait vu dans un état d'ébriété aussi avancé depuis le soir de leur arrivée.

Par bonheur, il se découvrit en l'occurrence un allié en la personne de Tanil.

« Ils sont encore trop jeunes tous les deux pour participer à vos fêtes, Altesse. En plus, Ki est dans un si piteux état qu'une pute, avec lui, ce serait du gâchis. Dépêchons-nous de sortir nous-mêmes avant que maître Porion ne vous mette la main dessus et ne vous renvoie vous coucher.

— Holà, diable, hé, pas de ça ! *Vos gueules*, vous tous, ou l'enfer vous emporte ! rugit Korin. Allons, cousinet, donne-nous une bise pour nous porter chance. Et toi pareil, inestimable Kirothius. Bonne nuit ! Bonne nuit ! »

Korin ne consentit à se déclarer content qu'après qu'un chacun eut embrassé Tobin et Ki sur les deux joues puis obtenu d'eux la réciproque en guise de talisman, mais ils finirent tous quand même par ressortir à la queue leu leu, cahin-caha, par le même passage qui avait servi à leur intrusion.

Dès que Tobin fut bien certain de leur départ, il traîna le plus lourd fauteuil disponible de la chambre jusqu'au cagibi pour y bloquer le panneau mobile, et ensuite il convoqua Frère et le pria de monter la garde.

À son retour dans la chambre à coucher, il trouva Ki en train de se débarbouiller le visage dans la cuvette. Il avait entre-temps laissé rentrer Baldus et Molay qui, non sans maugréer par-devers eux contre ces cochons, s'employaient à nettoyer les aigres vomissures de Garol.

« Les choses ne se passent jamais comme ça lorsque le roi est là, marmonna finalement Molay. Du temps où Korin n'était qu'un gamin, Porion réussissait à lui tenir la bride, mais maintenant... ! Je vais faire brûler de l'encens pour chasser l'odeur. Baldus, va donc chercher du vin aux épices pour le prince.

— Non, pas de vin », dit Tobin d'un ton las.

Leur service achevé, Tobin congédia pour la nuit le page et le valet de chambre et puis entraîna Ki vers le grand lit. « Tu vois à quoi ça aboutit, j'espère, de faire les choses à la façon d'Ero. Dors, maintenant. »

Avec un soupir, Ki cessa de lutter et s'allongea sur le ventre tout au fond du lit.

Tobin s'adossa, lui, sur les traversins et fit de son mieux pour omettre les remugles qui persistaient à empuantir l'air malgré les nuées marmiteuses d'encens. « Orneüs était en train de lui faire quoi, à ce pauvre Lynx ? »

Ki renifla dans son oreiller. « Qu'est-ce que tu as fait, toi, hier, pendant que moi et Mago on s'aplatissait les genoux ? »

Tobin revit en pensée l'interminable journée grise qu'il avait subie.

« Rien, en fait. Mais je suis tombé sur Nyrin à la nécropole royale, hier soir.

— Barbe de goupil ? Qu'est-ce qu'il te voulait ?

— Il a dit que je venais directement comme héritier du trône après Korin jusqu'à ce qu'il en ait un de ses propres œuvres. »

Ki se tourna pour le regarder d'un air pensif.

« Ça m'en a tout l'air, au fait. Et rien qu'à voir la façon dont Korin chancelait, ce soir, ça pourrait bien te donner des chances supplémentaires.

— Ne plaisante pas sur ce sujet ! l'avertit Tobin. Si les Busards t'entendaient ne serait-ce qu'en plaisanter, ils pourraient bien s'en prendre à toi, m'est avis. Ce Nyrin me fait peur. Chaque fois qu'il se trouve auprès de moi, j'ai comme l'impression qu'il est à la recherche de quelque chose, comme s'il croyait que je lui cache quelque chose.

— Il a cet air avec tout le monde, marmonna Ki, tout en glissant manifestement très vite vers le sommeil. Et tous ces magiciens blancs font pareil. Je n'irais pas m'aventurer à tourner autour de n'importe lequel d'entre eux. Mais quel sujet d'inquiétude, au fond, pourrions-nous avoir ? Nul n'est plus loyal que nous ne le sommes, et... » Sa phrase s'acheva sur un vague ronflement très doux.

Le souvenir de la sensation bizarre que lui faisait éprouver la présence du magicien tint Tobin longuement éveillé, lui, tout comme l'idée de ces ennemis occultes auxquels l'autre avait fait des allusions si transparentes. Mieux valait qu'aucun traître ne lui fasse d'avances... Si peu de goût qu'il éprouvât pour cet intrigant de barbu flamboyant, il ne manquerait pas de lui dénoncer quiconque oserait le solliciter de trahir le souverain légitime de Skala.

20

« Crois que le coup valait la chandelle ? » chuchota Ki à Tobin lorsqu'ils virent Korin et ses coéquipiers de bordée de la veille survenir en ordre dispersé et en traînant les pieds pour la course matinale, le lendemain. Porion les couvait de l'œil, lui aussi, l'air aussi sombre qu'un nuage de grêle prêt à crever.

La purge essuyée par Garol ne lui avait fait aucun bien ; il était aussi verdâtre qu'un poireau et tanguait pas mal. Les autres se montraient moins branlants mais extrêmement taciturnes. Seul Korin, naguère le plus soûl du lot, avait recouvré son allure habituelle. C'est néanmoins d'un bonjour passablement contrit qu'il salua son jeune cousin.

« Tu n'as pas dû te ruiner en pensées aimables pour nous après notre retraite, je présume ? fit-il en lui faufilant un coup d'œil penaud.

— Votre Altesse s'est bien amusée en ville ? demanda Ki.

— Nous venions tout juste d'arriver à la poterne quand nous nous sommes fait épingler par Porion. Et nous avons tous écopé d'une veille de pénitence qui, l'entraînement terminé, devrait, à l'en croire, nous purifier de tous nos miasmes délétères. Et il n'y aura plus de vin à table pendant un mois. » Il exhala un soupir. « Je ne sais pas pourquoi je me conduis de cette manière. Tu voudras bien me pardonner, n'est-ce pas, Tob ? »

L'intrusion de la veille, Tobin n'en avait conçu aucune rancœur, et le sourire implorant de Korin aurait suffi à provoquer la débâcle d'une rivière gelée le jour de Sakor. « J'aimerais mieux te voir passer par ma porte d'entrée, mais c'est tout. »

Korin lui assena une tape sur l'épaule. « Alors, c'est la paix entre nous ? Bon. Viens, tiens, faisons presser l'allure à ces traînards-là jusqu'au temple ! »

Tobin et Ki n'eurent aucun mal à tenir la tête du peloton, ce jour-là, mais, quitte à rire tout du long, Korin ne leur concéda pas une semelle. Tout en sachant que Ki nourrissait une certaine défiance à l'endroit du prince, Tobin ne pouvait s'empêcher de vouer à celui-ci presque autant d'affection à cause de ses défauts qu'en dépit d'eux. Même ivre mort, il n'était jamais ni grossier ni cruel comme certains des autres, et il ne semblait jamais après coup se ressentir de son intempérance. Il avait par exemple aujourd'hui l'air aussi frais que s'il avait passé la nuit tout entière à dormir à poings fermés.

Une fois achevées leurs dévotions au temple, Porion les emmena, toujours au pas de charge, droit aux lices de tir à l'arc. Le temps était beau, le matin limpide et sans vent, et Tobin se promettait déjà de battre Urmanis, à qui l'opposait une rivalité ouverte.

Or, comme il prenait sa place à la marque et portait la flèche encochée sur la corde à hauteur de l'oreille, la douleur d'entrailles qui n'avait cessé de le tourmenter depuis plusieurs jours lui tordit de nouveau le ventre, et cette fois d'une façon si brutale et subite et précise qu'il dut retenir son souffle et lâcha la corde sans avoir seulement visé. La flèche partit au hasard et survola un groupe de jeunes filles attirées là par le spectacle et qui s'éparpillèrent, affolées, comme une bande d'étourneaux.

« Hé là, Tobin, tu as les yeux ouverts, oui ? » gueula Porion, dont persistait la méchante humeur.

Tobin marmotta des excuses. La douleur disparut, mais non sans le laisser gauche et angoissé.

« Qu'est-ce qui t'arrive, prince Couguar ? gloussa Urmanis en s'avançant pour tirer à son tour. Distingué un serpent dans ton ombre ? » Sa propre flèche alla se ficher en plein dans le mille de la cible.

Tobin méprisa la saillie et encocha un nouveau trait. Il n'eut pas le loisir de tirer que la douleur fut là de nouveau, lui broyant les tripes comme dans des tenailles rougies. Il avala durement sa salive et se contraignit à poursuivre comme si de rien n'était, ne voulant à aucun prix montrer la moindre faiblesse en présence des autres Compagnons. Après avoir soigneusement visé, il n'eut pas plus tôt relâché la corde d'un mouvement souple qu'il découvrit Frère planté juste devant la cible à l'instant précis où sa flèche prenait son essor.

L'esprit ne s'était pas manifesté sans qu'il le convoque depuis le fameux jour de sa visite à la demeure de Mère. Le fameux jour où il avait découvert la bague.

Frère était en train d'articuler un message silencieux dont Tobin fut incapable de déchiffrer la signification. Une nouvelle crampe l'empoigna, pire que la précédente. Et c'est à grand-peine qu'il réussit à rester debout jusqu'à ce qu'elle s'estompe.

« Tobin ? » Urmanis ne blaguait plus du tout lorsqu'il se pencha vers lui pour scruter l'expression de sa physionomie. « Maître Porion, j'ai l'impression que le prince est malade ! »

Aussitôt, Ki et Porion se portèrent auprès de lui.

« Ce n'est rien d'autre qu'une crampe, s'étrangla-t-il. J'ai dû courir trop dur, et... »

Le maître d'armes lui tâta le front. « Pas trace de fièvre, mais tu es livide. Tu as été souffrant, la nuit dernière ? »

Frère s'était désormais rapproché au point de le toucher.

« Non. Cela vient juste de me prendre, depuis la course.

— Eh bien, dans ce cas, tu ferais mieux de retourner te coucher un moment. Ki, veille à ce que le prince se mette au lit, puis viens me faire ton rapport. »

Frère ne bougea pas d'auprès de Tobin jusqu'à ce qu'ils aient regagné leur chambre, et ce sans que ses impénétrables yeux noirs cessent une seconde de l'observer.

Molay tint absolument à l'aider à s'allonger, tandis que le petit Baldus virevoltait comme une guêpe derrière eux. Tobin les laissa lui retirer son justaucorps et ses chaussures puis se pelotonna en boule tandis que l'assaillait une nouvelle vague de douleur qui le submergea.

Après avoir repoussé les serviteurs, Ki grimpa sur le lit et s'installa à ses côtés. Plaquant le dos de sa main sur le front de son ami, il secoua la tête. « Non, tu n'as pas de fièvre, mais il n'empêche que tu transpires. Baldus, va donc nous chercher sieur Tharin. »

Désormais debout derrière Ki, Frère secoua lentement la tête à l'adresse de Tobin.

« Non, laisse-moi simplement me reposer, fit tant bien que mal le patient. C'est probablement le pouding d'hier soir qui ne passe pas. Je n'aurais pas dû manger de figues non plus. » Il fit à Ki un sourire piteux. « Place le pot de chambre à ma portée, veux-tu ? Et puis retourne là-bas leur dire que je vais bien. Je n'ai aucune envie de voir cette bande d'ivrognes se gargariser de mes petits bobos.

— C'est tout ? » Ki laissa échapper un léger rire de soulagement. « Pas étonnant que tu aies détalé si vite du terrain. Très bien, alors. Je vais transmettre ton message et puis je reviens tout de suite.

— Non, restes-y et entraîne-toi. Ça ira mieux dans un instant. Porion a déjà bien assez de monde pour le mettre en rogne, aujourd'hui. »

Ki lui pressa l'épaule et puis referma soigneusement les rideaux du lit.

Tobin l'écouta sortir et s'éloigner. Il demeura allongé sans bouger, attentif seulement aux sensations bizarres qui lui travaillaient le ventre. De quoi pouvait-il s'agir ? La douleur était à présent moins aiguë, elle lui faisait l'effet d'aller et venir par vagues et lui rappelait le flux et le reflux de la mer sur la grève. Tandis que la souffrance s'estompait, il prit conscience que se produisait une nouvelle sensation, plus déconcertante, dans son sillage. Il se leva, s'assura qu'il n'y avait personne dans la chambre ou dans le cagibi puis, s'enveloppant étroitement dans le rideau, il délaça ses culottes et les repoussant jusqu'à ses pieds, découvrit une petite tache humide à la jointure de ses jambes. Il la contempla, d'autant plus stupéfait qu'il savait pertinemment ne s'être pas souillé.

Frère était de nouveau avec lui, tout yeux.

« Va-t'en », chuchota Tobin d'une voix faiblarde et tremblante, mais Frère demeura là. « Sang mon sang... »

Il n'alla pas plus loin, la gorge serrée par la peur, tout en réfléchissant à l'emplacement de la maudite tache. D'une main fébrile, il tâtonna par-dessous ses parties, si menues encore et totalement dépourvues de poils, contrairement à celles des autres Compagnons. Au sein des rides de la peau des bourses, il sentit comme une petite flaque humide et gluante et, affolé, examina le bout de ses doigts ; si peu qu'il y eût de lumière, il était impossible de s'y méprendre, c'était du sang. La peur l'empêcha presque de respirer quand il renouvela l'expérience, cherchant désespérément cette fois quelque blessure, quelque plaie.

La peau était intacte. Le sang suintait au travers comme de la rosée.

« Oh, dieux ! » Cette fois, il savait de quoi il s'agissait.

La peste. La rouge-et-noir.

Toutes les pitreries qu'il avait vu représenter au coin des rues lui revinrent d'un coup en mémoire, ainsi que les histoires que les garçons colportaient au coin de la cheminée. Vous commenciez par saigner à travers la peau, puis d'énormes plaies noires se mettaient à vous boursoufler les aisselles et l'aine. À la fin, vous creviez tellement de soif que vous vous traîniez en rampant jusqu'au caniveau pour en laper les immondices, et vous finissiez par mourir en vomissant le peu qu'il vous restait de sang.

Sur les talons de cette vision d'enfer lui revinrent les mots de Lhel. *Tu voir sang ? tu venir voir me. Ici.* Il s'était bel et bien agi d'une vision, en définitive...

« Qu'est-ce que je fais, maintenant ? » chuchota-t-il à l'intention de Frère. Mais il connaissait déjà la réponse.

Pas dire personne, surtout. Tu aimer ton ami, tu pas dire lui, l'avait bien prévenu la sorcière.

Il ne fallait pas avertir Ki. Ni Tharin. Ni n'importe quel autre des êtres qu'il aimait. Ils voudraient tous le secourir, et eux aussi, à leur tour, contracteraient la peste.

Il jeta un long regard sur le lit qu'il avait partagé avec Ki. Son ami ne se trouvait-il pas déjà contaminé par sa faute ?

Tu aimer ton ami, tu pas dire lui.

Il se tortilla pour remonter ses culottes et les renouer puis descendit du lit. Jamais Ki n'accepterait de le laisser s'en aller tout seul. Pas plus que ne le lui permettraient Lord Orun ni Porion ni Tharin ni quiconque d'autre. Il trouva sa tunique et l'enfila bien vite, avant que la douleur ne revienne lui fouailler les tripes avec ses griffes rougies à blanc, l'obligeant à grincer des dents et à se plier en deux. La bague et le sceau tintèrent contre sa poitrine dans l'échancrure de sa chemise. Il les en retira et les étreignit comme des talismans, tant il se sentait éperdument seul. Il lui fallait aller rejoindre Lhel coûte que coûte.

Une fois que la douleur se fut un peu apaisée, il se rendit dans le cagibi pour ceindre l'épée de Père. *Me voici presque assez grand pour la porter, maintenant que je suis sur le point de mourir*, songea-t-il avec amertume. *Puissé-je être au moins brûlé avec elle. Il ne reste plus personne à qui la transmettre.*

Il entendit des serviteurs discutailler dans le corridor ; il lui était impossible de s'échapper par là sans être vu. S'emmitouflant dans un vieux manteau, il se mit à genoux pour tâter le panneau qui le séparait du passage menant à la chambre de son cousin. Ainsi que l'en avait prévenu Korin, il fut incapable de le faire jouer par ce côté-là, mais Frère n'eut besoin que de s'y employer pour y parvenir en un tournemain.

La chambre de Korin ressemblait à la sienne, à ceci près que les tentures en étaient plus riches et rouge et or. Elle disposait également d'un escalier menant directement du balcon dans les jardins, et c'est par là que Tobin prit le large, ni vu ni connu.

Ainsi que l'avait appréhendé Ki, Porion le maintint à l'entraînement jusqu'au milieu de l'après-midi. L'approche du soir allongeait les ombres des grands pins jusque dans leur chambre quand il finit par y retourner.

« Tobin, comment te sens-tu ? »

N'obtenant pas de réponse, il alla vers le lit, tira l'un des lourds rideaux, s'attendant à trouver son ami encore endormi, mais la couche était vide.

Abasourdi, Ki promena un coup d'œil tout autour de la pièce. Ici traînait encore le justaucorps retiré tout à l'heure ; au râtelier sculpté demeuraient suspendus, à l'endroit même où il les avait laissés, l'arc et l'épée de Tobin. Il y avait bien dix autres endroits où celui-ci pouvait s'être également rendu, et, dans des circonstances normales, Ki n'aurait pas vu d'inconvénient, loin de là, à attendre qu'il ressurgisse ou à le retrouver au repas du soir ; seulement, l'indisposition soudaine de Tobin l'avait, presque à son insu, trop profondément chamboulé.

Juste à cet instant, il surprit un bruit de pas feutrés sur le balcon et, se retournant, vit Tobin s'encadrer dans l'embrasure illuminée par le soleil couchant. « Ah, te voilà donc ! s'écria-t-il avec soulagement. Tu dois te sentir mieux, alors. »

Tobin se contenta de hocher la tête avant de s'engouffrer dans le cagibi contigu, non sans lui faire signe de le suivre.

« Comment te sens-tu ? Tu m'as l'air encore bien pâle. »

Toujours sans prononcer un mot, Tobin entreprit d'escalader les étagères du vieux placard qui se dressait contre un mur de la petite pièce.

« Qu'est-ce que tu fabriques ? » Ce n'était pas le comportement habituel de Tobin, se dit-il. Peut-être était-il sérieusement malade, après tout. Il trouvait quelque chose de bizarre jusque dans ses gestes, sans savoir au juste pourquoi.

« Tob, qu'est-ce qui ne va pas ? Tu en as après quoi, dis, là-haut ? »

Tobin fit demi-tour et laissa tomber un sac de toile crasseux dans les mains de Ki. Et ce simple mouvement les mit face à face pour la première fois depuis que Tobin avait fait sa réapparition dans la chambre.

Le regard de Ki se plongea dans ces yeux noirs et fixes, et il se mit à trembler de tous ses membres. Ce n'était pas Tobin qu'il avait devant lui.

« Frère ? »

En l'espace de moins d'un clin d'œil, l'autre se dressa à quelques pouces à peine en face de lui. Les traits de l'esprit lui rappelèrent un masque..., le masque que quelque artiste des plus maladroit aurait tenté de modeler d'après le visage de Tobin, mais en oubliant d'y mettre la moindre gentillesse ou la moindre chaleur. Ki songea brusquement au cadavre de sa propre mère gisant gelée dans le grenier tant d'années plus tôt ; il avait alors repoussé la couverture qui l'enveloppait pour contempler sa figure et avait vainement essayé d'y retrouver la présence aimante qu'il avait connue. Et c'était pareil, maintenant, il cherchait vainement Tobin sur la figure du démon.

En dépit de sa peur, il parvint à recouvrer la voix. « C'est toi, Frère, hein ? »

L'esprit acquiesça d'un signe, et quelque chose comme un sourire fit trembloter ses lèvres fines. L'effet n'était pas des plus agréable.

« Où est Tobin ? »

Frère indiqua le sac. Sa bouche ne remua pas, mais Ki perçut un murmure aussi ténu que le vague souffle du vent sur un lac gelé. *Il va chez Lhel. Va vite lui apporter ça !*

Et sur ce, Frère s'évapora, laissant Ki seul au sein des ombres qui s'allongeaient démesurément, seul avec un sac de toile crasseux qui contenait quelque chose.

Lhel ? Tobin était retourné au fort ? Mais pourquoi ? pourquoi ? Et pourquoi était-il parti sans lui ? Les doigts de Ki rencontrèrent le cheval sculpté qu'il portait au cou, tandis qu'il refoulait de son mieux les sentiments blessants que suscitaient des questions pareilles. Si Tobin était parti sans lui, alors c'est que quelque chose ne tournait pas rond, quelque chose d'effroyable, et, si tel était le cas, sa place à lui était à ses côtés.

Mais il est parti sans moi...

« Tharin. Il me faudrait aller avertir Tharin, peut-être même maître Porion... »

Non !

Ki sursauta lorsque Frère lui siffla cela du fond des ombres qui environnaient le seuil. C'était un signe, finalement, là, que de voir Frère. Tobin devait se trouver en très grand danger, vraiment, pour que le fantôme se soit décidé à lui apparaître. Il n'y avait rien de mieux à faire que ce qu'il disait...

À cet égard du moins, la chance fut de son côté. Pendant les heures qui séparaient leurs tâches des soirées au mess, les garçons étaient libres de faire ce qu'ils voulaient. Personne n'y regarderait à deux fois si un écuyer passait entre le palais et les écuries pour apporter à réparer les armes de son maître.

N'emportant que le mystérieux sac et leurs deux épées, il sortit pour se rendre aux écuries. Il y vit confirmées ses appréhensions. Gosi n'était plus là. Si Tobin avait emmené son cheval, il ne restait plus aucun espoir de le rattraper, maintenant. La seule chose qu'il fût possible de faire était de suivre ses traces.

« Tu aurais tout de même pu te montrer un tout petit peu plus tôt », marmonna-t-il tout en sellant Dragon, dans l'espoir que Frère rôdait assez près pour saisir ses paroles.

S'entendre conter par un écuyer la fable d'une commission en ville satisfit les gardes du Palatin, et ceux de la poterne du port ne se montrèrent pas plus regardants sur celle qu'il leur servit. La nuit tombait rapidement, et Frère ne se manifesta d'aucune façon pour lui servir de guide, mais il y avait assez de lune pour éclairer la route à suivre. Tournant la tête de Dragon vers l'ouest, Ki le lança au galop sur le grand chemin, non sans conjurer Astellus d'aider le rouan à placer fermement ses sabots dans le noir.

Il y avait peu de cavaliers sur les routes, la nuit, et moins encore d'assez minces pour être Tobin, mais Ki ne pouvait s'empêcher de regarder sous le nez chacun des inconnus qu'il lui advint de dépasser.

Vers la minuit, il s'arrêta pour laisser reposer son cheval au bord d'un ruisseau. Et c'est seulement alors que lui vint l'idée de jeter un coup d'œil dans le sac.

Il était à peu près la même heure quand Tharin trouva à sa porte un Molay complètement désemparé.

21

Le croissant de la lune guida Tobin pour rentrer chez lui. Éclairé par sa lumière, il laissa la mer dans son dos et remonta les rivières et les chemins qui menaient à l'ouest vers les montagnes. Peut-être Gosi se remémorait-il lui aussi le trajet emprunté naguère, car aucun carrefour ne les égara de toute la nuit.

Tobin craignait de ne pas le maintenir éveillé, tandis que la douleur s'amplifiait et se modifiait au fur et à mesure que la lune l'attirait vers l'avant. Lorsque d'aventure elle abstenait de se manifester, il le poussait à prendre le galop pendant plusieurs milles. Et puis elle refermait son étau sur sa chair, et alors Gosi suivait au pas le bas-côté herbeux, pendant que son maître avait l'impression de charrier un brasero de feu rouge sombre qui lui ballottait entre les hanches. Les yeux à demi clos pour la combattre de son mieux, il pensait à sa rencontre avec Nyrin dans la tombe royale et à la poignée de flammes que brandissait le magicien.

Tandis que la nuit se traînait interminablement, la douleur s'exacerbait souvent pour martyriser son être entier, le fouaillant sous le sternum, se glissant insidieusement de toutes parts sous sa peau, l'embrasant tour à tour ou le glaçant jusqu'à la moelle des os. Le sang s'était séché dans ses culottes, mais sa poitrine commença à le démanger furieusement aux alentours de la minuit, juste en dessous des seins. Lorsqu'il les y risqua pour se gratter, ses doigts reparurent tout noircis et mouillés.

La peste la peste la peste. L'horrible terme bourdonnait au rythme des battements affolés de son cœur.

Pestifère...

Lhel devait avoir là contre quelque remède de sa façon. Ce devait être à cet effet qu'il s'était vu gratifier d'une vision lui disant d'aller la retrouver. Il se pouvait que les sorcières des montagnes aient connaissance d'un traitement qu'ignoraient les drysiennes, tout comme les guérisseurs royaux de Skala.

Tout le monde avait entendu mille contes là-dessus. Dans les cités portuaires, les oiseaux de mort chasseurs de peste clouaient chez eux les pestifères ainsi que quiconque était assez malchanceux pour se trouver des leurs quand s'y découvraient les premières victimes. S'il se révélait y avoir un quelconque survivant, encore lui restait-il à prouver sa bonne santé en fracassant une issue pour se délivrer.

Un pestifère, voilà ce qu'il était.

Lhel l'avait prévu.

Allait-on clouer le Palais Vieux ?

À la faveur des ténèbres, le délire de son imagination lui représentait toute une armée d'oiseaux de mort s'abattant sur le palais comme des charognards, munis de marteaux et portant des besaces de clous sur l'épaule, à la manière des artisans qui avaient autrefois envahi le manoir.

Allait-on se lancer à ses trousses puis clouer également toutes les ouvertures du fort ?

On risquait de l'enfermer dans la tour. On l'affublerait d'un masque, et il ressemblerait dès lors aux oiseaux que Mère avait eus là-haut pour seule compagnie...

Tout au long de cette interminable nuit, ses pensées tournèrent dans sa tête en s'enchevêtrant dans une ronde sans trêve ni cesse. Il fut presque étonné lorsqu'il vit enfin se détacher, juste devant lui, si proches désormais, les chicots déchiquetés des montagnes contre le firmament tout serti d'étoiles.

Les premières lueurs de l'aube échauffaient le ciel dans son dos quand il traversa Bierfût encore endormie. Gosi trébuchait sous lui, les naseaux fumants. De l'épuisement, Tobin était passé à un état d'engourdissement tellement peuplé de rêves qu'il commençait à se demander s'il n'allait pas finir, en ouvrant brusquement les yeux, par se retrouver somme toute à Ero, cloué à l'intérieur de sa chambre par les oiseaux de mort. À moins qu'il ne fût en train de suivre véritablement la piste des visions qui devaient l'amener à la pièce souterraine gardée par les daims... ?

Dépassant les dernières maisons du bourg, il se mit à suivre la route familière que bordaient des arbres aux couleurs automnales. Elle avait eu tout à fait cet aspect-là, le jour où pour la première fois Père l'avait emmené à Bierfût, près d'une demi-vie plus tôt. Il était content de se retrouver là, même si cela ne devait plus jamais se produire. Mieux valait mourir ici que dans la grand-ville. Il espéra que l'on déposerait son corps quelque part au fond de la forêt. Il n'avait pas envie de figurer sur l'une de ces étagères au-dessus desquelles se dressaient les reines de pierre. C'est en ces lieux-ci qu'était sa place à lui.

Il venait juste d'entr'apercevoir le sommet de la tour par-dessus la cime des frondaisons quand Lhel émergea des bois devant lui. Des larmes de soulagement lui brûlèrent les yeux.

« *Keesa*, tu venir, dit-elle en s'avançant sur la route à sa rencontre.

— J'ai vu le sang, Lhel. » Sa voix était aussi ténue que celle de Frère. « Je suis malade. J'apporte la peste. »

Elle lui empoigna la cheville et loucha vers lui, puis lui tapota le pied d'un geste rassurant. « Non, *keesa*. Pas peste. »

Lui retirant le pied de l'étrier, elle grimpa en selle derrière lui et s'empara des rênes.

Il ne conserva guère de souvenirs de la chevauchée qui s'ensuivit, sinon que le corps de Lhel était tout chaud contre son dos. Un vrai bonheur.

Il ne reprit vraiment conscience qu'au moment où elle l'aida à mettre pied à terre, en sentant qu'elle avait les mains aussi fraîches qu'une eau de rivière. Tout était bien là, le chêne hospitalier, ses corbeilles et ses paniers, le petit bassin rond chatoyant de la source qui miroitait juste au-delà, moiré de vert et d'or.

Un feu réconfortant pétillait en face de la porte. Lhel entraîna Tobin vers une bûche posée tout près qui servait de siège, l'emmitoufla dans une robe de fourrure et lui mit entre les mains une coupe de bois pleine d'une décoction d'herbes. Il sirota le breuvage bouillant avec gratitude. De tons fauve clair et brun, la douce fourrure était celle d'un couguar... Le couguar de Ki, songea-t-il, avec la nostalgie que son ami ne soit pas là.

« Qu'est-ce qui m'arrive ? demanda-t-il d'une voix rauque.

— Montre sang. »

Il abaissa le col de sa tunique pour lui faire voir la partie de son torse qui suintait. « Vous prétendez que je n'ai pas la peste, mais regardez donc ! Qu'est-ce que ça serait d'autre ? »

Lhel toucha la chair tout humide puis soupira.

« Nous beaucoup demandé la Mère. Trop, je pense.

— À ma mère ?

— Elle aussi, oui, mais la déesse Mère est celle je parler. Tu avoir douleurs cet endroit-là ?

— Un peu, mais surtout dans mon ventre. »

Lhel hocha la tête. « Sang autre endroit ? »

Non sans embarras, Tobin releva son justaucorps et lui montra celui où le premier épanchement avait traversé et taché ses culottes.

Lhel lui plaça ses mains sur la tête et prononça tout bas des mots qu'il ne comprit pas.

« Ah..., trop tôt, *keesa*. Trop tôt, répéta-t-elle d'un ton désolé. Peut-être moi bien tort, en faisant *hekkamari* Frère garder toi si près. Je devoir amener Arkoniel. Toi manger pendant moi vais.

— Je ne peux pas vous accompagner ? J'ai tellement envie de voir Nari ! supplia-t-il.

— Plus tard, *keesa*. »

Elle lui apporta du pain, de la bouillie d'avoine et des baies, puis s'enfonça dans le sous-bois.

Après avoir resserré plus étroitement ses fourrures autour de lui, Tobin mordit dans le pain. Dérobé dans les cuisines de Cuistote, aucun doute, là. La saveur qu'il lui trouvait aggrava son mal du pays. Il mourait d'envie de s'élancer aux trousses de Lhel et d'aller s'asseoir auprès des marmites avec Cuistote et Nari. Vu l'extrême proximité des lieux, vu les vieilles nippes qu'il portait, c'était un jeu d'enfant que de se dire qu'il n'avait jamais quitté la maison...

Sauf que Ki n'était pas là. Tout en promenant ses doigts tout le long des bords de la peau de couguar, Tobin se demanda ce qu'il allait bien pouvoir lui dire, à Ki, lorsqu'il rentrerait à Ero. Qu'est-ce qu'il devait penser, Ki, en cet instant même, et puis Tharin, et puis les autres ?

Il repoussa ce sujet d'inquiétude à plus tard et se remit à tripoter le sang qui maculait son torse. Bon, il ne transportait pas la peste, en définitive, mais il avait quand même quelque chose qui n'allait pas. Peut-être quelque chose d'encore pire.

Il faisait presque jour lorsque Ki parvint à l'endroit où la route bifurquait en direction de Bierfût, mais il la manqua tout de même, n'ayant fait après tout ce trajet qu'une seule fois. Il avait même bel et bien dépassé l'embranchement quand Frère fit brusquement son apparition devant lui, au beau milieu de la chaussée, ce qui affola le cheval.

« Tiens, te voilà donc ! » grommela Ki tout en tirant vivement sur les rênes afin de tranquilliser Dragon prêt à s'emballer.

Le fantôme lui désigna du doigt la direction d'où il venait. Ki se retourna et aperçut effectivement le panneau indicateur qu'il avait raté, derrière, au carrefour. « Mille mercis, Frère. »

Il se trouvait à présent presque accoutumé au fantôme. À moins qu'il ne fût tout simplement trop exténué, trop affamé, trop inquiet de ce qu'il allait découvrir au terme de cette longue chevauchée nocturne pour avoir encore en réserve la moindre peur. Quoi qu'il en fût au demeurant, ce n'est pas sans un certain plaisir qu'il s'avisa que Frère restait avec lui pour le guider jusqu'à Bierfût.

Il faisait chaud, pour un petit matin de la mi-Erasin. Une brume s'élevait des arbres en train de s'égoutter, tels des spectres, dans la clarté confuse de l'aube trompeuse.

« Est-ce que Tobin va bien ? » demanda Ki, présumant que Frère savait forcément quelque chose de l'état dans lequel se trouvait son jumeau. Mais, sans se retourner ni répondre quoi que ce soit, Frère se contenta de persister à le précéder, de cette allure sans marcher tellement singulière qu'il avait. De sorte qu'au bout d'un bon moment passé à l'observer, Ki commença à se dire que, tout compte fait, non, ça l'avait au fond moins perturbé, de voyager seul jusque-là...

En levant le nez de la cuvette où il faisait ses ablutions, Arkoniel découvrit le visage de Lhel en train de flotter devant lui.

« Tu venir maintenant, fit-elle d'un ton sur l'urgence duquel il était impossible de se méprendre. Tobin être avec moi. La magie se rompre. »

Arkoniel s'épongea promptement la figure et courut à l'écurie. Il ne se donna même pas le mal de décrocher une selle, rafla juste un harnais de tête pour le hongre qu'il enfourcha à cru puis se mit à galoper vers la montagne à la rencontre de la sorcière.

Elle l'attendait à la lisière de la forêt, comme elle le faisait toujours. Laissant là sa monture, il la suivit à pied dans les bois en empruntant ce qui lui parut être un sentier plus court qu'à l'ordinaire. Alors que cela faisait plus de deux ans qu'il était son disciple et son amant, elle ne lui avait toujours pas confié le moyen permettant de se rendre chez elle.

Une fois à la clairière, il trouva Tobin tout emmitouflé dans une fourrure de couguar et assis près du feu. Le gosse avait les traits tirés et le teint cireux, de sombres cernes lui creusaient le dessous des yeux. Il avait dû se laisser aller à somnoler quelque peu, mais leur approche lui fit lever un regard aigu.

« Tobin, comment te sens-tu ? » lança Arkoniel en s'agenouillant devant lui. Était-ce un effet de son imagination, ou bien les plans si familiers de ce visage s'étaient-ils déjà modifiés, si légèrement que ce soit ?

« Un peu mieux, répondit Tobin d'un air apeuré. À ce que dit Lhel, je n'ai pas la peste.

— Mais non, bien sûr que non !

— Mais alors, dites-moi ce qui est en train de m'arriver ! » Tobin lui fit voir une traînée sanglante sur sa poitrine plate et lisse. « Ça n'arrête pas, tenez, de dégouliner, et voilà que ça recommence à me faire mal. C'est forcément la rouge-et-noir. Quoi d'autre pourrait provoquer une chose pareille ?

— La magie, dit Arkoniel. Une magie pratiquée sur toi voilà très longtemps et qui se délite prématurément. Je suis navré, tellement navré. Tu n'étais pas censé découvrir les choses de cette façon. »

Comme le magicien ne l'avait que trop redouté, l'explication ne fit qu'aggraver les airs terrifiés du petit.

« De la magie ? Sur moi ?

— Oui. La magie de Lhel. »

Tobin décocha à la sorcière un coup d'œil accusateur.

« Mais pourquoi cela ? Quand l'avez-vous fait ? Le jour où vous avez mis mon sang dans la poupée ?

— Non, *keesa*. Beaucoup plus vieux temps avant. Quand tu naître. Iya et Arkoniel venir trouver moi, demander me le. Dire moi votre dieu lune vouloir ça. Ton père vouloir ça. Ça faire partie de ton chemin guerrier. Viens, mieux montrer toi que dire. »

Le projet de Ki avait été de se rendre tout droit au manoir pour passer y prendre Arkoniel, mais Frère s'y opposa avec la dernière opiniâtreté.

Suis-moi ! exigeait l'esprit de sa voix qui n'était qu'un chuchotement rauque. Et Ki n'osait lui désobéir.

Sous la conduite de Frère, il finit par aboutir sur une sente à gibier qui contournait la prairie puis franchissait la rivière à gué plus loin vers l'amont.

Tout en chevauchant, Ki jeta un coup d'œil furtif à la vieille poupée râpée qui occupait le sac. Quelle importance un machin pareil, s'étonna-t-il, pouvait-il bien avoir pour un fantôme ? Et c'était pourtant le cas, manifestement, car Frère se porta subitement à la hauteur de son étrier, et Ki se sentit du coup frigorifié de pied en cap.

Pas pour toi ! siffla Frère en lui agrippant la jambe avec des doigts glacés.

« Mais je n'en veux pas ! » Ki referma prestement le sac et le coinça entre sa cuisse et la selle.

Le chemin se fit très vite abrupt de l'autre côté du gué et commença à prendre un air familier. Ki reconnut une vaste pierre qu'ils avaient utilisée comme table, un jour d'été où ils pique-niquaient en compagnie de Lhel et d'Arkoniel. On ne pouvait plus être très loin du but, maintenant.

Tout vanné qu'il était et mal à son aise à cause de Frère, Ki ne put s'empêcher de sourire en pensant à la surprise que sa vue ferait à tout le monde.

Tobin fut pris de frissons quand il s'inclina sur la surface lisse du bassin. Lhel lui avait fait retirer sa tunique et sa chemise. En plongeant ses regards dans l'eau, il distingua nettement son visage et la traînée sanglante qui lui barbouillait la poitrine. Il se demanda s'il ne devrait pas la nettoyer, mais il n'osa pas le faire. Lhel et Arkoniel continuaient à le considérer d'un air tellement étrange... !

« Scrute le bassin, lui répéta Lhel, qui, dans son dos, faisait bruire quelque chose. Arkoniel, tu dire. »

Le magicien se mit à genoux à côté de lui.

« C'est à ton père qu'il aurait appartenu de te dire cela, ou bien à Iya. Et tu aurais dû être plus âgé pour l'entendre et te trouver prêt à occuper ta place, la place qui te revient. Mais il semblerait que les dieux aient eu d'autres desseins...

» Tu as entendu les gens dire que ton jumeau mort était une fille. Eh bien, c'est exact, dans un sens. »

Tournant les yeux de son côté, Tobin s'avisa que la physionomie du magicien exprimait une insondable tristesse.

« Ta mère mit au monde deux enfants, cette nuit-là : un garçon et une fille. L'un mourut, comme tu le sais. Mais, vois-tu, l'enfant qui survécut était une fille. Toi, Tobin. Lhel recourut à une forme de magie spéciale...

— Peau liaison, dit Lhel.

— La liaison de peau, pour te conférer, à toi, toute l'apparence d'être un garçon, et au garçon mort – c'est-à-dire à Frère – toute l'apparence d'être une fille. »

Pendant un moment, Tobin eut l'impression qu'il avait perdu de nouveau la voix, comme cela lui était arrivé après la mort de Mère. Mais il parvint à exhaler un « Non ! » râpeux.

« Si, Tobin. C'est la vérité. Sous les dehors d'un garçon, tu es une fille. Et il viendra un temps où il te faudra dépouiller ces dehors fallacieux pour prendre en ce monde la place dont je parlais, celle d'une femme. »

Tobin grelottait désormais, et pas en raison du froid.

« Mais... Mais *pourquoi* ?

— Pour assurer ta protection jusqu'à ce que tu sois en mesure de devenir reine.

— Ma protection ? Contre qui ?

— Contre ton oncle et ses Busards. Ils te massacreraient s'ils étaient au courant. Le roi t'aurait fait périr la nuit même de ta naissance si nous n'avions pas fait ce que nous avons fait. Il en avait déjà fait assassiner d'autres, beaucoup d'autres, de peur qu'elles n'en viennent à contester sa légitimité, la sienne et celle de Korin.

— Nyrin a dit... Mais il parlait de traîtres !

— Non, elles étaient toutes innocentes. Et elles avaient infiniment moins de droits au trône que toi, l'enfant de sa propre sœur. Tu connais la prophétie d'Afra. Toi, tu es une fille authentique de Thelátimos, la dernière de la lignée pure. Cette liaison de peau..., nous avons pensé qu'elle était le seul moyen susceptible d'assurer ta sauvegarde. Et le fait est que ce moyen s'est révélé efficace jusqu'à maintenant. »

Tobin fixa de nouveau le visage que reflétait l'eau..., ses yeux à lui, ses cheveux à lui, la cicatrice de son propre menton pointu.

« Non ! Vous mentez ! Je veux être ce que je suis ! Je suis un guerrier !

— Tu n'as jamais été quoi que ce soit d'autre, objecta Arkoniel. Mais tu es destiné par Illior à être quelque chose de plus. Illior l'a révélé à Iya pendant que tu te trouvais encore dans le sein de ta mère. Innombrables sont les magiciens et les prêtres qui ont rêvé de toi. Tu seras un grand guerrier, tout autant qu'une grande reine, ainsi que le fut Ghërilain en personne. »

Tobin se boucha les oreilles à deux mains et secoua furieusement la tête. « Non ! Les femmes ne sont pas des guerriers ! Je suis un guerrier ! Je suis Tobin ! *Je sais qui je suis !* »

Le parfum de musc et d'herbes vertes l'enveloppa lorsque Lhel vint s'agenouiller de l'autre côté et l'enlaça dans ses bras vigoureux. « Tu es qui tu es. Laisse je montrer. »

Elle recouvrit de sa main la partie sanglante de sa poitrine, et la douleur revint un moment le fouler de ses mille pattes sournoises. Puis elle retira sa main, et alors il vit sur sa poitrine une ligne verticale de points identique à celle que Frère lui avait une fois dévoilée, des points minuscules et fins comme de la soie d'araignée. Mais sa blessure à lui avait guéri, et la cicatrice pâli en s'estompant. Seul en était ensanglanté le bas, comme pour la plaie de Frère.

« La magie s'amenuiser, et la liaison pas tenir. Devoir être pratiquée nouvelle magie, dit Lhel. Pas être encore ton temps montrer visage vrai, *keesa*. »

Tobin se blottit contre elle avec gratitude. Il n'avait aucune envie de changer.

« Mais comment... ? » commença Arkoniel.

Lhel l'empêcha de poursuivre en brandissant l'index.

« Pour après. Tobin, toi faudrait connaître ton visage vrai.

— Je ne veux pas !

— Si. Être bon, connaître. Tiens, *keesa*, regarde. »

Elle appuya un doigt sur la couture de sa poitrine, et puis, lorsqu'elle se remit à parler, c'est dans sa propre tête qu'il entendit retentir sa voix ; et, pour la première fois, les propos qu'elle tenait étaient limpides et d'une correction parfaite. « Déesse Mère, je dénoue ces points faits en ton nom, cousus la nuit de ta lune des moissons croissante, de manière à ce qu'ils puissent être sainement refaits en cette lune-ci pour protéger cet enfant-ci par la liaison d'une forme à une autre. Daigne permettre à la fille ici présente appelée Tobin de voir son vrai visage dans ton miroir. Détends-toi, là, fil tissé de lune rouge, là... » En prononçant ces mots, elle passa sa main sur les yeux de Tobin et le guida pour qu'il se penche à nouveau sur la surface absolument lisse du bassin.

À son corps défendant et non sans terreur, Tobin baissa les yeux pour voir quelle espèce d'étrangère allait les lever vers lui.

Elle n'était pas tellement différente.

C'était une fille – et cela, de manière incontestable –, mais elle avait ses yeux bleu sombre à lui, son nez droit et son menton pointu à lui, elle avait jusques et y compris la même cicatrice. Il avait redouté de voir là une idiote languide analogue aux jouvencelles de la cour, mais celle qu'il avait sous les yeux n'avait rien de languide. Peut-être avait-elle les pommettes un peu plus hautes que lui, les lèvres un peu plus charnues, mais elle croisait son regard avec le même genre d'air méfiant qu'il s'était si souvent vu dans sa glace à la maison... et la même expression résolue.

« Pas "elle", Tobin, chuchota Arkoniel. Toi. Tu *es* elle. C'est Frère que tu as regardé dans ta glace pendant toutes ces années. Mais pas Frère tout entier. Tes yeux sont bel et bien les tiens.

— Aucune liaison changer ça. Et ça. » Il sentit Lhel toucher sa marque de sagesse et entendit de nouveau sa voix lui retentir dans la cervelle. « Elle ne s'est nullement modifiée depuis ta naissance. Elle a toujours fait partie intégrante de ta personne. Et ceci... – son doigt caressa la cicatrice au menton –, ceci te fut donné, et tu le conserves. Tout au long de ton existence, tu t'es figuré suivre Sakor, mais c'est Illior qui t'a marqué dès ta venue au monde. Ainsi en va-t-il de tes souvenirs, de ton entraînement, de ton art, de ton âme. Tout ce qui constitue ton être, tu le conserves. Mais tu vas être plus que tout cela. »

Au souvenir de la reine fantôme qui lui avait offert l'épée, Tobin frissonna. Était-ce en connaissance de cause qu'elle avait agi, la lui remettant en signe de bénédiction ?

« Il vous est possible de me voir, Arkoniel ?

— Oui. Oh, ça oui... ! » La voix du magicien était toute vibrante de jubilation. « Je suis tellement heureux de vous contempler enfin, au bout de tant d'années, ma Dame ! »

Ma Dame...

Tobin eut beau se couvrir les oreilles pour étouffer le mot, *elle* se vit dans l'incapacité de détacher son regard du reflet.

« Je sais ce que tu redoutes, Tobin, lui dit Arkoniel d'un ton plein de gentillesse. Mais tu connais les histoires. Avant l'époque de ton oncle, les reines de Skala furent la fine fleur des plus grands guerriers, et il y avait des femmes généraux, des femmes capitaines, des femmes écuyers, maîtres d'armes...

— Comme la sœur de Ki.

— Voilà, comme la sœur de Ki. Et Cuistote, aussi, dans son temps. Et des comme elles, il y en a qui font encore campagne dans les armées. Tu pourras les réintroduire à la cour, tu pourras leur restituer leurs honneurs. Mais à l'unique condition que tu songes d'abord à ta sauvegarde et que tu n'avances par conséquent que masquée tant que l'heure n'aura pas sonné. Pour ce faire, il va te falloir retourner à Ero et demeurer *le* Tobin *d'avant* aux yeux de tout le monde. En plus de Lhel et de moi, Nari et Iya sont les seules personnes à connaître la vérité. Personne d'autre ne peut y avoir accès. Pas même Tharin ou Ki.

— Mais pourquoi ? » demanda Tobin. Les secrets, *elle* en avait déjà eu son compte, et largement. Comment lui fallait-il porter celui-ci toute seule en plus ?

« J'ai donné ma parole à ton père et à Iya que personne au monde ne saurait rien de ta véritable identité avant que ne nous en soit donné le signe.

— Quel signe ?

— Je l'ignore encore. C'est à Illior de le révéler. Pour l'heure, nous devons faire seulement preuve de patience. »

Avec l'incident survenu à propos de la poupée s'était évaporée la moindre chance que Ki soit jamais d'humeur paisible avec l'esprit, le démon ou bien ce que diable pouvait être Frère.

Néanmoins, il s'attendait à tout sauf à le voir subitement lui voler dessus comme ils se trouvaient en train d'escalader un talus abrupt et des plus instable. L'autre ne le toucha pas, mais il effara Dragon qui se cabra en désarçonnant Ki. Lequel fit des tas de tonneaux cul par-dessus tête tout en dévalant. Par chance, la terre était molle et tapissée de mousse et de fougères, mais il n'en fut pas moins cueilli sur son passage par un certain nombre de bûches et de rochers, avant d'aller s'aplatir contre un arbre, à mi-pente.

« Enfer et damnation, pourquoi diable m'as-tu fait ça ? » hoqueta-t-il en essayant de récupérer son souffle. Il voyait nettement se découper la silhouette de Frère au sommet du versant. Maintenant, le fantôme tenait le sac à farine, et, tout en regardant Ki se débattre en bas, il souriait de ce sourire si déconcertant qu'il avait parfois. Le cheval, lui, était depuis longtemps parti.

« Mais qu'est-ce que tu veux ? » gueula Ki.

Frère ne pipa mot.

Ki commença à grimper pour le rejoindre à quatre pattes. Mais lorsqu'il releva les yeux, le fantôme avait disparu.

Or, après s'être tapé toute l'escalade jusqu'au sommet de la crête, il trouva Frère qui, planté à quelques pas de là devant l'entrée d'un vague sentier, le dévisageait. Il fit un pas de son côté, et Frère, ouvrant la voie, s'évanouit dans le fourré.

Ne sachant que faire d'autre, Ki lui emboîta le pas, s'en remettant à lui de le conduire comme il l'entendait. Après tout, c'était lui qui l'avait, la poupée, maintenant.

Cela faisait un bon moment que Lhel avait remmené Arkoniel vers l'arrière du chêne, afin de laisser Tobin seule devant le bassin de la source. Celle-ci demeura agenouillée à l'endroit même où ils l'avaient laissée, contemplant le visage que lui renvoyait le miroir des eaux. Le monde lui faisait l'effet de tourner tête en bas autour d'elle.

Mon visage, songea-t-elle.

Fille. Dame. Princesse.

Le monde se remit à tourbillonner.

Reine.

Moi.

Elle se palpa la joue pour se rendre compte si la sensation était aussi différente que l'aspect du reflet. Elle n'eut pas le temps d'en décider que l'image explosa dans un gros plouf qui l'éclaboussa de la tête aux genoux.

Un sac de toile flottait juste en face d'elle à la surface du bassin.

Un sac à farine.

« La poupée ! » cria-t-elle en la retirant de l'eau avant qu'elle ne risque d'y sombrer. Elle l'avait oubliée à Ero. Accroupi de l'autre côté du bassin, Frère la dévisageait, la tête inclinée vers l'une de ses épaules, un peu comme s'il n'en revenait pas de la voir telle qu'elle était.

« Regardez, Lhel, appela-t-elle. Frère a fait toute cette route pour me la rapporter de la ville. »

Arkoniel et Lhel accoururent et l'entraînèrent un peu à l'écart de la source. La sorcière la drapa dans la fourrure de couguar comme dans un manteau puis la lui rabattit sur le visage.

« Non, Frère n'a pas pu faire ça. Pas tout seul, dit Arkoniel en scrutant les abords de la clairière d'un air effaré.

— Alors, il doit avoir amené Ki, déclara Tobin en essayant de se dégager. J'étais tellement affolé quand j'ai vu le sang que je n'ai pensé qu'à m'enfuir et pas à prendre la poupée. Frère a dû la faire voir à Ki et lui dire de l'apporter.

— Oui, l'esprit connaître sa manière se comporter, dit Lhel, mais c'était Arkoniel qu'elle regardait, et non le fantôme. Et comme Ki connaître chemin du fort... »

Constatant que le magicien s'était évaporé dans les bois avant qu'elle n'ait pu terminer, elle expédia sa voix à sa poursuite et n'eut aucun mal à trouver l'accès à son esprit.

« Non, tu ne dois pas lui faire le moindre mal.

— Tu sais ce que j'ai juré, Lhel. »

Lhel faillit se lancer à ses trousses, mais elle comprit qu'il lui était impossible de laisser Tobin seule dans ces conditions.

« Qu'est-ce qui ne va pas ? questionna la fillette, tout en se cramponnant à son bras.

— Rien, *keesa*. Arkoniel allé rechercher ton ami. Nous commencer la guérison pendant lui parti.

— Non, je veux attendre l'arrivée de Ki. »

Lhel sourit puis lui posa sa main sur la tête, avant de prononcer le charme qu'elle avait déjà façonné en esprit. Du coup, Tobin s'affaissa mollement dans ses bras.

Lhel l'enlaça pour la retenir bien serrée contre elle, sans pour autant cesser de fixer le profond des bois. « Mère, protège-le. »

Frère n'avait pas arrêté de précéder Ki jusqu'à la clairière de Lhel, en se maintenant tout du long toujours assez loin pour interdire toute question, mais sans jamais se laisser perdre de vue. Puis il avait disparu, et de l'endroit où il s'était tenu l'instant d'avant, Ki avait pu apercevoir, par une trouée dans les arbres, ce qui semblait être Tobin.

Il ouvrait déjà la bouche pour l'appeler quand Arkoniel surgit brusquement devant lui. Un rayon de soleil fit étinceler quelque chose que brandissait le magicien, et puis ce fut le noir complet.

Tobin se réveilla sur une paillasse à l'intérieur du chêne. Il faisait horriblement chaud, et la sueur ruisselait sur sa peau nue. Sa tête lui faisait l'effet d'être emplie de boue tiède et beaucoup trop pesante pour qu'il la soulève.

Lhel était assise en tailleur à côté de lui, la poupée de chiffon sur ses genoux.

« Tu plus dormir, *keesa* ? »

Un élancement douloureux acheva de le réveiller tout à fait, et il se mit sur son séant en poussant un cri de désolation. « Ki ? Où est Ki ? »

Il y avait quelque chose d'incongru dans sa voix. Elle était trop perchée. Elle sonnait comme...

« Non !

— Oui, fille.

— Où est Ki ? redemanda-t-il.

— Il être dehors. Temps être là pour l'enseignement que je dire toi depuis si longtemps déjà, quand tu porter moi ce *hekkamari.* » Elle éleva la poupée bien haut. « Dieu lune de Skala préparé toi chemin. Toi bien fille, mais avoir à paraître encore garçon de nouveau certain temps. Nous faire autre liaison maintenant. »

Tobin baissa les yeux pour s'examiner et constata que sa nudité était bien toujours celle d'un garçon..., d'un garçonnet anguleux, maigrichon, qui possédait un petit bout de sexe niché entre ses cuisses comme un souriceau. Mais il y vit aussi quelques nouvelles traînées de sang frais.

« Pourquoi est-ce que je saigne de là ?

— Liaison devenue faible quand ton temps de lune tomber toi dessus. Ça combattre avec la magie.

— Mon temps de lune ? » Tobin comprit avec un malaise de plus en plus grand que Lhel devait entendre par là les fameux saignements dont les femmes étaient affligées chaque mois, s'il fallait en croire les leçons de Ki.

« Femmes appelées par lune à avoir marée dans leur ventre, toutes, comme la mer, lui expliqua Lhel. Donner toi mal et sang. Donner toi magie pour faire grandir bébé dans ton ventre. Donner certaines, comme moi, magies autres. Et donner autres toi aussi. Donner toi, des fois, rêves, et donner toi l'œil. Puissante magie. Briser certains de mes points. »

Lhel fit claquer sa langue contre ses dents tout en exhibant une fine lame d'argent grâce à laquelle elle se mit à découdre quelques-uns des points du flanc de la poupée.

« Jamais faire liaison trop durer longtemps. Peut-être pas possible tenir autant. Peau solide, mais os plus solide. Utiliser os, cette fois.

— Quel os ? »

Lhel retira du corps de la poupée une poignée de laine jaunie et d'herbes sèches qui tombaient en poussière puis farfouilla jusqu'à ce qu'elle ait trouvé ce qu'elle cherchait. Tendant la main, elle fit voir à Tobin trois débris de couleur ivoire : un minuscule bout de côte incurvé, un fragment de crâne convexe et mince comme une coquille d'œuf, et un petit os entier, aussi délicat que celui d'une aile d'hirondelle. « Os Frère », expliqua-t-elle.

Tobin ouvrit de grands yeux.

« Ses os se trouvent dans la poupée ?

— Plupart. Quelques tout petits morceaux être encore en terre, à côté la maison ta maman, là-bas. À la ville, sous très gros arbre, près l'endroit cuisiner l'été. »

Tobin leva la main vers la chaîne qu'il portait au col et montra la bague à Lhel. « Je l'ai découverte dans un trou, sous un arbre mort, près de l'ancienne cuisine d'été. Tharin dit qu'elle appartenait à ma mère. C'est là qu'il était enterré ? »

Lhel hocha la tête. « Je visiter pour retirer les os de la terre et la chair. Ta maman... » Elle fit semblant de creuser, les doigts ployés comme des griffes. « Elle faire les propres et puis coudre dans la poupée pour pouvoir prendre soin l'esprit. »

Tobin regarda la poupée avec répugnance.

« Mais pourquoi ?

— Frère fou colère être mort et toujours peau-lié à toi. Son esprit être démon pire que tu savoir si je pas apprendre ta maman faire *hekkamari*. Nous deux prendre ses petits os et mettre dans la poupée. Je lier elles ensemble comme je lier elle et toi. Souvenir ça ?

— Avec les cheveux et le sang. »

La sorcière opina du chef. « Elle être aussi son sang à lui. Sa maman. Quand elle mourir, lui passer à toi. Tu connaître les mots : "Sang mon sang. Chair ma chair. Os mes os." Que des choses vraies. »

Elle fit sauter un minuscule éclat de la côte brisée puis le brandit. « Je mettre ça dans tu, tu être lié de nouveau, avoir le visage de Frère jusque tu ça retirer de ta chair et être fille en dehors. Mais tu savoir être fille en dedans, maintenant, *keesa*. »

Tobin acquiesça d'un signe misérable. « Oui, je le sais. Faites-moi seulement de nouveau ressembler à mon ancien moi-même, s'il vous plaît. »

Lhel l'invita à se recoucher sur la paillasse et déposa la poupée près d'elle. Et puis elle se mit à chantonner doucement, tout bas. Tobin se sentit aussitôt tout ensommeillée, malgré ses yeux demeurés grands ouverts. Frère pénétra dans le chêne et vint s'allonger là où gisait la poupée. Tobin le sentait près d'elle aussi chaud et ferme que Ki l'avait jamais été. Elle lui jeta un coup d'œil et lui sourit, mais il scrutait la voûte, et ses traits avaient la rigidité d'un masque.

Lhel fit glisser de ses épaules la robe rêche qu'elle portait. La lumière du feu semblait animer de mille reptations les tatouages qui lui tapissaient les mains, les seins et le ventre, tandis qu'armée de sa lame d'argent et d'une aiguille elle tramait en l'air certains des motifs de la lune blanche. Un voile lumineux flottait en suspens au-dessus de Tobin et de Frère quand elle en eut terminé.

Tobin sentit le contact froid du métal entre ses cuisses, et la piqûre d'aiguille acérée sous ses bourses de petit garçon. Déjà Lhel s'était mise à barbouiller l'espace de rouge, et de telle manière que les motifs ressemblaient désormais à...

... du sang sur une rivière prise par les glaces.

Tobin voulut se détourner, mais elle fut incapable de bouger.

Tout en chantonnant doucement, Lhel mit en équilibre sur la pointe de son canif l'infime écharde puérile d'os puis la promena au travers des flammes du feu voisin jusqu'à ce qu'elle répande une lueur blanc bleuté. Frère se mit à flotter en l'air puis s'y retourna sens dessus dessous, de sorte qu'il se retrouva suspendu nez à nez au-dessus de Tobin. Lhel plongea la main au travers de son corps lumineux et enfonça l'écharde d'os brûlante dans la plaie suintante de la poitrine de Tobin.

La flamme de l'os embrasé s'inséra violemment sous la peau et mit le feu à tout son être. Tobin tenta de hurler, folle de peur et de douleur, persuadée que sa chair allait l'ébouillanter jusqu'au tréfonds des os, mais la voix de Lhel la tenait toujours fermement captive. Une lumière blanche l'aveugla un moment, puis la douleur lui fit quitter le sol, et elle et Frère s'élevèrent ensemble vers le trou de fumée pratiqué dans la voûte du chêne et plus haut, toujours plus haut, bien au-dessus de la forêt. Tel un faucon, elle pouvait voir toutes choses à des milles à la ronde. Elle vit Tharin et ses hommes qui survenaient au triple galop sur la route de Bierfût. Elle vit Cuistote et Nari s'affairer autour de leur lessive dans la cour des cuisines du fort. Et elle vit Arkoniel qui, agenouillé, se penchait au-dessus de Ki, couché, lui, sur le dos juste en deçà de la lisière de la clairière qu'occupait Lhel et contemplant le ciel avec des yeux d'aveugle. Quant au magicien, il avait l'une de ses mains posée sur le front de Ki, l'autre étant appliquée sur ses propres yeux comme s'il pleurait.

Tobin voulut se rapprocher pour se rendre compte de ce qui se passait, mais quelque chose la souleva toujours plus haut, et elle se retrouva volant vers l'ouest par-dessus les montagnes en direction d'un port profondément encaissé au bas d'une falaise. De longs bras rocheux enserraient l'entrée du havre que gardaient des îles. Elle entendait distinctement le ressac des vagues contre leurs flancs à pic, à présent, ainsi que les piaillements désolés des mouettes aux ailes grises...

Ici, lui souffla une voix. Emplissant ses yeux, la lumière blanche s'intensifia de nouveau. *Tu dois repartir...*, et ce fut la chute, elle tombait, tombait, tombait, finit par retomber dans le chêne et en elle-même.

Elle ouvrit les yeux. Frère planait toujours au-dessus d'elle, mais le chantonnement de Lhel s'était modifié. Elle avait troqué le canif pour l'aiguille et recousait les bords sanglants de la plaie de la poitrine de Tobin avec autant de dextérité que Nari lorsque celle-ci lui rapetassait les accrocs faits à ses tuniques.

Nari était au courant depuis le début...

Seulement, la tunique, en ce moment, c'était Tobin elle-même, et elle se voyait contrainte à regarder le va-et-vient de l'aiguille à la faveur du feu, de l'aiguille qui tirait un fil presque invisible et qui traçait dans l'espace, avant de lui percer la peau, un sillage argenté comme celui d'un escargot. Cela ne faisait pas mal, d'ailleurs. À chaque éclair et chaque tiraillement successif de l'aiguille, Tobin se sentait peu à peu ressoudée, rétablie dans son intégrité.

Rapetassée, songea-t-elle, prise de vertige.

Chacun des points faisait sursauter Frère au-dessus d'elle, chacun lui arrachait une grimace de vraie douleur qui lui tordait la face. Elle distinguait à nouveau la plaie jamais cicatrisée qu'il avait à la poitrine et d'où goutte à goutte chaque passage de l'aiguille de la sorcière dans la chair vive de Tobin faisait dégoutter le sang. Ses lèvres se retroussaient sur la blancheur des dents, et des larmes sanglantes tombaient de ses yeux. Tobin s'attendait à sentir celles-ci couler sur sa propre figure, mais elles s'évanouissaient quelque part dans l'intervalle qui la séparait de lui.

Arrêtez ! voulait-elle crier à Lhel. *Vous lui faites mal ! Ne voyez-vous pas que vous lui faites mal ?*

Les yeux agrandis de Frère ruisselaient à flots en la dévisageant. *Lâchez-moi !* Le hurlement retentissait dans sa tête à elle.

« Être en paix, *keesa*. Morts pas connaître douleur », murmura Lhel.

Vous vous trompez ! cria-t-elle en silence. *Frère, je suis désolée !*

Lhel tira le dernier point bien serré, et Frère s'abattit lentement sur Tobin, puis sombra en elle, et, durant un instant, elle sentit le froid de sa présence dans chaque pouce de son propre corps.

Tu dois repartir...

Et puis Frère cessa d'être là, et Tobin se retrouva libre, libre de se pelotonner à l'écart des mains souillées de la sorcière, libre de se pelotonner dans la fourrure moelleuse de couguar pleine de doux parfums, libre enfin de sangloter à pleine gorge avec un affreux timbre râpeux de garçon.

À paraître prochainement, chez le même éditeur, la suite des Années d'apprentissage.

REMERCIEMENTS

Merci comme toujours à mon mari, Doug, et à nos garçons pour leur affection, leur soutien et leurs remarques. Celle de Matt a été : « Dérangeant, mais dans le sens plaisant. » Tout à fait bien vu, je trouve.

Merci à mes parents aussi, pour cause. À Pat York et Anne Bishop pour leurs réactions sur les premiers chapitres. À Anne Groell et Lucienne Diver pour leur aide et pour leur patience. À Nancy Jeffers, pour son enthousiasme sans bornes à l'endroit du projet. À tous les braves gens de l'*Internet Fantasy Writer's Association* pour la promptitude et la pertinence impeccables de leurs réponses à des questions soulevées au dernier moment. Au regretté Alan M., connu trop brièvement, pour la bienveillance dont il faisait preuve envers les écrivains.

À Mike K., où qu'il se trouve, pour le seul fait qu'il existe.

8089

Composition PCA à Rezé
Achevé d'imprimer en France (La Flèche)
par Brodard et Taupin
le 20 septembre 2007. 43762
Dépôt légal septembre 2007. EAN 9782290344378
1er dépôt légal dans la collection : juillet 2006

Éditions J'ai lu
87, quai Panhard-et-Levassor, 75013 Paris
Diffusion France et étranger : Flammarion